得償所願的結局

鬼新娘、血娃娃、骨頭果凍、
心臟料理……
驅魔有數，性命要顧！

宸彬 著

Selling a
haunted house

我在美國
賣凶宅

「殺一個夠本，斬兩個有賺！」

房產經紀人 × 保險經紀人，
最意想不到的組合，
成為抓妖除魔完美搭檔！

目錄

目錄

第十章　骨頭凍

幾個老外議論的，是發生在華盛頓與費城中間，過了馬里蘭，在賓夕法尼亞州和紐澤西州地界邊上小鎮的一件事。我聽到了一個讓我毛骨悚然的片語：Bone Jelly（Bone 是骨頭，Jelly 是果凍，合起來就權當翻譯成「骨頭凍」吧）。

當然，我們這種簡陋版的竊聽風雲是不可能完全掌握事情的來龍去脈的，頂多是隻言片語盡量抓重點了。魚配薑對這事沒有多大興趣，覺得就不過是幾個工人午餐期間亂扯些靈異故事而已。他更關心我為什麼會喜歡喝 Root Beer（根汁啤酒，無酒精的碳酸飲料，通常譯作沙士汽水）這種東西，他覺得那完完全全就是風油精兌蘇打水的味道。我純粹是被骨頭凍這個詞勾起了我強烈的好奇心。

其實是真的有骨頭凍這道菜的，只是我孤陋寡聞從前完全沒有聽過而已。這應該說是一種幸運，要是我的字典裡已經有了骨頭凍這道菜名，說不定我們就不會盯上這個案子，也就不會救下那兩個危在旦夕的受害者了。

我和余沛江原先的打算是在首都待個兩三天，然後啟程沿著 I-95 上費城找我兩個老同學一起打火鍋的，如今「順手」找了個案子，那就提早跟這個城市說拜拜吧。匆匆而來，匆匆而去，看看以後還有沒有機會，找個隆冬大雪的時節再來拜候。

剛上高速，盈盈發來了一條微信。我正想回覆，魚配薑一句喝了過來：「好好開車！玩什麼手機。」我只好悻悻地把手機放下了。我老是跟他說我開車看螢幕會頭暈，所以要查東西的時候，都是我來開車他來開熱點查東西，這下總算讓他逮到機會報復了。

盈盈看到了我發朋友圈說起華盛頓的櫻花，說她有畢業了的同學剛好這兩天也逃了班來這邊看櫻花。「好羨慕啊，我都還沒有親眼看過櫻花呢。」她還說，再過幾天她就解放了，博士論文的進度挺健康的，問我有沒有興趣在她回國之前一造成哪裡先蹓躂一下。與其說是余沛江不讓我玩手機，倒不如說是我不知道怎麼回。為了暫時轉移注意力，我問他查到了什麼東西沒有。

剛才我在餐廳裡，聽到的消息很皮毛，大概就是說兩州的州界附近有個叫阿爾登地區，最近因為一個新的地產開發專案公開發售，小城市群來了一批帶著孩子的新居民。然而最近偶爾有人遛狗時在路邊草叢發現了人的指骨，而且外面還包裹著一些像果凍般的透明東西，目前警方已經介入調查。可是當地沒有失蹤人口，再加上那些不明物質，那些人就開始加鹽加醋變成了帶著靈異色彩的東西。

魚配薑不以為意，覺得就是小題大做胡編亂造的訛傳，即使真有，說不定也只是一個變態殺人犯而已。他會教訓我說不應該隨便聽到了一些市井小民吹牛就當是一個案子來接，如果真想多幹活倒不如接些正經八百的案子，說不定還能多救些人。可是不知道為什麼，我莫名其妙地就在這件事上倔起來了，硬要去看看。余沛江無奈，也只能配合我一下了。他把當地的網站或者報紙都看了一下，告訴我這事情根本就沒有報導，在警察局的案件雷根本沒有找到已經立案的痕跡。「說不定還真是那些人自己圖個樂子，為了唬唬別人而編造的。」

「你再查查那個地產專案嘛，反正我們順路，去加個油也好，要是真沒什麼事，我們再離開也不誤什麼事啊。」我堅持道。

「好吧。」總算妥協了。

目前有些大型地產開發商，趁著北美經濟開始成長，正在美國大陸的一些近郊收購大塊土地開發專案，主要是一些平民可以負擔的獨棟住宅專案。他們之所以能同時進行多個專案，是因為他們從不會在一個專案投入過多的資金。開發商把地買下來，也拿到水電等各種許可以及土地使用規畫批可以後，就開始把專案放出去吸引民間投資，而用得最多的是拿到一些移民輸出國（比如東亞和東南亞的國家）作投資移民專案，也就是EB-5。不同地區不同專案的起投資金門檻也不一樣，通常最低是50萬美元，有些是100萬美元，可以拿到綠卡。拿到資金以後，房子開始被一批批被建起來，賣給當地居民，投資者開始回收資金。

那些人口中的專案，正是這樣性質的專案。但是據我所知，隨著目前美國關於「學區房」這一概念也越來越關注，那些專案理應是打工一族的夫妻或者新移民作為首要行銷對象的，有孩子的家庭寧願在市裡住條件稍差的房子，也要讓孩子上好學校，按照這思路，這個專案不應該有很多帶著小朋友的家庭的。

然而事實卻是這樣。我們到阿爾登的時候正好是下午，晚餐飯點之前。在街上，在小公園以及在鎮上主街的商店裡，竟然有不少孩子活動。我不知道對於這樣一個人口規模不到萬人的小鎮，健康的年齡層比例應該是怎樣的，但現在這樣？乍一看是喜氣洋洋生機勃勃，但總有一種詭異的氣氛縈繞在我心頭。我們把車停下來時，我瞄了余沛江一眼，我看到他的神情也認真了起來，顯然，他也覺得這情況不大尋常。我們走進了一間家庭式經營的熱狗店，看起來帶有一點強迫症的老闆娘正在拿著鉗子一點點把玻璃櫃檯後的麵包和香腸擺整齊。

見到我們來，她熱情地跟我們打招呼，看到兩張亞洲面孔的她並未流露出驚訝。之前我在網路上看到網友說：「美國每個小鎮，必定有點東西就是麥當勞、星巴克以及中式自助餐廳或外賣店。」看來這句話應該是對的。

老闆娘給我們精心準備了熱狗和咖啡。這熱狗下肚，頂多也只是從餓到不餓，根本談不上飽這一說，看來晚上還得幫自己餵一份左宗雞和炒飯。不過我們是醉翁之意不在酒，我假裝百無聊賴地跟老闆娘打趣道：「哇，這鎮上小孩子好多啊，我們路過的都想在這裡開個學校了哈哈。」

老闆娘被我逗得笑了，她也樂得有人聊天，看見我們英語還不錯，就開始聊了起來。她說那個小區專案其實很早之前就被買下開始傳要施工了，一直拖了好久都還是一副即將爛尾的模樣，可就在大概一年多一點以前，忽然間又開始動了起來，那段時間還順帶地把鎮上的失業率幾乎壓到了零點。專案真正落成開始入住，是在約莫三四週以前的，本來安寧靜謐的小鎮一下子搬來了好多人，也帶來了好多孩子。小鎮這下是活潑多了，小區裡有自己的私立學校，因此也沒為鎮上的有限教育資源帶來多少壓力。阿爾登的治安很不錯，而且最近沒有發生任何案子，家長都樂意讓小孩子出來玩，所以小鎮就成了我們剛剛進城時看到的模樣。從鎮中心的主街到小區門口，即使是小朋友走路也用不了10分鐘，就一條一走到底的直路，非常方便。

咦，治安很不錯，最近沒有發生任何案子？這聽起來非常奇怪，畢竟關於什麼骨頭凍的消息都已經傳到華盛頓那裡去了，人們都已經有模有樣地拿出來當談資了。我和余沛江都對老闆娘一笑了之，但是心裡卻越發開始懷疑這裡是有什麼問題的。

到底這骨頭凍的故事是怎麼傳出來的呢？

本來對這事毫無興趣的余沛江，在看到小鎮不大尋常的景象，以及聽到老闆娘的話以後，也開始對這事產生了興趣。從熱狗店出來以後，我們先是找到了I-95出口邊上一個汽車旅館落腳。

剛才在路上的時候，魚配薑已經找到了一些關於這個房產專案，以及一些銷售資訊，甚至連開發商承建商的資訊都找了一遍。這是一個生意做到整個大陸多個州的大型開發商，除了房產專案以外，這個集團下還有學校、醫院，甚至連物流運輸公司、副食品加工公司以及菸草批發公司都有，儼然就是一個商業帝國。沒辦法，誰叫人家有錢嘛。

篩選掉那些無用的消息以後，真正可疑的環節有幾個：

1 這個小區一共有五十多個房子，已經全部建好售完了，然而非常奇怪的是，在小區偏向中心的一個理應是樓王或者會所的位置，竟然是一個停車場，照理來說這麼大的開發商公司不應該犯這種低級設計錯誤；

2 從一些公開資料來看，這些房子似乎都沒有一個裝修期，直接建好就馬上有大批人同時入住了，為什麼這些人像是約定了一般一起搬家，這也是個疑點之一；

3

這附近只有一個大型超市，餐廳也不多，剛才我和余沛江去超市買了點東西，發現裡面基本上是沒有人的，而我們路過的餐廳，從櫥窗外看進去，生意都挺冷清的，這樣的情況與滿街都是玩耍的小孩子和父母的景象格格不入。

到底是為什麼呢？這裡面一定有文章，而且我們在華盛頓聽到的「骨頭凍」，說不定就是關鍵的字眼。

我和余沛江洗完澡換好深色的衣服以後，就開始往鎮上走，把五臟廟祭好以後我們就開始幹活。幸好，還真是讓我們找到了一家中式自助餐，我們進去草草解決了一頓。美國的華人自助，尤其是開在小地方上的，多數都是走低端路線，晚餐自助不過也就個十美元出頭，連兩個巨無霸套餐的價格都不到。

結帳的時候，余沛江拉著店員問了一句：「下午我來的時候看到街上很多人的啊，這鎮上的人是不是不喜歡吃中餐？」

「哦，你說那些新居民啊？不僅這裡啊，這鎮上其他餐廳，他們基本上也沒去過，天知道他們平時吃的是什麼東西，一到該旺起來的飯店，他們就神經兮兮地都躲起來了。之前有人說在路邊發現了一些奇怪的東西，像骨頭又像果凍，說不定他們就吃那玩意兒呢。」講完以後，這個穿著圍裙有點靦腆的小年輕覺得自己言多有失了，連忙擺手說補充道：「我剛剛開玩笑的哈，你們先慢用，我去幫你們刷卡。」然後三步並作兩步走開了。

我和余沛江匆匆對視了一眼，默契地沒有就這話題繼續說一句話，反倒津津有味地聊著經典神劇《越獄》的第五季回歸的事情。從餐廳出來以後，余沛江低聲說：「果然是有問題，而且是和你聽回來那個什麼骨頭凍有關。」

我們沒有馬上上車開走，而是一邊聊天一邊「飯後散步」，朝著距離不遠的新小區走去。我們在酒店已經有無線網路從衛星地圖看過了大致的地形，小區外圍約莫有三分之一是沒有圍牆，而是用剛好流經的一條小河作為分界線與外面隔開的，小區內側的河岸了間距很密的長條形細葉樹，在河對岸是看不到裡面了，不過從這裡倒是進小區最簡單的方法了，作為「未經許可闖入者」來說。沒想到作為房產經紀的我，進一個房產小區專案，居然還要鬼鬼祟祟。

這條小河說寬也不寬，說窄也不窄，至少也得有個五六公尺，在沒有船的很難說完全不溼身就過河。余沛江在心裡盤算了一下，跟我說要是學過的話，一個助跑跳遠是應該能跳過去的。我想了一下，好像還真是。只不過我們跳遠的時候跳的是沙池，而現在是在跳過一條河啊。我們也沒有什麼工具，只能這樣了。冒著渾身溼透的風險，只能一躍定命運了。

對於經常去健身房見黑哥哥的余沛江來說，跳過去的難度不大，而我自己心底就有點虛。這要放在我認識余沛江之前我應該是跳不過去的，但這些天我們做這行的，身體要是跟不上，可是會出人命的。在環境影響下，體格提升了很多，我從三十多步的距離開始助跑，然後單腳起跳。只感覺自己渾身緊繃，在半空中的時候甚至不經意憋出了一個屁。不過有驚無險，總算是跳過來了。我和余沛江一樣，整個人像被一巴掌拍到了整齊的樹牆上。

我們死死用手抓住，以免功虧一簣掉回水裡。好了，我們總算進來了。這個小區五十多個房子，我們應該從何下手呢？

我看了余沛江一眼。余沛江發現了一個問題。他湊到我耳邊低聲說：「你有沒有發現，現在時間還很早，可是這小區就沒幾個是亮著燈的。而且每個房子的窗簾門簾都拉得嚴嚴實實的。」經他這麼一說，我頓時覺得這小區更添了幾分莫名的詭異。但既然已經來了，不查出個究竟就怕事回去，也就不是范吉和余沛江了。

我覺得衛星地圖上，小區中央那個停車場最為不協調，我的意思是從那裡下手。余沛江同意了，於是我們就開始盡可能悄無聲息地，憑著記憶，不，憑著手機指南針往目的地走去。街燈拉長的身影讓我們隨時會暴露，所以我們都挑著暗處來走。

很快，我們就找到了，我們也知道了這裡要設立一個停車場的用處。那片停車場是一片漆黑的，沒有路燈，我們僅能靠路燈看到那空地的正中間，放著一輛長條形的貨櫃車。

我們正要往貨櫃走去，突然間有兩盞車頭大燈把道路和停車場照得光如白晝，而就在這個時候，我聽到了周圍開始響起一些男男女女像是低吼又像是呻吟的聲音，而且這絕對不是辦事時那種愉悅的呻吟。我們眼疾身快，看到停車場邊的房子外，草地上安裝著中央空調的主機，我們連忙躲到了後邊。

只見一輛裝著一個新貨櫃的卡車駛進了停車場。停好車以後，一個司機跳下了車。他來回踱步了一圈，又溜到旁邊早已經停在那裡的卡車看了看，猜想是新來的司機。我們在這裡等了將近十分鐘，還是沒有人來，他可能等煩了，或者對自己貨櫃裡裝的東西好奇，於是走到了貨櫃後，打開了貨櫃。

他是拿著一支手電筒的，打開貨門就跳了進去。然而在他進去以後還不到三十秒時間，他幾乎是連滾帶爬地從貨櫃裡逃了出來，一屁股摔在地上，手電筒滾落在了身旁。手電筒的光恰好是照著他的，暴露在燈光下的他整個身軀都在劇烈地顫抖，他努力地想站起來，但是因為腿軟失敗了。他忍不住在身旁嘔吐出了一灘東西。

那貨櫃裡面，到底有什麼讓人如此恐懼的東西？我看了看余沛江。幸好今晚月色不錯星星也密集，在夜空下還是能看見東西的。那個司機已經掏出手機，準備報警了。可就在這個時候，忽然間我們的耳邊，傳來了一陣急促的腳步聲。只見在黑夜中，有一群小孩子正朝著那輛貨車跑過去。一直等到所有小朋友全部跑過去了，余沛江扯扯我的衣袖，低聲道：「要是這些孩子全部是怪物，那這次……棘手了。」

儘管我們已經有這樣的覺悟和心理準備了，但當真正看到那些孩子，或者說披著孩子外衣的鬼怪群起而上，把一個活生生的人撕扯成碎片，並且拚命塞進嘴裡的情景，真是有種如遭雷殛的感覺。在手電筒的燈光下，那些孩子的臉上除了蒙上一層半光半影的詭祕色彩以外，卻並沒有我想像中那種目露凶光，撕開人皮展現恐怖面目的模樣。他們依然與普通的孩子並無二樣，只是在滿臉滿身血汙中認真咀嚼著自己搶到的肉塊。

更加噁心的還在後頭。只見這些白人孩子吃完手中的「食物」以後，竟然開始舔舐地上以及彼此身上的血跡，他們甚至連地上的嘔吐物也不放過！我只感覺不僅一股股涼氣從腳底一直竄上了天靈蓋，我的胃也開始翻滾不止。天吶，這些到底是些什麼東西啊。

余沛江也看呆了。那些孩子在「清理」完現場以後，都陸續爬上了貨櫃。此刻的他們，又恢復了孩童稚氣的模樣，都在嬉笑打鬧，笨拙地往比自己高幾個頭的貨櫃車爬上去。很快，貨櫃車裡傳來了孩子們銀鈴般的笑聲。

那些笑聲聽起來真的很天真無邪，但我們都可以想像，那裡面大概是什麼樣的恐怖場景。我們現在有兩個選擇，一是我和余沛江馬上衝上去把貨櫃鎖上，直接把車開出去，找個地方人道毀滅這些怪物；二是直接關上貨櫃門，當場毀滅，然後和剩下沒有出來覓食的怪物拼刺刀。不過馬上地，我和余沛江都發現這兩種方法都不行。因為我們忘了還有一個可能性：萬一那貨櫃裡有活人，那該怎麼辦。

一想到這份上，我們怎麼也不能等下去了。我們從後背抽出了在超市買好的菜刀，卸下裹住刀鋒的保鮮膜，默默地邁開腳步衝了上去。

如果沒有看到今天晚上的這一幕，猜想我們對著這些看起來完全人畜無害的孩子肯定是下不了手的，不過現在，我的腦海裡只有一遍遍回放著不久前的剛才，他們生撕司機員狼吞虎嚥、以及互舔血跡，繼而發出天真笑容的場景。怒火從胸腔中燃燒，躍躍欲噴射而出。

我們衝上去的時候，還有兩個孩子還在爬上車，我和余沛江一人一個，照準了脖子以上的部位削去。這樣的場景在電影裡，尤其是在港臺電影裡看多了，但真的在現實中輪到自己揮刀子的時候，還真的不是那麼容易做到「手起刀落」這四個字的。我稍微猶豫了一下，然後那個小孩子以極快的速度轉身，然後朝我脖子噬咬過來。

我這時終於看清了他的真面目。雖然身高體型和小屁孩無異，但是他的面孔，已經全然不是剛才我們見到的那樣了。他的整個面龐都布滿了密密麻麻的皺紋，在轉向我的時候，因為面對著手電照過來的光，瞳孔瞬間縮小成一條豎線一般，眼白開始變成琥珀色的渾濁顏色，他的口像個紅酒杯口一樣是正圓形的，裡面長了看不到盡頭的尖牙，至少有上百顆。臉頰像蛤蟆一樣迅速鼓起並且長出一顆顆往外噴著霧氣的毒瘡。那個樣子，我猜想到老也不能忘記。幸好余沛江反手一刀，在我愣神的瞬間把我面前的怪物解決掉了。

那個原本還是天真小男孩模樣的怪物，腦海被削去了一塊，黑灰色的流質傾流出來，我的胃又開始翻滾了。我一腳把屍體踢開。那個腦袋一碰到地上就癟下去了，彷彿根本沒有顱骨一般。這到底是什麼鬼啊。

我們踩著車後的保險槓一躍進了漆黑的貨櫃裡。我掏出口袋裡的迷你手電筒，按開以後燈光對著裡面，然後把它扔在了一旁，好歹讓我們看清一下狀況。余沛江和我經歷了這麼多以後，也是多少培養出了默契，他一個反手八字削，擋在了我的前面。果然還真有怪物朝著我們撲上來，幸好有可靠隊友在，她被一刀砍破胸口以後，縮了回去。余沛江揮刀幅度有點大，看到了掛在貨櫃裡的一個東西，那東西正左右搖晃。余沛江收刀回來時，刀上沾滿了血。

貨櫃狹窄的空間內，從深處傳來了他們一陣陣的低吼聲。那是一種憤怒的吼聲。在我們面前的，足有二三十個孩童模樣的怪物。

藉著手電筒的光，我大致看清了這個不到三十平方公尺的貨櫃，頂部有一排排放下鐵鉤的鐵架，上面吊著少說也有三四十個成人的身體，也不知道這些是活人還是屍體。那些孩童一樣的怪物，有的已經像爬樹一樣跳上了其中一些人的身體，開始啃噬。這一幕，真是讓人毛骨悚然至極。

接下來那麼幾秒，我們雙方都僵持在那裡。我趁機用手背去碰了碰離我最近的一個被吊起來的身體。一陣涼意傳了過來。如果這裡全部都是冰涼的屍體的話，那麼我們現在往後撤出然後關上貨櫃，還是可以消滅掉裡面的怪物的。然而，萬一這些被吊起來的可憐人還有活口，那就真是罪過了。

余沛江猜想和我想的一樣，我們相視點點頭，然後開始舉刀殺了進去。其實我們的劣勢是很明顯的：我們在人數上處於下風；我們不知道這裡還有沒有活口，揮刀投鼠忌器；我們身材比較高大，活動受限而且遠沒有這些小巧玲瓏的怪物靈活；我們的退路還分分鐘有可能被封死。

我們一邊殺退那些怪物，一邊在探各個身體上的溫度。就在我們快要絕望的時候，我竟然摸到了一具溫暖的身體，這裡有個人很有可能還活著。我喊了一聲，余沛江馬上上來替我掩護。我連忙把這個人從鐵鉤上放了下來。那種掛肉的鐵鉤已經貫穿了這個人的兩個手掌，就連傷口都已經結痂了。這些可惡的東西，真是殘忍。

那些蘿莉和正太怪物似乎看穿了我們的顧忌，開始在各個身體中上下跳竄，並且開始撕裂破壞那些身體，我心裡默唸著「大哥大姐請饒恕我的不敬，我現在也只是想幫你們報仇」，一邊揮刀砍向了那些已經確認過的屍體。現在的我真是憤怒到了極點，我紅著眼砍了至少五六個小怪物，其中兩個被我齊臂砍去，剩下的幾個都嗚呼哀哉了。我的手微微有點顫抖，但力度沒有絲毫減弱。因為靈活性問題，我也已經被抓傷咬傷了好幾個地方，我左臂的三頭肌已經被撕咬去了一小塊肉，如今傷口溫暖的血液汩汩湧出，上面火辣辣地疼。要不是我奮力把那個「小女孩」甩開，如今猜想我的手上就是一個大洞。

我一腳踹在一具吊起的屍體上，把一個「小男孩」壓在了貨櫃的牆上，然後我斜舉著刀，用前面的尖口一下子插進了屍體中，我一直用力，直到把那個小怪物的身體也刺出一個大洞。

那些小怪物大多數在見到血以後，都像久行沙漠的人見到綠洲泉一樣貪婪而不顧一切地衝上來，也有少數幾個被我們的架勢唬住了，開始朝著貨櫃的出口奪路而逃。

我的潛意識告訴我，那些想要逃跑的反而是更大的禍患，說不好他們把更多的同伴叫來，那我和余沛江今晚就要戰死在這裡了。這時候我的身後傳來了余沛江的聲音：「范吉，好了，就只有這個女孩是活著的。我們衝！」我知道，他要護著那個女孩開始跟我一起往外衝了。

我聽見他沉重的腳步聲在我身後響起。這下我們更不能讓那幾個小鬼逃掉了。我拚命衝上去，腳下噗嗤一聲，我似乎踩碎了一個什麼內臟，裡面黏稠溼滑的汁液四散，我的身體失去平衡向前倒去。明明已經眼看著就要追上他們了。我把刀看也不看就對著前方擲了出去，然後騰出雙手，在我身體落地的時候，我也抓住了兩個逃跑的小怪物的小腿，我一翻身使盡全身力氣往後方一扔，他們被我甩了回去。

後面傳來了余沛江的低聲咒罵，糟了，猜想是撞到他了。

畢竟我也不是電影裡的那種全能特務，剛剛甩出去的小范飛刀，完全不上靶，而且就連衣角也沾不到，真不知道現在是不是該埋怨一下自己的祖宗為什麼不姓李。這下好了，剩下的那個也不跑了，他彎腰撿起了身旁掉落的刀，反開始朝我衝過來了。

忽然間一個什麼東西從我頭頂飛了過去，拿刀的「小男孩」低吼了一聲，一刀擋下了。飛過去的，正是他的一名同伴，另一個小怪物。他把同伴砍落在一邊以後，正眼也沒瞧一下，依然是直勾勾地盯著我，朝我走來。不過我也不是傻子，這段期間也夠我站起來保護自己了。余沛江已經走到了我的身旁，他把那個女孩交給我扶著，他舉著刀擋在了我的身前。

我回頭一看，貨櫃裡在微弱的手電燈光下，還有幾個小身影在裡面活動著，不過他們眼裡彷彿已經看不到外面發生的事，他們全部的心思又重新回到了食慾上面。他們跳上那些被吊著的屍體身上，開始撕扯開衣服大口大口啃咬。

我連忙扶著女孩坐下，然後跑回去，用力合上了貨櫃的門，還加了門子。我走回同伴身邊的時候，余沛江已經把那個小怪物放倒了。余沛江的小腿被砍了一刀，幸好沒有傷到要害。我過去地上把刀重新撿了起來，死死握在手上。

周圍還是一樣的安靜，剛才發生的這些事似乎沒有驚動到任何人。我抱起那個女孩，把依然昏迷著的她放到了剛才我和余沛江剛才隱蔽的空調主機後面。剛才潛進來之前我們特地在草地上滾了幾圈掩蓋自己的氣味，果然有效。某些言情小說裡老是說乾淨男生帶著青草味道，大抵就是如此吧。於是我們把女孩像搓面一樣在草地上滾了兩圈。沒想到無心之失，還真的搓到了某個不該搓的部位，罪過罪過。

我和余沛江也抓了一些枯葉，撒在女孩的身上。我們現在還要把餘下的怪物殲滅，並且探看還有沒有存活的受害者。我們回到了那一排排房子的區域。然而這些房子都是一樣的，而且門簾窗簾都關得緊緊的，我們根本不知道裡面是什麼環境。要是這樣一間間地排查，天亮了都還沒搞完一半，而我們也該為了這個不知如何解釋的案件進局子了，對，還是拿著菜刀滿身鮮血地進去。

這時候還是魚配薑可靠，他適時地提出了一條很有建設性的意見：「我覺得，如果他們是共享食物的話，猜想不會收藏在某一戶的家裡。我們要不要去小區的會所碰碰運氣？」

「也好，我們抓緊時間吧。我怕她醒來亂跑，或者被那些怪物發現。」說著，我開始四周打量，開始在記憶裡找尋會所的位置。

這個小區自己也開挖了一個小人工湖，會所就坐落在這個水池邊，美其名曰「湖景」。按照規畫的平面圖，會所旁邊是一個露天的泳池，房子裡有讀報休息室，對著湖面的健身房，還有一個可以舉行家庭晚宴的宴會廳和全功能廚房，以及供小孩子玩樂的遊戲房。小孩子。經過今天晚上的這一幕，現在我聽到這幾個字，就不自覺地連打了兩個冷顫。

我和余沛江都認為哪個遊戲房以及廚房是最有可能藏起什麼東西的地方。會所正門已經上鎖了，而且這裡距離保全亭非常近，很容易就會被發現。我們只能打後門的主意了。

後門是一扇走火通道門，一般是不上鎖的，但外面沒有把手，得從裡面開。一般人的手指也沒那麼細，可以伸進門縫裡把門摳出來。但同樣地，一般人不會隨便拿著菜刀在街上蹓躂徘徊。撬開這門完全沒有難度，我和余沛江很快就進去了。會所自己有獨立的保全監控系統，我們任由它們拍，只要走的時候把錄影消掉就萬事大吉了。

余沛江不同意我的看法，他覺得現在就把監控關掉最為穩妥。於是我們就一路摸黑摸向監控室了。監控室裡沒人值班也沒有開燈，一牆的監控螢幕孤獨地亮著，守著夜。那些怪物在吃人的時候，猜想也不想讓自己上頭條，所以這小區的安保其實還是他們自己。我在鍵盤上找著刪除錄影的按鈕。忽然間，余沛江指著其中一個小螢幕用氣聲對我說：「范吉，你來看看這個是什麼？」

我順著他指的方向看去，只見在那小塊螢幕裡，朦朦朧朧只有一些大型器材的輪廓，在一張看起來是不鏽鋼長桌的桌底下，竟然有兩個熒熒的光點，看起來就像是一雙透過鏡頭和我們直直對視的眼睛。我的心裡一陣發毛。

余沛江看了看我：「你也覺得是？」他知道我想的是什麼。我點點頭。

我們互相點了點頭，在處理掉痕跡以後，我們退出了監控室，朝著廚房和遊戲室走去。從剛才模糊的輪廓來看，那雙眼睛的主人應該是在廚房裡面。既然我們已經做好了心理準備，也不怕情況會有多難應付了。我們一推開廚房的門就來了個先發制人，「啪」一下就把燈打開了。蟄伏在黑暗中的對手全然沒有意料到這個簡單粗暴直接的一著，突如其來的光線讓他捂住眼睛的片刻，我和余沛江已經上前把他剁了。

完事以後，並沒有新的對手上來招呼我們。不過我們可不敢掉以輕心，刀還是在隨時可以抽出的位置。這廚房總體來說還是挺乾淨的，然而在我們拉開冰箱以後，那又是另一個故事了。那個大冰箱的隔層裡，竟然都用瓶瓶罐罐一個個裝好了不同部位的內臟和肉塊，而且那種獨特的腥味我們在剛才已經熟悉了，那是人肉的腥味！看著那些像家畜一樣被割塊整齊分類的人肉，我再也忍不住了，一下子把我的黃色膽汁都吐了出來。胃部不斷抽搐，彷彿要把最後一絲帶著腥味的空氣都擠出來。

再接著，我們看到了一個玻璃房間，裡面正吊著數具幾乎已經完全乾透的屍體，最後面的一具看起來還新一些。我想看得更清楚一些，把臉貼近了那些玻璃，一股股熱氣透過玻璃傳來，原來這裡面是一個高溫房。房間的地板就是一個大漏斗，兩側是兩個巨大的風扇，那些被剝光衣物而且剃光毛髮的屍體，滲出的屍油會滴下被漏斗收集，而人骨人肉會在房裡被風乾。活脫脫就像一個肉加工作坊。我們往廚房深處走去，又是一排排冰箱，拉開第一個，裡面整整齊齊擺放著一排排齊口從脖子割下的人頭！男女老少都有，而且還有少數幾個睜開著雙眼。我趕緊讓余沛江把門關上了。打開下一個，我們終於一睹傳說中的骨頭凍了。冰箱裡擺放著許多盤子，盤子上放著許許多多的人骨，骨頭的外面，包裹著一層膠狀物質，有些是棕黃色的，有些又是乳白色的。從骨頭的形狀，可以分辨出肋骨，指骨等等。我們之於這些小巧玲瓏的怪物，就相當於牛羊牲畜之於我們一樣。

突然間余沛江察覺到不對勁，他立刻抽刀轉身一砍，真是不得不佩服他的應變速度。想要偷襲我們的怪物被他逼退了幾尺。

我也抽刀轉身。在我們面前，只隔著一個不鏽鋼長桌的，是一個帶著一抹挑逗笑容的成年女人。居然不是小孩子了。

我眼睛的餘光瞄到了廚房的門外。我的天，那外面竟然已經裡三層外三層地站滿了剛才我們對付過的魔童。我看了看自己手上的刀，這把便宜貨已經開始有點缺口和微微捲邊了。

這一次，我們還能像之前那樣化險為夷嗎？

幸好，這裡是廚房。我看到在我們不遠處，有一個插著幾把刀的刀架。兄弟，這次能不能出去，就靠你們了。我再一次使出了我的伎倆，把刀用力甩向了那個偷襲未遂的女人。

那個女人的速度也相當快，這次我明明已經完全對了準頭，但還是讓她閃了過去。她躍上了不鏽鋼桌，嘴裡發出了像要吐痰一樣的聲音。門外那些魔童早已經摩拳擦掌，聽到這聲音，都馬上咿呀怪叫這衝了進來，一個個眥目欲裂，彷彿都想為小夥伴們報仇。我立刻撒腿衝向刀架，我抽出兩把刀，從地上滑過去給余沛江，然後我自己也抽出了兩把，在這個狹窄空間裡再一次和魔童們展開了搏鬥。

余沛江秉著擒賊先擒王的宗旨，一門心思排除障礙想要直接砍翻這個指揮魔童的魔母。我一路衝殺過去，替余沛江掩護。出現在廚房的這些敵人的數量，和我們在貨櫃裡面對的數量差不多，有了之前的經驗和思想覺悟，我毫不留情地下手揮砍。原來那句話是真的，在你豁出去不要臉不要命的人，全世界都要忌你三分。我也沒有學過什麼刀法，如今拿著雙刀也只是亂劈亂砍，然而那些吃人的小怪物都被我唬住了，都不敢過於靠近。不過，我們在人數上還是吃虧，我和余沛江的體力漸漸不支了。

我們在一點點後退。我又看了一眼玻璃後面那些被吊起來的裸屍，范吉啊范吉，你一定要振作，要為那些死去的人們報仇啊。就在此時，我和余沛江的身後傳來了「咚咚」的幾聲，像是有人在敲打著什麼厚實的東西。難道是另一個倖存者？

聲音好像是從一排豎櫃的一格裡傳來的，這下十有八九是倖存者了。這一點又給了我不少動力。我們慢慢後退，這時我看見了那個風乾房的入口了。既然你們還換著花樣來吃我們人類的肉，那麼我們以其人之道還治其人之身也就不算太過分了。我奪步上前拉開了風乾房的門，橫掃一腳把正欲咬我大腿的魔童踢了進去。漏斗是收集屍油的，上面巨滑無比，那魔童一進去，馬上就像滑滑梯一樣，滑進了漏斗眼裡。一聲慘叫在裡面迴盪著傳了出來。事後我們才發現，原來那個漏斗的下面是一個不斷加熱的容器，保持著屍油的液狀，也加速屍身的風乾，被我踢進去的魔童，直接就被沸油油炸了。

我握刀的手開始有點發顫了，好幾刀都被靈活的小鬼給躲過去了。這樣下去情況只能越來越糟。我索性開始給他們批次生產油炸魔童。我慢慢垂下了刀子，那些恨不得把我剝皮挖肉裂脈分筋的魔童，見我開始露出疲態，馬上爭先恐後地撲上來。我反手捏著刀柄，看準時機一抬手一送，把一個魔童的右邊小腹扎了個洞，我順著刀鋒還拉了一下。然後我右腳踢起一蹬腿，那個剛抓上我小腿的魔童就被我甩去了滑滑梯。我鬆開拿刀的手，在右腳落地之前，雙手抓起被我重傷了魔童，也扔了進去。但還是有一個魔童突破了我的防線，死死抓住了膝蓋以上一寸，那些看起來柔弱無骨的手指，也沒有長出那些駭人的尖甲，可就是像一根根鋼條似的釘在我的骨肉裡，甩也甩不掉，我感覺再不阻止，我可能就要像孫先生那樣遭受臏形了。幸好這小傢伙還是沒有讀過華夏歷史的，他雙手一用力，整個身體朝上直撲我面門。他張開了口，而且這一次口大到了匪夷所思的地步，完全可以一口就把我整顆頭顱含住。那些長滿如荊棘叢的牙齒眼看著就要把我的五官腦漿一併嚼碎。我閉上了眼睛，雙手伸出去抓住魔童身體的不知道什麼部位，死命往外扯。

「啊！」一聲音高刺耳的尖叫從我左側耳邊傳來，緊接著我的面前掠過一陣勁風，「嗤」一聲，地上傳來了跟我剛才踩破內臟一模一樣的聲音。

這時候，我雙手的痛楚宛如在我身體開花，在我身體爆炸一般，占據了我整個大腦，我痛得連話都說不出來。直接背靠著牆滑坐在地上。

我睜開眼努力想看清到底發生了什麼，視線足足模糊了三秒，金星亂舞的世界才總算對上了焦。我看到有一個女孩，正在舉著一個黃色的複合材料砧板，在我身前白色套頭衫上已經血汙斑斑，牛仔褲也已經直接被撕去了大塊，長褲快變成短褲的那種。剛才，就是這個黃色的砧板把我救下了……同時也把我抓著魔童的手狠狠敲了一下。幸虧我縮手及時，不然就得跟著地上那坨東西一起報廢了。

不管怎樣，這英勇的女孩也總算是救我一命，循例也該說句謝謝。然而就在我重新站起來的時候，她卻倒下去了。砧板「哐噹」一聲掉在廚桌上，那女孩暈厥了過去。

我看了看眼前的情形。余沛江四面受敵，身上穿著的嚴格來說只是碎布，根本不算是衣服了。我現在雙手能使上的力氣還不到剛才的三分，而且面前還有一個女孩需要照顧，真是兩頭不到岸。

剛才被我油炸了他們幾個同伴以後，那些魔童對我還是有幾分忌憚，一時間也沒有敢一哄而上。

儘管我知道我接下來要做的是一個很危險也很愚蠢的行為，但我還是這樣做了。我把已經昏迷的女孩扛在了右肩上，左手舉著刀朝著余沛江那頭衝過去。

「江，撐住啊！」我一邊大吼，像瘋子一樣舞著刀大步向前。

在這樣的關頭，能不能活下來全靠著人的意志力。余沛江看到我救出了一個受害者，他的精神也為之一振。儘管之前我和余沛江在瀕死邊緣時都有過「殺一個夠本，斬兩個有賺」的想法，不過我們也不是只會逞勇的莽夫，都會隨機應變給自己一條活路。用他教我的粵語來講就是：要識得自己「執生」。

他剛才應該也是一邊抵抗一邊想著脫身之計。現在只見他抓起一個魔童，直接扔向了鐵網烤爐，那個魔童一陣慘叫，余沛江接著一刀插向了裝油的塑膠桶，油傾倒在魔童身上，整個身體頓時著火，空氣裡瀰漫著一股焦臭的味道。余沛江脫下衣服打在火上，把衣服也點著了，他像揮舞鞭子一樣逼退了敵人。我大概猜出了余沛江的意圖，我衝過去，抓起那個破洞油桶，直接甩向了魔母。此時的她，面目越發猙獰，她的喉嚨深處發出爆裂和血肉張開的聲音，緊接著，她的人中往下，從下巴直到脖子，居然都像兩邊張開了，裡面露出一撮撮胡亂飛舞的觸鬚，以及觸鬚後面葬著的尖長獠牙。她裂開的臉頰內側，竟然還長著四五個像蜥蜴一樣的眼睛！

那個油桶飛過去以後，我馬上彎腰拎起第二個油桶，同樣戳穿了，往四周甩了一圈油以後，把油桶對準了那可惡的觸鬚獠牙扔過去。我抽出烤爐旁邊像鋤頭一樣用來刮爐垢的工具，把已經一半成炭的撥出來，像打曲棍球一樣一桿子打了過去。我和余沛江早已經把整個廚房，包括那些魔童和我們自己都弄得到處都是油，一遇到明火，就通通都燒起來了。

我趕緊推著還赤著膀子的余沛江往門口衝去，把女孩交給了她，然後我舞著刀子殿後。我關上門後，死死攥住門把不放，把他們都困死在裡面。余沛江放下那個女孩以後，從我手中拿過刀，追上兩個跟著我們一起溜了出來的魔童，幾刀下去，幫助他們和裡面的家人團圓。

很快，合金門把開始發燙了，我鬆開手。這時候，整個會所開始煙霧報警，水灑下來了。消防車很快就會到，我們必須馬上離開。我們開始找回原來的後門出去。在路上我無意間瞄到了一個門沒有完全關緊的房間，有一些人的毛髮被吹了出來。我不敢想像這個房間到底有什麼功能，急匆匆和余沛江出去了。余沛江扛著女孩快步往我們收起另一個女孩的地方走去。而我則衝到貨櫃車的駕駛室，胡亂翻找了一下，在駕駛座的腳墊下面找到了一把斧頭，在導航座上找到了打火機，非常好。我掄著斧頭的尖頭把油缸給砸穿了，柴油流了一地。我跑出幾公尺，把打火機狠狠地往地面甩去。廉價打火機在地上爆開了，瞬間把油堆也點燃了。

電視上那些帶著光環的主角總是在著火以後有足夠的逃生時間，而且他們總能在爆炸前一秒像先知一樣帶著眾人跳著趴下。所以說電視看多了真的教壞子孫，實際情形根本不是那樣的。幾乎就在火機爆開的同時，那些柴油馬上就燃燒爆炸了，整個貨櫃車被炸得掀倒側翻，而那些壓縮然後急遽膨脹的空氣把我整個人帶著往外飛，而且那股熱浪真的像是開水水蒸氣那麼地燙。而且整個區域都好像發生了一場地震一樣。

沒錯，我很狼狽地摔了個狗吃屎，渾身火辣辣地，猜想好幾個地方都燙傷燒傷了，不僅如此，剛才爆炸，還有些瀝青地上的小石子，像被氣槍打進了我的皮肉裡一樣。再加上新傷舊患，這次可真是豪華大禮包。還是算我命大，還沒有暈過去，還知道要逃生。像《大兵小將》裡梁兵的臺詞說：「挺好的，我爸說『能活著，就挺好的』。」

我強撐著，爬起來跑到了余沛江他們那裡。這時，余沛江在噴灌草地的儀器接了點水潑在兩個女孩臉上，兩個女孩掙扎著醒過來了。恢復意識以後的她們，都不約而同第一時間在自己身旁尋找物體自我保護。她們渾身發著抖，還沒看清眼前的人是誰，眼淚就流下來了，用一種近乎絕望的哀求唸叨著求我們放過她。看來，在這之前，她們真的活活在人間地獄裡走了一遭。

余沛江扯著我趕緊離開。

「啊？難道我們就把她們這樣留在這裡啊？」

「警報響了，消防車和警察都會第一時間趕來。有人會照看她們的，我可不想上電視，也不想警察局。」他這麼說也有道理，於是我們就趕緊朝著河邊走去。這一次，我們是斷沒有力氣跳過去了。也好，算是洗洗傷口。老天爺總算沒有落井下石，在河裡安排個鱷魚或者毒蛇什麼的。

然而我們這樣折騰了半夜，我們的車還停在餐廳前，我和余沛江現在這副模樣，肯定不能大搖大擺穿街過巷的。我看了看錶，現在是凌晨五點，馬上就要天亮了，要是現在不行動，等下就更困難了。該死，下次考慮要更周密一些，比如在撤離點事先準備一套衣服。

這時候警笛大作，警察和消防已經趕來了。這一下警笛倒是喚起了我們的思路，剛才那聲爆炸那麼響，近處的居民肯定被驚醒了大半，而且警察很快就會開始封鎖現場，說不定還會封路查車，我們要逃真的只能趁現在了。

余沛江又開始念他們的粵語諺語了：「搏一搏，單車變摩托。衝吧！」我們深呼吸一口，然後開始撒腿往停車場衝去。

還真讓我們衝回了車上。我們滿身傷痕地爬上我們租來的索倫托時，真的好像昨晚一切都只是一個驚險的夢。

我們車上還是有換洗衣服的，我們換了一套衣服以後，把車開回了酒店。幸好汽車旅館進房間的時候是不用直接經過什麼大堂的，就可以回到房間。

我們用清水過了一下，然後直接上床睡到將近中午。

明明已經勞累了一宿，渾身疲軟筋疲力竭了，卻偏偏在入睡以後，做了個不三不四的夢。在夢裡，盈盈為我清洗傷口，然後她看著我，我看著她。接下來發生的事，就不可描述了。一覺醒來以後，我隱隱覺得有點愧疚。我和她已經過去那麼久了。而我現在和她也只是普通的朋友，就算我們心底都依然沉澱著一些溫存的情愫，我也什麼承諾也給不起。

我嘆了口氣。余沛江今天少有地比我起得還晚。我把他弄醒，叫他起來收拾準備退房了。余沛江在裡面梳洗刮鬍子，我看著昨晚睡著的枕頭怔怔地發呆。電話鈴響起了。

退了房以後我們就開始上路往費城開去。不過我們沒有上高速，而是在下面的路上行駛。一路上我們見到 CVS 或者 Walgreen 這類藥妝店就停下，我和余沛江輪流帶著帽子進去買雙氧水和醫用酒精，而且是現金支付。按照我們魚配薑神探的說法，就是怕萬一有哪個像《隱世者們》裡的張警官那麼閒又嗅覺靈敏，追蹤上了我們。

小心駛得萬年船，我也不能說他什麼。就這樣，明明一小時內可以到的路程，我們硬是走了三個多小時。我們在網上訂了一個不用和房東見面，閃電訂房而且直接用密碼鎖開門的 Airbnb 民宿。

我們把東西放進去以後，我第一時間把浴缸刷洗了一遍，然後把買回來的雙氧水倒進浴缸裡，稍微加點水稀釋一下，然後直接跳進去洗傷口。大小傷口多到需要這樣子消毒處理的，也怕是沒誰了。余沛江則是用起子在加侖桶下側戳了幾個小洞然後用紙塞起來，把雙氧水灌到了加侖桶裡，拔掉紙塞，像蓮蓬頭一樣淋浴。這可疼得我們的嘴唇都白了。不行，我們肯定要在吃的方面把這些補回來。

我們手動洗車並且噴了空氣清新劑以後，把索倫托給還了。拿到帳單一看，高速路橋費那一欄真是怵目驚心，而且這還是我們走了一段低速以後的帳單，要是從華盛頓到波士頓全程，那數字可想而知。之前網上有人調侃如果有人東南亞的朋友們想自駕遊去我們帝都玩，必須得是富豪級別的，要不然光是繳交高速費，在半路上已經破產了。現在看來，美國也是這樣的情況啊。幸好費城這個城市規模比較小，而且也有地下鐵路，不然停車費還得被政府坑上一筆。

第十一章　橋頭的哭泣新娘

盈盈打電話來，說已經放假了，問我們現在在哪。我說我們在費城，她在電話那頭想也沒想就說飛過來找我們玩。我有點猶豫，不過說實話我也有點想她了，於是就答應了。其實如今我和余沛江的身上都包紮滿了膠布繃帶，不過幸虧北邊的天氣還沒完全熱起來，我們依然可以穿件長袖，把傷藏在衣服後面。

這一仗可真是凶險，為了補償我們自己，我們扯上朋友連續吃了兩天火鍋。直到躺在床上打著飽嗝完全不能動方休。

盈盈知道我們為什麼在這裡，大概做些什麼東西，所以她也沒問。三天後，我們在費城的唐人街碰上面了。她就站在我的面前，我腦子裡冒出一種衝動，就是趕緊上前去抱抱她。不過我還是克制住了。我們就這樣笑著，彼此打了個招呼。

沒有比吃飯更耿直的交友方式了。和盈盈碰面以後，我們三人殺奔的第一個目的地就是飯館。盈盈想吃北方菜，我們在牌坊附近找到了一家西安菜館，於是我們就進去了。桌子一下子就擺滿了：鍾水餃，褲帶 Biang Biang 麵，大盤雞，紅油抄手，乾鍋肥牛。說實話，當初盈盈比較讓我印象深刻的一點，就是她不會嫌自己胖而不跟我去吃飯。尋覓好吃的餐廳，然後進去吃飯，永遠是非常愉悅的體驗。

盈盈這一次是一個人來的，艾米麗的課程還沒有結束，還在學校抱著佛腳。可惜她錯過這一頓美味佳餚了。晚餐快結束的時候，余沛江的手機響起了。他接通電話，就開始往外走。

我和盈盈繼續一邊吃一邊聊天，交流著彼此最近的情況。我刻意避開我們最近遇到的幾個比較凶險的案件，她也理解我，並沒有刻意問起。過了大概十分鐘以後，余沛江給我發了條微信，說他有點事，猜想今晚不回來了，保持電話暢通，隨時連繫。

我打趣地問他是不是有佳人相伴，他在電話那頭笑了笑。畢竟大家都不是小孩子了，我也不是他保母，他有自己的事情就去吧。那麼……今晚就只剩下我和盈盈了。

買單以後，我們在客運站附近一家叫功夫茶的店排隊買奶茶。這樣像個高中生的生活，我之前還以為，再也不會有了呢。就連我們點的東西，就和幾年前在大學島時一樣，我的是八分甜不加冰的純奶茶，她的是無糖無冰的紅豆燒仙草奶茶。

我和余沛江住的民宿就在不到十五分鐘的步行範圍裡。順著南北向的唐人街一直走就可以走到。路上經過一家 CVS 藥店的時候，盈盈停下腳步，問要不要進去看看。進去以後，她跑到了賣眼影和遮瑕的區域，讓我自己隨便逛逛，馬上就走。不知道為什麼，我隱隱感覺她不是為了化妝品專門進來的。我的心跳越來越快。然後我來到了賣羞羞用品的貨架，拿了一盒最薄的。

同樣是十二個一盒裝的（藥妝店裡最少的就是這個包裝的），美國的盒子就好大一個，搞得非常尷尬。我只好連忙撕開塑封，把東西分開裝進了各個口袋裡，錢包裡也塞了兩個。剛剛塞好的，盈盈拿著兩瓶礦泉水，也拿了一瓶廉價紅酒也來到收銀臺了。她看著我，問我還有沒有什麼想買的，我支支吾吾說沒有了。糟了，會不會是我想太多，太邪惡了？

一路回到民宿，明顯比前一段沉默很多。我牽住了她的手，她沒有說話，也沒有掙脫。回去以後，她說想小酌兩杯。民宿的廚房抽屜裡有紅酒開瓶器，很快，兩個馬克杯中倒滿了紅酒。沒辦法，這裡可沒有連紅酒杯也提供那麼周到，而且我們都知道，我們喝的不是紅酒，只是這酒精飲料恰巧是紅酒而已。

酒這東西還真的是能壯膽，十分鐘以後，我感覺自己已經是天下無敵了。我也邁出了之前不敢的一步。我拿走她的酒杯放在了桌面上，然後吻上了她的唇。她的身體微微有點顫抖和發燙，不過很快，她就放鬆下來，雙手搭在我肩膀上了。

我箍住了她的腰，把她的身體拉得更近。周圍的空氣溫度一直在爬升，已經熱到了無可忍耐的地步。我雙手托著她的腰，一下子把她舉起豎著抱在懷裡。她笑著叫了一聲，雙腳環住了我的身體。我們進去臥室以後，就雙雙倒在柔軟的床上。雖然我還不是單手解衣的老司機，但好歹也算是上過沙場的將軍，還是能應付得過來的。指尖從襯衣外面滑了進去，畫個半圓兜到後腰，然後沿著脊椎骨一路上去。衣服被拋到了地上。

盈盈坐到我的身上，把我壓了下去。從前的她，很少這麼主動的。從前我用鬍渣在她臉上和脖子上輕輕掃動，她咯咯地笑，如今她在我耳邊輕輕吐氣，我渾身像是觸電一般。她的舌尖一路滑下去，避開了我身上的傷口。她什麼也沒有問。靈巧的手指同時也鬆開了我的皮帶，鈕扣，以及拉鍊。在我把所有的注意力都放在她身上時，我的鼻息不自覺地加重了。

她的頭在有節奏地一起一伏時，我感覺渾身時而如躺在帶著陽光溫度的棉花海洋般放鬆，時而又感覺渾身火燒心癢難耐。我再也按捺不住了，我輕輕地把她的臉抬起來，然後用力吻了上去。我把她最後的防線也褪去了。她的手掌放在我的後背上，把我拉近她。愛如潮水。

半小時後，我帶著笑，一邊喘氣一邊躺倒在她身旁。她鑽進我的懷裡，跟著我的胸膛一同起伏。

「范吉，你的心跳好快。你沒事吧？」忽而，她昂起頭，看著我。

「沒事的，歇一會就好了。」這大概是我們最久的一次了吧，看來小別勝新婚這一說是有道理的。當然，酒精的功勞也是不在話下。

「還疼嗎？」我知道，她在問我的傷口。

「你剛剛不是已經把它們都治好了嗎？」我撫著她的肩說，用力把她摟得更近。

我還記得我們第一次有這種共同回憶的時候，當時我是緊張得渾身不住地發抖。她不住地喊疼，我不敢多使一分力，好不容易成功了，我才動那麼幾下，就洩了氣。後半夜又試了一下，過程還是同樣短暫，倒是反過來，成了她安慰我了。我很懊惱，陷入了自我懷疑之中。輾轉著，我就睡著了，朦朦朧朧中，似乎聽到她在手機播著楊千嬅的《小城大事》，我從此喜歡上了那首歌。第二天醒來的時候，日光已經傾瀉而入，帶著睡意的她看著我笑，我們終於成功了一次。

同樣的人，當時的回憶，眨眼又是幾度春秋，相逢更是異國。

我已經很滿足。而從她的面容來看，她也是。沒想到幾天前的夢境，這麼快就成真了。這一宿，我睡得特別沉。

醒來的時候，麥當勞都已經結束早餐時段了。我看了看手機，奇怪，余沛江那傢伙還真的一宿沒有回來，也沒有給我留言或者打電話。他到底幹嘛去了。這小子，如果說他去了酒吧一夜不歸還是情有可原，可他才接了個電話啊。

不過我深知做我們這行，一個電話很可能就會暴露行蹤，把自己置於危險境地，分分鐘還是致命的危險。所以我也不敢打去給他。這麼大的人了，應該有點分寸，不會被仙人跳了吧？

我和盈盈膩在一起，又慢慢找回了當初戀愛的感覺。然而因為余沛江的事情，我總是感覺有點心緒不寧。終於，在距離吃大盤雞的晚上整整兩天以後的晚上，我接到了他發來的一條簡訊：**Pittston, Luzerne County, PA**（皮茨頓，盧塞恩縣，賓夕法尼亞州）。這個地名雖然和我們現在所處是同一個州，不過沿著 **476** 公路開車過去最快也要兩個多小時，他是想要我們過去會合他嗎？我心裡隱隱感覺，這又是一宗新案子。

我打開暗網，嘗試著在靈異地圖上鍵入了這個地名。馬上就有一個網頁彈了出來，標題是：橋頭的哭泣新娘（The Whipping Bride on the Bridge）。在八、九十年前，有一個名叫瑞秋．霍姆雷斯的新娘，在婚禮當天遭到悔婚，在毫無事先通知的情況下，新郎和他的家人無一到場。霍姆雷斯小姐是一個孤兒，從小在福利院長大的她，因為性格內向也沒有多少朋友。當天，在她為數不多的朋友以及福利院院長也惋惜地離去以後，她還靜靜地等在教堂裡。相傳，她一等就是七天七夜。在第七天的深夜時分，她走進教堂後面神父的寢室，把證婚神父掐死在了睡夢之中。然後她走到小鎮通向外界的薩斯奎漢納橋，用繩子在橋上打了死結，也把繩子套在脖子上，縱身一躍，跳橋上吊了。

後來人們發現她懸吊在半空中的屍體時，她依然穿著那身婚紗，只不過因為一週過去，婚紗早已成了灰黑色。新娘的臉上還是新婚之日的紅妝，因為淚痕而花掉了，變得非常詭異。她帶著全身的重量往下一跳，繩子強大的拉扯力把她的頸骨一下子就拉斷了，深紅色的血液從她的喉嚨裡湧出來，染紅了她的唇。血液從她嘴角劃下，劃過她被勒成紫紅色的脖頸，染紅了她的灰色婚紗。她的微血管爆裂，吊在橋上的她七孔流血，血紅色的眼球幾乎從眼眶迸裂出來。

網頁的下面還有一段加了下劃線的紅字，標註的是因為當時的事實引起了當地居民強烈的不適，所以在正規新聞報導都把她的照片作了處理。在報導的正文，也隱去了一段描述：血新娘的左手手臂上，縫合著一個娃娃，一個血娃娃。

當時新娘已是有孕之身，她在殺害了神父以後，割下了神父的皮肉和毛髮，縫合了一個帶著毛髮和四肢的無臉人皮娃娃。完成以後，她把還沾著神父血跡的血娃娃生生縫在了自己的手臂上，然後才跳橋上吊的。

整個小鎮籠罩在了一層陰影之下，自此人們都自覺地不再談論此事，期盼著這事早點從記憶裡淡化、繼而抹去。然而像這種不好的東西總會自己悄悄地長了腿溜出去，很快，故事就被傳開了，而且在這過程中，還產生了很多版本的傳說。

有人說開車經過時把鑰匙放在車頂，就能在後視鏡上見到血新娘；有人說如果有女性坐在後座哭泣，血新娘就會過來安慰並且把女性帶走；還有人說男士身穿禮服手裡拿著一束花，低聲說幾遍「I'm back.（我回來了）」，凸瞪著雙眼，流著血淚的新娘就會出現。

魚配薑這傢伙該不是閒得無聊過去驗證傳說的吧？

盈盈就坐在我的旁邊，她問了個問題：「可是這新郎幹嘛去了？是真的這麼負心還是有難言之隱，比如說得了絕症什麼的。」看來在這些年，她韓劇還是沒少看。

「這下面有提到，新郎官亨廷．特西亞，是黑白混血兒，海地人，父親還是出生於海地一個較為顯赫的家族。他原本在紐約的公司上班，後來定居並且把媽媽接過來旅遊以後，隨著母親去賓夕法尼亞看望移民的親戚。在那裡他遇上了霍姆雷斯小姐，結下情緣並約定婚期。然而就在新婚之前兩天，新郎一家突然傳來消息，新郎的父親過度注射毒品而去世了。新郎和母親要趕著回國奔喪，他去女孩的住址找她，然而沒有找到人。他想著到達以後再設法連繫，於是就離開了。女孩自卑自己是個孤兒，之前一直也沒告訴他她在哪裡長大。剛好那晚，女孩是去找孤兒院院長報好訊息的，因為聊晚了在院長家睡。特西亞到海地以後，發了電文，又寫了通道歉。」我說。

可惜在那個依然算是「車馬很慢，一生只夠愛一人」的時代，等信到的時候，伊人已作古。當時電報系統還沒有很普及，而且那時候在歐洲奪去幾千萬人生命的西班牙流感剛得到遏制不久，所有的媒體資源都用在了上面，電文也優先處理歐洲發來的，這一條訊息被不經意地遺忘。沒想到，這卻讓一個傷心欲絕的人了結了自己的生命。特西亞在後來知道這個消息以後，經受不住雙重的打擊，當晚在房間裡關上門窗，燒了三盆炭。

盈盈的意思是，既然余沛江在那裡了，我們可以過去看看。其實這類事情我是真的不樂意讓她也摻和進來的，但扔下她一個人在費城好像不太好，再加上我自己心裡的一個小算盤，我怕和她好不容易拉近的距離，分開以後就又會打回原形了。這事情都已經快過去一個世紀了，我和余沛江也都在，猜想不會有什麼事吧？

在手機應用上退房以後，我們把鑰匙鎖回了密碼鎖盒裡。隨便租了輛小MAZDA2，我們就上路了。這車可真夠經濟的，不僅油箱小得可憐，時速一旦開上個五六十英哩，車頭就打開震動模式，彷彿隨時要散架。沒辦法，那個破門市能即刻開走的就這輛小破車。我想，這就是名副其實的「車震」吧。

在路上，我們大多數時候都是沉默。知道了一個這麼沉重的故事，換著誰心情也不會很好。然而偏偏就是有不少好事的青年，專門前來親身試探那些「招魂」的方法。在美國東南部喬治亞州和南卡羅萊納州交界有一個叫薩凡納（Savannah）的城市，就因為曾經盛傳各種鬧鬼傳說而成為了一個熱門旅遊城市。

我們在高速路口隨便找了個麥當勞解決了午餐，五美元兩個巨無霸，我幾口就吃完了，吃完才發現對面坐著的不是余沛江而是盈盈。她笑了笑：「以前你在國內麥當勞吃原味板燒雞腿堡的時候也是這個樣子，看著你吃就特別有食慾。可惜美國這個賣。」

大概下午兩點半的樣子，我們就到達了皮茨頓。我發了條微信過去，告訴余沛江我們到了。這傢伙秒回了一個地址。這地址，竟然是個……麥當勞。過去和他會合的時候，他旁邊還坐著個身材火辣五官勻稱端正的小洋妞。這小子可以啊，在鬧鬼的地方找到春天了。

我和盈盈坐下以後，余沛江指著餐盤裡的一個巨無霸對我說：「喏，這是幫你點的。哦，對了，我介紹一下。范吉，盈盈，這是溫蒂；溫蒂，這是我之前跟你提過的搭檔吉米．范，還有他女朋友盈盈。」盈盈落落大方地過去跟溫蒂握手，我也伸出了手。盈盈居然沒有否認？在錯愕的心情下，我打開盒子，把今天的第三個巨無霸也吃了。

很快，余沛江就把話題引向了正軌。他果然是為了橋頭的哭泣新娘而來的。此外，他還告訴我了一個震驚的訊息。坐在他身邊的這個性感尤物，竟然是我們的同行。是她讓余沛江過來幫忙的。

余沛江跟溫蒂說，要用中文跟我們解釋，畢竟在公眾場合，用大家都聽得懂的語言談論這些好像不大好。溫蒂點了點頭。余沛江轉向我們，開始一本正經地跟我們說：「那天晚上我就是接了她的電話，才從飯店離開的。五天前，溫蒂發現皮茨頓出現了一宗命案。就在半個月以前，有一宗相似度非常高的命案發生過。她剛好就在附近，於是就過來轉了一下，因為這事都在相關靈異論壇炸開鍋了。溫蒂本身就是一個警察，是學刑偵出身的，只是後來偶然接觸上幾個我們這種案件，於是就辭工成了職業的……應該說是驅魔人吧。因為到處奔波的需要，她已經從警察局辭職了。

「溫蒂接觸到相關案件，都會職業性去從一個正常角度去思考，會不會是一個有怪癖的連環殺手，打著靈異的幌子滿足自己的犯罪慾望。但是她排除了這個可能性，然後她找上了我。你這麼看著我幹嘛？好吧，我和她是在一個論壇上認識然後互加臉書的。」

接著，余沛江和我大概說了一下那兩個案件的情況。兩個死者都是男性，而且都是身穿禮服。

然而，他們兩個都不是過來尋找哭泣新娘的好事者。

第一個死者叫迪克‧米連荷，從南加州遷居過來的，曾經因為在芝加哥蓄意傷害一個越南裔男子被捕入獄，出獄以後在皮茨頓開了個便利店重新開始。出事當天，他穿著晚服打了蝴蝶結去赴約，本來他是想要在晚宴上跟女友求婚的。

他開車經過鎮上的古玩店時，看到櫥窗上有一個非常精美的鍍銀三叉燭臺，他心血來潮想買下來。燭臺的價格很公道，他也沒還價，就買下了。然而從古玩店走出來以後，女友打電話給迪克，說突然間有點胸悶頭暈，晚餐吃不成了。迪克本來想去看望女友，可是女友跟他說父親從波特蘭過來了，讓迪克不要去她家，先自己回家，她也沒什麼事，很快就好的。迪克只好作罷，回到自己的家中。準岳父一直因為他坐過牢不大待見他，他們本來打算先斬後奏的。迪克把蠟燭插在燭臺上點燃了。

當晚，他就死了。

第二天清晨，出門上班的鄰居一出門就被嚇壞了，並且第一時間撥通了報警電話。迪克打開了自家的陽臺門，用繩子拴住了自己的脖子綁在護欄上，然後從陽臺上跳了下來。他的死狀非常駭人，一如幾十年前的霍姆雷斯小姐事件。不過，他的神情卻是帶著沉穩，宛如一個自信的，即將踏上戰場的士兵。他的手上，緊緊攥著那個他剛買回來的鍍銀燭臺，禮服的口袋裡還有他精心挑選的求婚鑽戒。

這看起來像是一宗自殺，但是警方把它定義為一宗命案。死者完全沒有自殺的動機，他有一段美滿的感情，有一個重新開始並且平平穩穩的生活。而在他出獄的時候，法庭要求他每隔半年都要去費城找指定心理醫生做心理測評，在一切正常的情況下維持三年。他剛剛才做完倒數第二次評估，心理完全健康。但是如果判為他殺，案情如何發生，誰是可能的行凶者，一切都沒有合理的解釋。

在事情發生兩週以後，又出現了一個死者。這一切恰恰是相反，一個看起來極有可能是他殺的死者，法醫得出的結論竟然是自殺！

第二個死者名叫康卡思・蘭蔻。他是一個高中應屆畢業生，死亡前的當天晚上，他應邀去參加同學組織的復活節晚會。晚會在鎮上平時週末舉行跳蚤市場的空地上舉行，學生們開著皮卡（美國滿16歲就可以考取駕駛證）停在空地上，上面載著各種食物和發電機還有照明、派對裝置。大家在派對上吃吃喝喝，跳舞唱歌玩遊戲，非常開心。

中途，康卡思有點尿急，想在附近的樹叢裡解決。他的手機沒電了，於是同伴順手給他在桌上拿了一個燭臺。當時他們還取笑他說別引起山火，不然一泡尿可是撲不滅的。

他方便完，回到派對上時，剛好是評選舞會皇后的環節，他的舞伴正焦急著等著他，他說了一句「我回來了」，然後放下燭臺，和舞伴走進了跳舞的人群中。當晚大家都玩得開心，直到約定的十一點鎮上警長過來清場，大家才收拾好各自歸家。

第二天是假期，蘭蔻媽媽以為兒子睡懶覺，就沒去叫他。可一直等到了中午，還不見康卡思下來，於是媽媽就上去了。一打開房門，她的腦袋「嗡」一聲一片空白，緊接著，一陣撕心裂肺的尖叫聲響徹了整個寧靜的社群。康卡思的臉是死灰色的，脖子上有十個紫黑色的指印，指印深到彷彿嵌進了皮肉，幾個凹洞知道現在都還沒回彈。這一看，少年就是被活活掐死的。

鎮上的法醫剛好是蘭蔻家的近親，是康卡思的表哥，他馬上開始著手驗屍寫報告，想盡快幫自己的表親破案。然而等報告出來的時候，結果卻是那麼讓人難以置信。脖子上的指印，分明就是康卡思自己的手指，而且蘭蔻家沒有任何被入侵的痕跡，也沒有發現任何不屬於這個房間的東西或者指紋。一個剛剛參加完晚會，心情愉悅、風華正茂的少年，居然在回家以後活活把自己掐死了。這樣的事實換作誰都會覺得難以置信。

其實一般來說，人是很難把自己掐死的。當人用手對自己脖子施力時，缺氧到一定程度時，潛意識裡的求生本能會進行自救，會自行鬆手，而且到血液供氧不足時，人也使不上力氣，很難說會出現目前這種狀況。

溫蒂在知道事情的起因以後，她進行了一些調查。用科學的刑偵思維排除掉一切她能想到的可能性以後，她開始在超自然力量的角度進行探索。兩個死者的共同點其實不難被找出，穿禮服的男性，死前都對一個燭臺有過接觸。

走出麥當勞的時候，溫蒂對我們說：「我覺得兩個死者接觸的燭臺是同一個，而且這事，有可能跟哭泣新娘的傳說有關。」她似乎留下了一個開放式的問題，讓我們自己回去想下一步該如何做，如何防止下一個案子的出現。

余沛江讓我和盈盈先找個地方落腳。他說他們就住在鎮上的 Comfort Inn（精品酒店，一個附免費早餐的連鎖經濟型旅館品牌），我們可以去問問還有沒有房，那邊上還有幾個旅館。他現在和溫蒂去古玩店打聽一下情形。

我問他過去兩天，案子有什麼進展，他為什麼不連繫我。

「沒什麼進展，我也按照那些民間傳說的方法逐一試了一下招魂，我還特地在這裡買了一套廉價禮服。但什麼進展都沒有。沒連繫你，是因為你們好不容易見一面，好歹給你們多一點二人世界的時間。」我笑著一拳打了過去。其實他們之前一直沒有把重心放在過那燭臺上，直到昨天，余沛江在網上留意到一張過去霍姆雷斯待過的孤兒院的老照片，在孤兒院的院長辦公室裡，赫然擺著一個三叉燭臺。

「那個燭臺，在迪克死後理應要麼作為遺物被家人收好，要麼作為證物放在警察局的證物房裡。不過我們也有理由相信，那個燭臺不知道因為什麼原因，又出現在了高中生的派對上。溫蒂覺得，這些事情的元凶，有可能是那個燭臺。如果是那樣，會不會有下一個遇害者出現，我們很難預料。所以，最後還是需要你過來一趟，我們幾個人快手快腳把這案子辦完。」

有了這個發現以後，事情就慢慢變得清晰起來了。關於「橋頭的哭泣新娘」這個傳說少說也有幾十年了，然而之前一直都沒有聽說過有人因為這個而失去生命，唯獨在這個燭臺出現以後，短短半個月間就發生了兩起案件。哭泣新娘上吊的那條薩斯奎漢納橋，在霍姆雷斯死後就被廢棄了，二十世紀後半葉因為道路規畫原因，橋更是被拆除了。所以如果這兩起死亡事件真的和當年的哭泣新娘傳說有關，這個燭臺應該就是核心了。

那麼，我們需要把它找出來。盈盈很想幫上我們些什麼忙。於是我們就安排她專門在電腦前，找出小鎮上高中生的臉書、推特、Instagram 還有 Youtube 這些社交軟體的帳號，看照片或者影片裡有沒有出現那個燭臺的畫面。我負責去古玩店蒐集消息，以及溜進迪克的家裡翻找一下有沒有其他可疑的痕跡；余沛江主動要求去找那些高中生打聽消息；溫蒂打了個響指，說她能搞來警局的一些情報，幾個人分頭行動。

盈盈從包裡拿出了一個用密封袋裝著的乾草。她給我們幾個一人遞了一串。我和余沛江有點愕然，不知道是什麼。溫蒂聞了聞以後笑著說：「這是 Sage（鼠尾草）。在屋裡燃點可以洗滌那些不乾淨的東西，我知道東方有些地區在搬新家，或者到空置已久的建築裡時，會點燃一串乾鼠尾草。你看，你們辦了這麼多案子，還不知道鼠尾草。」連這種傍身的東西，盈盈都想到了，真了不起。

分配好工作以後，我們開始分頭行事。那個古玩店也不難找，就在鎮中心。進去以後，我發現這店說白了也就是個二手貨淘寶店。進去以後我問店主有沒有燭臺賣。店主露出了驚訝而且夾帶著一絲惶恐的神色，嘀咕道為什麼最近這麼多人買燭臺。他把我領到一個放著各種燭臺的櫃子，我留意到他的步伐有點顫巍。我掃了一眼，沒有我要找的。我也懶得遣詞造句轉彎抹角，直接就問他前兩週放在櫥窗上的那個鍍銀燭臺現在在哪。

店家在聽到那個燭臺以後，已經再也掩飾不了眼裡的驚懼。他問我為什麼要找那個燭臺。我沒有回答他，而是繼續問道：「之前你店裡是有一個那種燭臺，還是有兩個？」

店家不是那種很強勢的人，可能被我的氣勢唬住了，也就對我說了實情。他店裡之前的確有一個三叉鍍銀燭臺，兩週前賣給了一個先生，沒想到他在買回去的當天晚上就自殺身亡了。因為死者和他有接觸過，警察找他問過話，他當時在警察的證物袋裡看到自己剛剛賣出的銀燭臺。

「之前我總覺得那個東西好像有點邪門，想儘早賣掉。可當我那天重新在警察手中看到它的時候，我居然莫名覺得那個燭臺好漂亮，好想重新擁有。不知道為什麼，我居然撒謊說迪克沒有買走，只是租用一天用來求婚的，於是我就租給他了。警察也已經用紫外燈採集完了指紋，出乎我意料地當場把燭臺還給我了。那半小時好像做夢一樣，神志迷糊，具體還做了什麼我自己都記不太清了。」店家在恢復神智以後，對那個燭臺又有了一種莫名的敬畏和不安，又想趕緊把它賣掉了。

店家繼續說道：「於是，在擦乾淨以後，我把它又放回了櫥窗。就在幾天前，有學生要到空地上去開派對，又把它從我這裡買走了。可……可是，我聽說，他好像也……也死了。」我點了點頭。我想，迪克的家我也可以不用去了，溫蒂也不用去警局了。謎題一下子解開了，正是我們推測的那樣。

我問店家：「你知道那個燭臺的來歷嗎？」他小心翼翼地對上了一下我的眼神，然後把視線微微挪開，輕輕點了點頭。那是當時孤兒院院長送給霍姆雷斯的禮物，燭臺一直被霍姆雷斯珍藏著。後來霍姆雷斯過世了，特西亞說，他從父輩那裡接手這個古玩店已經而是年了，他45歲的人生裡有大半都是在這個店裡度過的。其實他相信，店裡很多舊貨，不僅擁有著各自過去的故事，有的物件還擁有著自己的靈魂。他說他對燭臺那些奇怪的感應，應該就是如此了。

我告別了店家，馬上給余沛江和溫蒂打過去。余沛江那邊也有點進展了。一小時後，我們幾個在旅館碰上面了。盈盈見我們回來，馬上跟我們說她已經找到了，那些高中生的派對上，的確出現了那個鍍銀燭臺的照片。我這邊也交換了一下我拿到的消息，已經可以確認，這一切就是這個燭臺惹的禍了。

「余沛江，你說你那邊有進展。是不是知道那個燭臺在哪個小子手上了？」我問道。

余沛江點點頭。他說：「是知道那個燭臺現在在哪裡了，但不是在哪個學生手上。那個燭臺現在正在教堂裡。」

「啊？教堂？」我們幾個都異口同聲叫了出來。既然都已經在教堂了，那豈不是已經大功告成，什麼也不用做了嗎？

然而溫蒂不同意我的看法，她說：「燭臺如果一直放在教堂的話，將來的後果會更嚴重。」接著，她說她的理由。真正具有淨化洗滌功能的是那種 Cathedral（大教堂），像小鎮上這種婚慶功能大於祈禱功能的禮拜堂，是鎮不住的。單單拿歷史來說，這新蓋起來的小教堂年歲還沒有那個燭臺久。如果燭臺還有霍姆雷斯小姐，不，現在應該稱呼為霍姆雷斯奶奶的怨念，如果她還不斷見證皮茨頓的人新婚的話，有朝一日燭臺離開教堂，那股日益累積的能量將會造成多大的破壞。

幸好，燭臺在教堂的話，我們拿到手的難度沒那麼大。那個小教堂的位置就在南邊進城之前的一座小山丘上面，那附近只有疏疏落落幾個住家，而且距離都在上千公尺之外，如果發生什麼事，應該不會驚動到鎮上的居民。

余沛江的建議是，如果我們能直接引出燭臺裡的那股怨念，把它化解，那我們也不必做得很絕，直接把燭臺摧毀，讓她灰飛煙滅。最簡單直接的方法，就是我和余沛江兩個男性，穿上禮服，拿著燭臺像之前兩個死者一樣把霍姆雷斯引出來。

這樣的事情，肯定是晚上做比較好的。事不宜遲，我們決定晚上就動手。這一次盈盈非要和我們一起行動：「你們讓我做什麼我就做什麼，保證不會拖你們後腿成為累贅的。」

「行，我讓你留在酒店等我們，那你就乖乖待在著吧。」我說。

「不行！」

最後說不過她，我們還是決定把她留在車裡，溫蒂和她一起待著。我和余沛江進去教堂就可以了。

晚上10點過後，美國很多大城市都進入了休眠狀態，更別說這些小地方了。保險起見，我們等到了快午夜的時候才出發。

這教堂說實話有點過於樸素簡陋了。非常普通的單層石頭建築，屋頂是橘色鈍角瓦頂，朝著公路的一側屋頂尖上豎著一個十字。雙推門沒有上鎖，不知道是因為這裡民風純樸，還是想表達「祈禱的聲音無論晝夜都會被聆聽」這種高深道理。麻雀雖小五臟俱全，門上的窗戶，都是那種傳統的宗教彩繪玻璃，裡面有長條座椅，大門正前方的最深處正對著聖像，聖像前方有一尺木臺，上面是布道或者證婚用的斜面書桌。

我們進門的時候，在門角放下了一束已經點著的鼠尾草，然後開始進去打著手電四處尋找那個鍍銀燭臺。教堂面積不大，最後我在神像旁靠牆的桌子上找到了它。手電照到它的時候，我感覺它反射回來的第一束光，帶著一種莫名的妖異，就像是……像是一絲微笑。我打了個冷顫。接著，我看到三叉燭臺上，每一邊都有凝固的紅色蠟淚。

余沛江過來一手拿起燭臺的底座，低聲說：「我們走吧，到外面才能招出來。」然後起身往外走。

我關了手電，跟在他身後往外走。我們出了教堂，那個燭臺在夜色下整個輪廓更加清晰，光線更加柔和，不像剛才被手電光照射時那麼冷漠。一時間，我發現自己的視線已經離不開那個燭臺。那些站在燭臺上的蠟淚，現在突然間似乎變得無比鮮活楚楚動人，宛若一個飽含深情，等待郎君歸來的少女。

看著她，讓人越發有種怦然心動的感覺，而那個燭臺彷彿真的成了一個少女的身影。我的餘光瞥到余沛江好像在動口和我說些什麼，然而我什麼也聽不見，也不在乎。我聽隨著身體的指示，大步向前把少女搶了過來，抱在懷中揉揉撫摸細細端詳。她輕啟朱唇柔聲問道：「是你回來接我了嗎？」

我的意識開始不斷催促我趕緊答應，然而與此同時又有另一把聲音喝止我，讓我冷靜下來，千萬不要答應。兩把都是我自己的聲音。就在這個時候，忽然間我聞到了一股淡淡清澈的藥草味道，遠方還有一把我熟悉的女聲正在呼喚我的名字。我整個發熱的頭皮一下子冷卻下來了。周圍一切畫面恢復了正常，我依舊站在原地，然而卻是像抱嬰兒一樣把燭臺橫倒著護在懷裡。

我看清了，余沛江口中唸唸有詞，手裡對著我揮舞著已經點燃的鼠尾草。盈盈在不遠處，呼喊著我的名字。

燭臺沒有迷惑成功，彷彿開始生氣了。被我重新拿在懷裡的燭臺開始自發地劇烈晃動，而且溫度在急遽下降。我握著燭臺的搖桿，像捏著一塊冰。我趕緊縮手，把它扔在了地上。

一團黑霧升起，馬上就又消散。黑霧散去以後，在月光下有一個身體是半透明的少女出現在我們眼前。

「霍姆雷斯小姐？」余沛江走上前，禮貌地問。

對方沒有說話，幾秒以後才怯生生地點了點頭。不知道是她城府太深還是我們把這些傳說過於黑暗妖魔化，在我們面前的霍姆雷斯小姐，完全沒有表露出一絲敵意或者暴戾。相反，我們看到的她，只是一個面帶憂傷、守望愛情的女兒家。

范吉啊范吉，你要真的完全被她人畜無害的外表所迷惑就真的是蠢到無藥可救了。想想她是怎麼殘殺了兩個她誤以為是歸來夫婿的男性，想想她剛才還試圖這迷惑和勾引你！

我冷冷地說：「裝可憐果然是女人殺傷力最大的武器。要不是妳之前犯下的前科以及就在剛才還想著迷惑我，我說不定還真的會被妳騙到。」說完以後，我留意到余沛江狠狠地瞪了我一眼，眼神裡寫滿了責備。

是，我們這一次來不是為了消滅她，而是為了開解她，消除她的怨憤，讓她安心往生。好啦，我不說了還不行嘛。我噤聲了。

余沛江問她，還有什麼放不下的呢？

霍姆雷斯輕輕垂下了眼瞼，臉上帶著憂鬱。她沒有說話。

「還在等他嗎？」余沛江語氣很柔和，這傢伙要打開知心大哥哥模式了。他繼續說道：「妳明知不可能等到他了。就算他還活著，妳可以見到他，那妳又能怎樣呢？妳不在人世，他垂垂老矣，這又是妳想要的嗎？」

「我是還放不下，但我沒有想怎麼樣，我只是想安安靜靜見他一面，就夠了。哪怕我只能見到他的墓碑，也足夠。可是，他一直都沒有回來，一直都沒有。」霍姆雷斯的語氣有點點哽咽。過去這麼多年了，對於她而言，那種情誼彷彿從未消退。

「那你今天可以當做，我是來解開妳的心結的。我可以告訴妳，特西亞先生直到現在也沒有把他的心交給其他女人。他在知道妳殉情以後，他也跟著妳去了。」余沛江的語氣還是很平靜，接著，他把特西亞為什麼爽約，以及後續的事情都告訴了霍姆雷斯。

到最後的時候，霍姆雷斯已經泣不成聲，她蹲下，掩著面哭泣。她說：「謝……謝謝你。我能感覺……你沒有說謊。謝謝……」看著她梨花帶雨的悲痛面容，我在旁邊看著也是有點動容，差點都要忘記她就在不久前連續害了兩條人命了。

余沛江也跟著蹲下了：「放下吧。說不定在下一世，有緣的話你們還是會重聚。現在你也知道他沒有負妳了，讓我們現在送妳去往生吧。霍姆雷斯小姐？」

就在余沛江說話的同時，只見霍姆雷斯小姐渾身都開始劇烈地發抖，她止住了哭泣，立刻恐慌地抬起頭對我們喊：「你們快走！」她把自己的左臂緊緊地收進自己的懷裡，彷彿努力地壓制著什麼。她在牙縫裡痛苦地擠出了同樣的一句話：「你們快走！」

我和余沛江都沒有反應過來。不過余沛江站起來了，緊緊地盯著地上的霍姆雷斯，同時一點點後退著想我靠近。經過這麼多役，我和他都培養出了一個獵人的本能——能嗅到危險的存在和逼近。

就在幾秒鐘以後，霍姆雷斯的身體就停止了晃動。她依舊蹲在那裡，然後她轉過頭看向了我們。她的眼神變得非常的陌生，而且充滿了怨恨和敵意，而且一股血紅色從她眼睛的中心像四周暈染開。

她慢慢站起了身子，蜷縮著緊護在懷裡的左臂慢慢鬆開了。我看到，在霍姆雷斯前臂上，赫然出現了那個傳說中的血娃娃！

傳說中那個血娃娃是沒有五官的，然而實際上並不是。不過，與其說那是它的五官，倒不如說是用利器在人皮娃娃上割開的幾道口子。那個娃娃非常恐怖，不僅那幾道像是五官一樣的口子，而且它渾身的皮都是皺的，而且到處都是縫補的針線。它居然也能發出聲音：「你們這些可惡骯髒的雄性動物，離我媽媽遠一點！」它像是掙脫了霍姆雷斯的手臂一般，突然間變大了好幾倍，朝著我和余沛江撲過來。它的聲音非常沙啞尖銳，一聽就讓人頭皮發麻。

我和余沛江連忙脫下穿在身上的外套朝著它飛來的方向拍打過去。它一開始不以為意，但是當外套接觸到它時，從外套那裡就發出一種黃光，像一巴掌扇在了這個噁心的小人玩偶臉上。它馬上縮了回去，發出像蜂鳴一樣的聲音。

溫蒂這個洋妞，驅魔用的道具比我們這些亂來的業餘選手要顯得高階大氣上等級多了，而且她用的居然是我們東方的發明創造。沒錯，她給我和余沛江人手幾道黃布退魔符。然後，她和盈盈一起把道符縫在了我和余沛江的外套裡。

此時，它回到了帶著血紅眼睛的霍姆雷斯的左臂上。血娃娃全是皺紋的身軀開始像蛤蟆鼓腮一樣，開始一張一收。雖然它看起來就像是個恐怖怪異氣球一樣，但沒有人能笑出來。我知道，他是在伺機準備第二次進攻了。

我和余沛江本來已經演練好，萬一霍姆雷斯反抗，我們要怎麼配合雙打，現在換成了個皺皮小孩也是一樣的。

血娃娃再次向我們撲來。我們擺好架勢，準備想先前商量好的，余沛江用外套把它箍住，我來進攻，溫蒂作後援。我已經聽到身後溫蒂跑步踩在草地上的腳步聲。

看來我們還是太年輕了，思路固化在這些怪物都只會「撲、抓、咬」這些三板斧上。只見那個血娃娃在撲上來的同時，本來凝神戒備的我突然間感覺天旋地轉頭暈眼花，渾身痠軟地癱倒在了地上，失去了意識。在我重新睜眼的時候，我竟然發現在我眼前，盈盈正在和一個陌生的男人在親暱地嬉笑打鬧，卿卿我我。在我不經意間，一絲莫名醋意湧上了心頭。我完全沒有去想前因後果，憤怒馬上就占滿了我的雙眼和我的心頭。我從來沒有見過自己會如此怨恨，這種恨之強烈，需要我上前立刻把那個可惡的男人殺掉，才能發洩。

在我不顧一切拚命朝著那個男人衝上去，雙手用力掐在他的脖子上時，冷靜和理智又倏地像潮水一樣湧了回來。我被拉回了現實。原來剛才一切都只是發生在瞬間，血娃娃甚至還沒有攻到我和余沛江面前。

接下來的情況，竟然是血娃娃被硬生生拽回去了。然後，我看到了霍姆雷斯全身升起了一陣純藍色的火焰。她眼裡那種怨恨的紅色已經消退了。很快，她的身形變得越來越單薄，在夜風下彷彿被撫過的水面一樣微微晃動。這一次，她露出了真心舒坦的笑容，她艱難地舉起右手對著我和余沛江揮了揮，說：「謝謝你們結開我的心結。是當年做媽媽的我沒有做好，導致當年胎死腹中的孩兒一直有一股無法消除的怨恨，還殘害了別人的性命。對不起……」她的聲音有氣無力，一說出口就散在了空氣中。最後她還說了些什麼，然而我們已經完全聽不見了。她就這樣消失在了夜空中，彷彿從未出現過。

那個鍍銀的燭臺，如今正安躺在草地上。

余沛江看著那個燭臺，嘆了口氣：「她最終還是和自己的孩子同歸於盡了……」他呆呆地出神了好幾秒，才繼續說「全世界都汙衊了她，醜化了她。」

霍姆雷斯在等待新郎的幾天裡，胎兒已經在腹中沒了。可是胎兒吸收了母親所有的不滿和怨憤，成了嬰靈。神父是嬰靈操縱著母親殺害的，但是霍姆雷斯為了鎮住它，自己忍著痛用神父的屍體幫嬰兒製造了一個皮囊，和自己捆在了一起，並且自己也跳橋上吊了，這樣，她就可以阻止自己的孩子脫離她出去作惡了。

後來，人們從她身上找到了她寫下的遺願，把她火化了。然而沒想到的是，她因為對特西亞過於思念，居然沒有隨著火化而往生，寄居在了和她一起長眠的燭臺裡。幾年後，羅斯福上臺以前的美國經歷了大蕭條時期，人們食不果腹，生活水準儼然跟最近北泡菜半島放出的美國宣傳影片一模一樣。當時，那片墓地都被掘開，稍微值錢一點的東西都被拿走了。就這樣，鍍銀燭臺就重建天日。幸好當時燭臺被下任主人用蠟封存好，一直到最近迴流到古玩店，被人買走。

不管怎麼樣，事情終於告一段落了。

我和盈盈先回到酒店去，留下余沛江和溫蒂兩人。本來上次的傷口也沒有完全好，最近真是透支得厲害，回到酒店我就倒頭睡過去了。

第二天早上，我們在酒店大堂吃早餐，叫上了余沛江和溫蒂。不過，出現的只有余沛江一個，而且從他疲倦但又帶著愜意滿足的神情來看，昨晚是處理完血娃娃以後，又額外補了一場加時賽。

「溫蒂呢？」盈盈問。

「醒來的時候她已經走了。」這小子裝出來一副滿不在乎的模樣。我和盈盈都意味深長地「哦」了一聲。

余沛江及時地把話題叉開了：「你看，我都不在這裡住，直接就走進來坐下吃，櫃檯也不說什麼，那天天這樣他們不是虧大發了。」

第十二章　屬於前任的櫃子

自從跟盈盈說起過薩凡納以後，她就開始在網路上搜尋一些關於那裡的資料，以及一些驢友發在螞蜂窩上的攻略。剛好現在也臨近亞特蘭大的可樂狂歡節了，我們就臨時決定改道到南方去。當我把偷偷買好的機票發到她信箱時，她高興得抱著我連親了兩下。我感覺，自從我們去幫艾世麗降服嬰靈，她知道我們的工作以後，就開始刻意去培養自己在這方面的興趣。我也不知道這到底算是好事還是壞事了。

喬治亞州是典型的南方州，有些地方至今還掛著曾經內戰時期的南部聯盟旗，因此總是給人一種仍然帶著種族主義色彩的感覺。然而卻正是這樣一個地方，有非常多的韓裔在這裡定居，而且也是美國有線電視新聞網 CNN 的大本營。

美國的航空便利是它吸引全球人民的重要原因之一。一個人從這個國家的最南端飛到最北端，正常情況下一張來回機票也就不到兩百美元，大約相當於最低時薪的兩天薪資左右，所以美國的航空密度很大，出行利用率非常高。不過話說回來，相對應的服務質量，那肯定是和價格正相關的。

亞特蘭大主要使用兩個機場，一個是哈茨菲爾德·傑克森國際機場，一個是桃樹機場，後者更靠近亞裔聚居的 Buford Highway（布佛德大道）和 Duluth（杜魯斯鎮）。一下飛機，我們肯定要先伺候好自己的胃。租了車以後，我們就直奔 Yelp 上介紹的餐廳。余沛江想吃韓餐，被我和盈盈一口拒絕了。這傢伙居然一路在問我什麼是薩德。

第二天我們早上就去了市中心的水族館。這個號稱是全美第一的水族館確實挺好玩的。我們剛進場，就碰上了看守員帶著小企鵝出來遊街了，不過不許摸，拍照不許用閃光燈。

水族館是一個大型的兩層室內場館，進去以後就在中心大廳，周圍是按照不同氣溫帶劃分出來的不同區域，另外還有海豚海洋劇場。余沛江覺得那個可以把手伸進去摸海葵和魔鬼魚的魚缸很有趣，我和盈盈則喜歡那個像個巨幕一樣的兩層落地玻璃魚缸，夢幻一樣的藍色海洋生物世界完全展現在眼前。

從海洋世界出來以後，我們直接就走進了對面的可口可樂世界。不知道是過了下午三點以後進場半價還是怎麼地，明明第一次排隊的時候看到門票是三十多塊錢的，可是盈盈叫我們去空地上那個巨型開瓶器和瓶蓋雕塑那裡拍個照回來，就變成只要十幾塊了。排隊進去以後，我們先是進到了一個滿是可口可樂標語和海報的房間，這基本上也是一個可口可樂廣告的變遷史，基本上全球所有的流通語言都有。

然後，大家人手領了一瓶可樂，進了一個巨幕放映廳，看了一個加長版的可口可樂廣告。作為全世界最成功的碳酸飲料公司，人家就是有能力把一個商業廣告都拍得非常熱血和勵志。

出來以後，我們都過了一層「安檢」，進入了可樂的祕密配方實驗室。出來以後可以和可樂熊拍照。二樓有一個展示各種可口可樂產品以及過去的瓶身設計，還有灌裝生產線參觀。最後一個環節，才是這次參觀的重點，品嘗飲料的區域！這個大廳，以亞洲、歐洲、非洲、南美洲、北美洲、大洋洲的可口可樂公司產品作為劃分，汽水機裡會造出上百種正在市場流通的售賣產品，比如在祕魯很受歡迎的：Inca Cola 印加可樂，等等。我們拿著塑膠杯一路殺過去，真是還沒走到王牌產品可口可樂的機器之前，就已經喝得飽到不行了。

從可口可樂世界出來以後，我們又一路穿過亞特蘭大奧林匹克公園，去到 CNN 總部去拍照。在 CNN 門口，我們果然看到了一群正在抗議遊行的人群。那是一些土耳其人在抗議中東某個殘暴激進的組織正在糟蹋人類的文明。我們也不想瞎摻和些什麼，就回去了。亞特蘭大還有民權鬥士馬丁·路德·金恩的故居和博物館，我們稍微瞻仰了一下，就馬上直奔晚上吃飯的地方。

在亞特蘭大歇息了兩天以後，我們開車殺奔薩凡納。薩凡納真的很有南方小城的風味，建築風格很有17世紀種植園時代的氣息。這是我第二次來這個城市了，儘管這一次主要是陪盈盈來的，但故地重遊也是讓人有種全新的感覺。我們坐了一趟薩凡納河上的郵輪，去了一個所謂的「鬼屋探險」。郵輪還是可以的，買了船票只要再加十塊，就可以在上面隨便吃吃喝喝。至於鬼屋探險，我和余沛江就覺得無聊透了。一個講解員在集合報名的七人以後，用手電打著自己的雙下巴，開始講了一個我們覺得完全不恐怖的鬧鬼傳說，接著開始帶我們進去全是道具的一個雙層木屋。我們的「探險任務」，就是要用屋裡的一些或明或暗的線索，破解房子的疑案，找出藏有武器的上鎖衣櫥的開關，然後擊敗房子裡的魔鬼，救出一個危在旦夕的「人質」。

如果是按照以往，盈盈猜想會挺害怕的。可是，我們在經歷嬰靈、森上花園以及血娃娃這些事情以後，她現在對這些鬼怪……更加害怕了。因為，她知道有些東西，可能會是真的。出來以後，我和余沛江都快笑得直不起腰，她追著我們一路打，我趕緊抱住她的腰，說別鬧了，等下真把警察引來了。從前這樣的場面下，少不免會被余沛江挖苦說我撒狗糧，可是最近他都不會了，看他那德行，滿臉的春意盎然。

終於，我們幾個都恢復了元氣，我和余沛江之前的傷也好得七七八八了。盈盈說下個月初表姐結婚，她準備跟著我們再浪一週，就回國去。我們開始上網搜尋，附近還有什麼好玩的地方。

我發現佛羅里達州北部有個叫聖奧古斯汀（St Augustine）的西班牙風情小城，有各種陽光沙灘和優雅古堡，看起來好像很棒的樣子。盈盈也說想去蓋恩斯維爾看看她曾經想過去讀書的佛羅里達大學（University of Florida，簡稱 UF）。那就愉快地決定了，一路向南。

在路上的時候，我們隨意地交談著。不知不覺，我和余沛江談到了我們過去經歷的那些案子。我問他：「好像在我們接觸的案子裡，有相當一部分都是和嬰兒或者孩童的有關的。為什麼是這樣的呀？」

余沛江不無感慨地說：「在我小時候聽爸爸講起他以前的，還有他搭檔遇到的案子，也問過類似的問題。其實小孩子的世界裡沒有大人那麼複雜的思維和情感，他們就知道好，或者壞。就像在童話故事裡，王子和公主結婚以後，肯定是過上無比幸福的生活，一切都是美好的。只有在大人的世界裡，我們才知道未必如此。同樣地，如果在一個孩子的早年接受的教育以及自身的經歷時全是不好的，那麼他也會認為世界是可惡的。很多孩子在心性還沒有定下來的時候，就覺得世界和人心都是惡的，這也是為什麼他們更容易入魔。」

我們幾個都沉默了好一陣。我們在 I-95 上找了一個最近的還車點，把這輛小破車給還了，換回了輛 SUV，真的，開慣視野開闊的大車，開小車真的感覺很擠。沒想到我們這一下高速，差點讓盈盈被人擄走了。

我們在租車店開出了輛福特，可是剛發動的時候就感覺發動機有點異響。這問題可大可小，我和余沛江都不收貨，但是租車公司剛好遇上週末大部分車都被租出去了。他們讓修理工趕緊檢查，答應最後給我們送一缸油，還回去的時候油針是多少都不用付錢。盈盈說到旁邊的咖啡店買咖啡等我們，我剛好需要去解決一下膀胱的蓄水量，說等下就過去找她。余沛江說他想先看看修理工怎麼弄，讓我給他帶一杯無糖的美式黑咖啡。

整個人鬆弛下來以後，我走到旁邊的咖啡廳去。咖啡店不大，一眼就能看完。可無論是櫃檯前的隊伍，還是那三四個桌上，都沒有盈盈的蹤影。她會去哪裡了呢？

難道她說的是租車店的另一邊也是個咖啡店？可我剛才明明見到她朝著這邊方向走過來的啊。我疑惑地從咖啡店推門走出去。幸好我這麼做了，不然我就真的可能再也見不到盈盈了。我無意中一眼看到她竟然坐在了一輛黑色皮卡的副駕駛上，空洞的眼神沒有焦點地看著前方。

啊？到底發生什麼事了？盈盈被人迷倒拐走了？我的本能反應告訴我如今應該不顧一切衝上去把盈盈救回來。然而理智馬上作出判斷，告訴我暫時不應該這麼做。我應該跟著這輛車回到它要去的地方，既不在公眾場合引起騷動，也可以把這可惡的東西制服，救出盈盈，應該是一舉三得的。

這時候駕駛座上鑽進了一個身影。我已經沒有時間了。我趕緊衝上去，在車子發動離開之前跳進去。可是這該死的六輪皮卡（前排兩輪，後排是一邊並排緊貼著兩輪）實在太大太高了，我第一下沒有完全跳上去，差點被轉彎出庫的車捲進車底下。我在地上借力再來了第二次，這一次總算是用腋下夾住了護欄，翻身進去了。希望沒有被發現吧。

皮卡的車廂裡有一袋袋木屑，也有一些大小不一的複合板材。我躺下去的時候，被什麼東西狠狠扎在了背上。我是不是睡到一個榴槤了啊？我緊緊捂住自己的嘴，不讓自己叫出聲，一點點把那東西頂開。那是一包鐵釘。

我給余沛江發了條簡訊，讓他追蹤我手機的 GPS 訊號追上來，事態緊急千萬不要連繫我。可惡，這皮卡的後視窗貼了黑膜，我完全看不到前面是什麼情況。盈盈，妳可千萬不要有事啊。

這到底是什麼人，或者什麼怪物啊？難道他知道我和余沛江的身分，怕我們來到它的地盤，對他不利？或者說，這次真的是盈盈水逆背到家了，純粹是碰巧落單被盯上了？可是，我怎麼也搞不明白坐在駕駛座上的傢伙是怎麼在如此短的時間讓盈盈失去反抗和思考能力，乖乖坐上車的。

皮卡沒有上 I-95，只是在下面的路上穿行。我們現在還在喬治亞州的地界，不過已經非常接近佛州州界線上了。皮卡從咖啡店出發以來，在路上約莫行駛了十多分鐘，然後離開瀝青鋪的大路，駛進一條說是雙車道也很勉強的水泥窄路上。最後，皮卡停在了一個林中大屋的院子裡。從院子一直到外面那條窄路，都鋪滿了各種枯葉樹枝，彷彿從來沒有人清掃。趁著那傢伙還沒下車到後面搬東西，我趕緊從副駕這邊翻身下了車，一下子竄進了林中隱蔽了起來。我往副駕再看了一眼，只見盈盈還保持著跟原來一樣的姿勢，坐在座椅上呆呆地看著前方。

駕駛室上的傢伙下車了，開始繞過車頭往盈盈這邊走來。我這下看清了他的容貌。原來他就只是一個的成年男人的模樣，或者說至少看起來像。還別說，長得真挺帥的。他無意中朝著我躲的方向看了一眼。千萬別跟我說他已經發現我了啊。

幸好，他只是看了一眼，就把視線移開了。他打開車門，說了一句什麼。因為距離有點遠，我沒有聽清。盈盈居然乖乖地聽話下了車，跟在他身後一直往屋裡走去。她走路給我的感覺，就有點像是扯線木偶一樣。盈盈跟在他身後，僵硬地步入一間已經油漆剝落，深藍色屋頂披了一層枯枝落葉的老式兩層大房子，整個畫面非常詭異。

很快，他又從屋裡出來了，把皮卡掉了個頭，車尾朝著車庫門開了過去，準備開始卸下備份箱的東西。趁著這個時間，我在樹叢裡一點點朝著房子的後面靠近過去，看看有沒有地方能溜進去。

這房子沒有後門，不過幸好讓我發現了一樓有一扇窗，窗簾有一截被夾在了外面。我看清楚房子四周沒有安上閉路電視，於是慢慢從樹林裡出來摸到那個窗戶附近。我趴在窗臺往裡面看進去。

儘管我對東方的風水學不是了解得很深入，但是一般有華人找我買房子的時候多少也會問起來一些，皮毛也是稍微學過，比如說像眼前這種在風水學上一看就能發現明顯致命缺陷的房子，我還是能分辨出來的。

像這樣的一個大房子，縱然是坐落在相對多雨的南方，也不應該造這麼一個「寒肩」屋。所謂

「寒肩」就是指房子的屋頂坡度過於大，不僅把陽光卸走了，屋裡會變得寒涼，而且都說這樣的房子會招惹一些不該招惹的東西，現在這個房子的主人分明就是刻意為之，有點讓人感到背脊發涼。另外，這個獨門獨戶的房子居然是封閉式的，沒有後門，氣不能流通，宅大人少的話也是很容易積聚陰氣。他到底是想做什麼？

窗戶是對著房子裡面的客廳的。從這裡能一覽無遺地看到房子裡的廚房，樓梯以及飯廳。盈盈此時正坐在飯桌上，一動不動，就連眼皮也沒有眨過一下。

我深呼一口氣，小心翼翼地拉開窗簾，溜了進去。坐在飯廳裡的盈盈根本沒有發現我的存在，她還是維持著原來的姿勢，彷彿已經變成了一個沒有生命的人偶。一進屋，我就感受到了陣陣不知從何處吹來的陰風，整個人都忍不住瑟瑟發抖。對比起只有一牆之隔的外面，這裡面也是在有點太陰冷了。而且明明客廳有兩個大窗，屋裡的採光卻是如此地差。這些陰風給我的第一感覺，就完全不像是從空調裡吹出來的。難道……

我一邊提防著那個隨時會回來的變態男子，一邊向盈盈靠近過去。我用手在她眼前揮了揮，果然是絲毫沒有反應。我用氣聲輕輕叫了幾下：「盈盈……盈盈……」依舊沒有反應。可是我不敢去觸碰她，要是她是處於夢遊或者被催眠的狀態，要是忽然把她喚醒，她可能會因此猝死。而且這也會把我們重新暴露於危險之下。范吉，要冷靜，這次來的目的不僅要把盈盈救出去，還要消滅這個禍害。

這時候，宅子的正門開始有響動，猜想是他要回來了。不會吧，這麼多這麼重的東西，他這就搬完了？我得趕緊找個地方躲起來。

我連忙四處張望，見到在電視旁邊牆上有扇門，不管是什麼，躲進去再說了。幸好是沒有上鎖的，我閃身進去，輕輕把門重新關上。這時候，玄關的地方已經開始有腳步聲響起了。

現在上蒼保佑，他千萬不要對盈盈怎麼樣啊。我努力想從門縫看出去，可惜如果不把門打開的話，門縫裡幾乎什麼也看不見。可是突然間，那門縫裡竟然出現了一隻眼睛！我嚇得本能後退了一步，然後，我整個人失去了平衡往後倒去。我的意識也隨著我的身體，掉進了一片黑暗的深淵之中。

當我再醒過來的時候，不知道已經過去了多久。我被嚴嚴實實地捆在了一張冰冷的金屬長桌上。我渾身的骨頭都在散發著抗議的疼痛，就連我的頭顱也像是快要爆炸了似的。我能感覺到，右手的無名指和尾指都骨折了，劇烈的疼痛加速著我的清醒。

在我的意識恢復以後，強烈的不安籠罩著我。這既是因為身在黑暗中對未知的恐懼，也是因為活動限制帶來的危機感。既然他已經發現了我並且把我抓住了，那麼我身上的手機和彈簧刀那些肯定已經被收走了。他為什麼沒有把我直接殺掉呢？盈盈現在的安全如何？

一想到盈盈，我死命地掙扎，想馬上跳上去救她。我真蠢，剛才我就應該直接把盈盈從窗戶帶走，伺機把車搶了先去回合余沛江的。要是盈盈現在已經被侵犯或者已經遇害了，我即使有幸活下來了，下半輩子都會悔恨自己的。

余沛江，請你快快出現吧。我在心裡默唸。我試著掙扎了一下，發現基本上沒有逃脫的可能。我是先被繩圈纏上，再被固定在桌子上的。我的手腳是幾乎完全動不了的，而且在現實中，被壞人抓起來的時候，是不會剛剛好有一塊陶瓷碎片或者玻璃碎片在你可以夠得著的範圍內的。

幸好我的頭還是可以動的，我努力地想看清周圍的東西。然而除了黑暗就是黑暗，什麼也看不見。就這樣放棄等死並不是我范吉的風格，余沛江說不定正在外面想辦法營救我和盈盈呢，我也一定要爭氣一些。我試著用力左右搖晃了一下身體。桌子沒有想像地那麼沉，跟著我開始搖晃了幾下，我發現這桌子並不是固定在地上的。這就好辦些了。如果我不能把裹在身上的繩圈弄鬆，要是能讓這桌子翻倒，一百多斤的我肯定能從桌子中間劃向著地的一邊，肯定能把繩子弄鬆一點。

十分鐘後，經過幾次失敗，氣喘如牛的我終於成功在地板上製造出「咚」的一聲，我翻倒在地上了。幸好這次是像我預料的那樣，要不然就尷尬了。幾經掙扎，我終於從桌子上掙脫出來了，可是我的雙手雙腳還是被捆起來的。我的手指還是能活動的，很快我就證明了他並不是一個會綁人的行家。我的膝蓋一彎曲，手指就夠上了綁著腳踝的繩子。解開以後，我至少是能自己行走了。我猜測自己暈過去的時間沒有很久，不然身體不會那麼疼痛。不幸中的萬幸時，他沒有因為剛才那聲響下來，我還有時間自救。

他沒有把我的鞋脫去。我脫下自己的左鞋，用手指在鞋墊下面摸到了一把藏起來的彈簧刀。這點還是我教給余沛江的，凡事留一手。我們出門的時候，拿的所有鞋上都做了點手腳，藏了把彈簧刀。有時候出遠門我們坐飛機，過安檢的時候是不能這麼做的，但到了目的地以後，我也要不厭其煩地把新鞋劃爛，把刀藏進去。未雨綢繆果然是好習慣，這次終於派上用場了。

恢復自由以後，我開始尋找光源，以便看清現在我在什麼地方。像盲人一樣摸索了一番，終於找到了一面牆，順著牆過去，被絆了好幾次以後，終於摸到了個開光。一打上去，果然光就出來了。

不過這個不是把整個屋都照亮的，只是一個射燈。光是從我身後傳來的，我轉過身一看，差點驚叫出聲來。在我身後是一個三層木框玻璃架，射燈是安裝在架子周邊的木框上的，投射出來分別打在幾個圓柱型廣口玻璃罐中。架子一共有三層，加起來放了八個玻璃罐，而那些玻璃罐裝著的，竟然是八個成年女性的人頭！

那些人頭從頭髮到五官都是非常鮮活的，彷彿只是剛剛死去，那些玻璃罐裡的液體，猜想就是防腐劑了。那些美麗的容顏，臉上都凝固著臨終之前的表情，有的瞪大著驚訝的眼睛，有的閉著眼睛似乎在舒服地感受著什麼，有的則是五官扭曲充滿了恐懼。

一種極度的恐慌感在我身體內流竄膨脹，從四面八方擠壓著我的胸口，我的大腦一陣發麻，一種帶著酸苦的嘔吐感真切地一路從胃裡湧上來。我捂著嘴，用鼻子深呼吸，才總算控制住，吞了進去。喉嚨一陣灼燒感。

盈盈！我必須趕緊找到盈盈！一種非常不詳的預感從腦海裡冒出。不會的，盈盈不會成為第九個標本的！

我依靠著這些燈光努力看清周圍的環境。看來這是一個地下室，應該就是之前我從樓梯上摔下來的同一個地方。我找到了樓梯所在的位置，連忙以最快的速度衝了上去。我一個側身撞朝著門板猛烈發動攻勢，結果差點被紋絲不動的門重新撞回樓梯下面去。然後，我發現了左邊有個門把。原來這是個雙面把手。我順利回到了一樓的客廳裡。

客廳、飯廳和廚房裡都沒有人。這一次，我留意到了客廳裡有非常多的櫃子，每一個的風格都相差很遠，有的是隔層式的，有的是滾輪門式的，有的是雙拉門式的。每一個櫃子上，都有用不同雕刻手法寫著一個名字，還畫著一張女人的微笑臉龐。不得不說這雕刻的手法非常高明，每一張臉都顯得那麼栩栩如生。這些櫃子上的畫作，參照物分明就是地下室的那些人頭標本！

我捏緊了手中的彈簧刀衝上二樓去。一上二樓，我就在二樓的客廳見到了那個變態殺人狂，還有乖巧地坐在他對面的盈盈。從她微微起伏的胸脯來看，感謝上蒼，她還活著。

我這才第一次看清了那個殘殺了八個……或者說至少八個女人的變態殺人狂的模樣。那竟然是一個看起來很纖瘦羸弱，有一張歐洲美男子臉龐的男子。之前在庭院，我躲在樹叢裡的時候就看到過他，沒想到近距離一看，感覺比匆匆一瞥更加英俊。原來蛇蠍美人這個詞，不僅可以用在女性身上，用在男性這裡也是可以的。

他只是稍稍抬眼看了看我，又回到了他手頭上的工作。他正在拿著眉筆，幫盈盈化妝！

「縮開你骯髒的手！別碰她！」我用英語咆哮道，走近了他。

他非常淡定，就連畫眼影的手抖都沒抖一下。他靜靜地說：「你就對自己的速度這麼自信嗎？以現在我和她的距離，完全可以在你碰到我之前就拿她擋在我身前，或者我的手一用力，把她的眼珠子給挖出來。」他這麼說的時候，嘴角微微上揚著。他收回手，微微側著頭端詳自己的藝術品。盈盈竟然對我的到來沒有絲毫反應，在他面前完完全全像不會說話的溫馴的兔子。

盈盈坐在一張高腳圓木凳上，後面是一幅純白色背景布，兩側還有打光的燈具，就像是個攝影棚似的。沒錯，這就是個攝影棚，我已經看到三腳架和照相機了。

「吉米．范是吧？抱歉，我還沒自我介紹，我叫穆諾茲。」他對著我笑了笑，那笑容看上去非常純淨友善。不知怎麼，我忽然想到了《小李飛刀》裡的龍小雲，讓人心寒。而更讓人心寒的是，他竟然知道我的名字！難道是盈盈告訴他的？

我沒有回他的話，默默地朝他靠近過去。他又發話了：「你是不是真的想印證一下我說的話？我告訴你，你真的不夠我鬥的。哦，對了，你朋友余先生剛剛也是想試試看來著，猜猜結果是什麼？」

啊，原來余沛江已經到了！還沒等我問下去，我的身旁突然間有股無形的力量一下敲在我的手臂上，把我的彈簧刀打掉在地上，然後那股力量一下無情力，把沒有提防的我一下子推進了一個房門裡。房門被緊緊關上了。在房間裡，我看到了昏迷在地上的余沛江。

「江！」我撲上去搖他，然後用力一巴掌抽了過去。他甦醒過來了。他的眼睛還沒有完全張開，已經像隻受驚的貓似向後彈跳起來，手摸向自己的褲腿。那是我和他藏纏腿刀的地方。

在他看清我以後，馬上瞪大了眼睛。他一句話也沒有說，直接伸出手撲上來。他的手從我的頭側穿了過去，在伸出的瞬間捏了個手印，嘴裡唸了一句什麼，我的耳軟骨感受到了一股瞬間即逝的熱浪。

然後他重新癱坐回地上，眼睛的神采彷彿一下子弱了下去。現在也用不上寒暄什麼了，他吩咐了我一句：「小心一點。這個房子裡除了他，還有一些不大乾淨的東西在幫助他。」我自然知道他說的「不大乾淨的東西」是指什麼了。我就說這房子為什麼這樣的布局，房內陰風陣陣的，而且他能兩次都準確地發現我的位置。

「那……外面那個，到底是什麼?他對盈盈做了些什麼?」

「說出來了就連我自己也不大相信，不過之前到目前為止，我對他的判斷是：普通人類男性。至於他對盈盈做的……我猜……是操縱小鬼附身。」余沛江小聲說。

他話音剛落，房門就被打開了，是穆諾茲自己開的門。他還是用非常儒雅的態度說著：「這次還真是足夠有趣，陰差陽錯遇到了你們。要是換成了其他人，早就已經嚇得半死了。尤其是……」說著，他指了指我，「看到了我的收藏櫃上的珍品，以及接下來的這一幕……」說著，他把手舉在半空，在左前方緩慢地拍了三下，又在右前方急促地拍了兩下。

就在掌聲落下的一秒之內，我和余沛江所在的房間裡，一下子現出了七個女性的身影！我下意識地看向了盈盈所在的方位。從房間裡是可以看到，她還靜靜地坐在那裡。如果她真的是被附身的話，那麼在她身上的，應該就是缺席的第八個女人了。

把我和余沛江包圍起來的這七個女性，沒錯正是我在地下室看到玻璃罐裡裝著的八個人頭的主人。她們此刻看起來，臉上沒有任何表情，但是給我的感覺卻是充滿了怨憤。她們的額頭上的血管都爬滿了青黑色的東西，脖子上也是，看上去就像是一個非常密的蜘蛛網一樣。

「哈哈哈，你們果然像盈盈告訴我的那樣，不是個普通人。這樣子我更捨不得一上來就殺掉你們了。」穆諾茲笑了起來。然後他環視了一下他的七個陰間妃嬪，「把他們帶下去吧。好不容易來這麼兩個貴客，我想展示一下我那些驕傲的作品。」

說完以後他就轉身走回盈盈身邊去。那七個女人當中，最靠近我和余沛江的兩個朝著我們身上撲來。然後我們的身體開始不聽使喚地起身往樓下走。我失去了對自己身體的控制權。我的餘光瞟到了那個變態的傢伙，竟然在盈盈的臉上親了一口！他柔聲對盈盈說：「我馬上回來陪妳，我先下去把他們安置好。」

我快氣炸了，要是讓我和余沛江能降服這一屋子的靈體，我一定把你逮住，先逐個嘗遍各種酷刑，再崛地三尺收集你所有的證據，報警把你抓進去受死，順便讓整個美國知道你這個變態，讓千千萬萬人唾罵你！在下樓的時候，我的雙臂自然下垂。此時我感覺右手的虎口出現一種灼熱的疼痛感，就像我們自己用指甲在皮膚上畫出白痕那種感覺。接著我在「她」的控制下微微低頭，我看到了自己的虎口上正在一筆一劃出現了四個字母：HELP（幫助）。她想讓我幫她？

接下來，我和余沛江走進客廳，坐在了沙發上。因為身體受著別人的支配和控制，我們只是坐在那裡，話也不能說，身體上百分之九十九的部位都不能動，剩下的那百分之一，就是某個不可描述的部位了。猜想她生前也不知道，那是可以透過操控肌肉來動的。

穆諾茲站在我們面前，開始跟我們介紹起他做的那些櫃子。我在心裡默默數了數，加起來的確一共是八個櫃子。

他講出來的，竟然是他和在場八位女性過去的情史！原來，這八位都是他的前任女友。這個喪心病狂的變態，此刻正像一個多愁善感的詩人一樣講述著他每一段的愛情，女友的性格和喜惡，真是聽起來都覺得噁心至極。他這樣的行為，真是慘死一萬次都讓人覺得不足洩憤。緊接著，他又講到了他怎麼把前女友一一殺害，把頭顱割下作為標本，同時又把身體做成風格形態各異的櫃子。

他把殺人和做這種變態的木工視為最高等級的藝術，部分櫃子是直接把骨頭混在木屑裡一起壓縮製板，有的則是用骨灰來做。我突然想起來，之前有個好像叫塞巴斯蒂安（Sebastian）的設計師，把他能湊成四桌鬥地主的前女友都分別依據各自的性格和曾經發生的故事做成了高跟鞋。現在這個變態的傢伙，模仿著人家，把八任前女友都誘殺了做成櫃子。變態這個詞是真的已經不足以形容他了。

在講到殺人部分的時候，他更加是眉飛色舞。剛烈的凱薩琳是被他綁架過來以後活活餓死的；風騷的貝蒂是和他在喝醉後行魚水之歡時被他注射過量毒品興奮致死的；文靜的瑪瑟拉是在萬聖節被他嚇了以後驚魂未定之際被他吊死的，等等。

穆諾茲還在講著的時候，我的腦海裡響起了一把哀傷的女聲。我聽到了一個名字，正是剛剛被提及過的「文靜的瑪瑟拉」。她對著我的意識喊了幾句：「吉米，吉米，我知道你能聽見的，是嗎？你的第六感比一般人強很多。」

「是，我是能聽見。」儘管我發不了聲，我努力地在心裡默唸我想說的句子。這句話，真的在我腦海裡迴響了。

「太好了！」那把聲音的興奮之情不自覺地溢了出來。不過一轉瞬，她的聲音又變成哀求和痛苦的腔調，「我們求求你和你的朋友，救救我們吧。我們只要能儘早脫離這個魔頭的控制，哪怕下一秒是讓我們煙消雲散萬劫不復我們也是心甘情願的。」

「既然他只是一個普通人，你們聯合起來早就可以完成這件事情了啊。如果你們還幫著他，我們怎麼可能鬥得過你們這麼多……」

「我們並不是真心想幫他的！只是我們不得不這麼做，他是知道一些超自然世界的東西的。每次他殺人的時候，他都精心策劃了法陣把我們的靈魂困住，我們就連自行消散也做不到。像我們這種，最忌諱的就是自己的骸骨落在別人手中。他很聰明，在實行他的變態嗜好之前，他都會取下我們脖子、指骨或者趾骨的一小截，打孔穿進他現在正在佩戴著的項鍊裡，這樣，我們就落入他的控制了。他把房子做成一個聚陰穴，把我們困養在這房子裡。有時候，他會把我們當中的一個或者兩個收進一個容器裡帶出去。我們也試過想奪走他脖子上的項鍊，可是他早已經有防備，他每週用聖水洗一次澡，然後把一個十字架也穿在了項鍊裡，我們根本靠近不了。」她的聲音裡明顯已經是帶著哭腔。我心裡暗罵，要不要這麼博愛啊，連這樣的變態魔頭都保佑。

我在心裡說：「所以你們是想讓我幫你們把他的項鍊奪過來銷毀是嗎？」

她表示了同意，然後她說：「可是我們能給你們製造的空窗期不長。一旦他開始對著那項鍊念一種特殊的咒語，我們就要經受巨大的痛苦，就像是被一千把刀削砍，被一萬隻黃蜂螞蟻螫咬。很快我們就會失去思考能力而變得暴戾，不顧一切地去保護他，那時候再想成事就困難了。」

「好，我答應你。」我相信，只要稍微有一點良知的人，都會毫不猶豫選擇答應幫忙的，更何況我和余沛江本來就是吃這行飯的。我補充道：「你們當中有人通知我的朋友了嗎？」

「通知了，他也已經答應了。」瑪瑟拉說，「那事不宜遲，我們現在就開始集體行動吧。」

她剛剛在我腦海裡說完，我就只感覺全身的肌肉一鬆，我已經可以重新控制我的身體了。可是，我還沒來得及問：「計畫是什麼？」

我稍稍側頭，盡量裝作不經意地看了一眼余沛江。他此時也肯定是在等著我發出訊號，他不動聲色地輕輕點了點頭。

在暴風雨來臨之前，一切都平靜了好幾秒種。

穆諾茲還在那裡講著，他那種從三觀的底部一直腐爛透頂的笑容，完全比厚顏無恥所描述的程度高出了好幾級。他剛剛說完「有這樣美麗的櫃子，她們就能一直參與在我的生活裡……」突然間，樓上就傳來了盈盈很害怕的顫抖的聲音：「范吉！余沛江！」彷彿這一聲就是訊號，那幾個女人一下子出現在穆諾茲的身後，她們就在等著我和余沛江作出第一步行動。

我手上不知什麼時候已經多了一把彈簧刀，那正是我剛下在樓上被打掉在地上那把。我想也不想就一躍而起，一腳踩在茶几上，擠盡手臂上能累積的全部力量，對著穆諾茲的胸膛直插過去。與此同時，余沛江也發難了，他快速繞到穆諾茲的背後，一手抓起他脖子上的項鍊，用力一扯勒住他的脖子使勁往後拉。

他反應不及，根本來不及做出防備的措施，胸膛完完全全暴露在我的刀下，只要我稍微狠一點下手，他當場就可以去賣鹹鴨蛋了。可就在這個關鍵時刻，我卻是掉了一下鏈子。

之前我和余沛江對付的都是往生者以及一些超自然的靈體，但是對一個有血有肉的普通人類，我發現自己有點下不了手，即使是在我知道他殘害過這麼多花季女孩的性命，從內心深處也是對他恨之入骨以後。看來從犯罪學的角度來講，我並不是做一個凶殘罪犯的好苗子。

我刺出的刀忽然慢了一慢。這時余沛江已經把他的脖子勒住了。我心念一轉，一刀把項鍊的繩子割斷了，對余沛江說了句：「抓住。」然後我一個膝蓋頂過去，把他撞倒在地上。然後我把他右手的手筋和左腳的腳筋挑斷了。對我而言，這已經是我最大限度能給他的私刑懲罰了。我這麼做的時候，沒有想到會把這一切弄巧反拙。

我把穆諾茲的項鍊割斷時，失慮了，項鍊上串著的八位「前任女友」的骸骨劈里啪啦散落了一地，有的還掉進了沙發底下。這絕對能在我做的最蠢十件事排行榜上打榜。

在把穆諾茲廢掉以後，我和余沛江給他止血，然後把他五花大綁起來。有了剛才我親身逃脫的經歷，我們綁得要多狠有多狠，說他現在是個裹蒸粽也完全不為過。盈盈從上面一臉錯愕地衝下來，撲進了我的懷裡。

那幾個女靈見到我們終於幫她們出了這口惡氣，都歡天喜地的。但接著我和余沛江就陷入了一個兩難的境地。她們的意思是讓我們破除這房子的聚陰格局，把她們都火化了，讓她們重新輪迴。可是我的意思是把穆諾茲送去法辦，必須要保留這些罪證。

她們死後，被穆諾茲困在這個房子裡，而她們的靈體也因為對這個不得不服從的「主人」日益加重的怨氣，使得她們的靈體變得越發強壯，除非把穆諾茲處決了，否則只有火化才能淨化她們的怨氣。現在我們應該怎麼辦呢？

毫無先兆地，她們當中有一個之前一直縮在其他女性後面，從沒有說過一句話的一個女孩，突然以極快的速度衝向余沛江。余沛江和我完全沒有預料到會發生這一幕，那女孩已經一把從余沛江手上把那些重新撿起來串好的骸骨奪了過去。

她的臉色非常陰沉，浮在半空中俯視著我們。我連忙把盈盈護在身後，小聲用中文說了句「躲起來」。

「珍妮，妳怎麼了？快下來！」後面的女孩裡，有人對半空的女靈喊話。

「你瘋了，他們可是救了我們的！」

那個叫珍妮的女孩，冷笑了一聲：「你們就真的指望他們能真正理解我們在這些年裡受過的痛苦嗎？他們竟然還不願意把那畜生給殺掉！天下的男人都是一樣的可惡，既然現在他已經知道了拿著我們的骸骨一部分，就能操控我們，你覺得他們真的不會利用我們再去達到一些什麼骯髒的目的？」

這樣子被反咬一口，我和余沛江還真是頭一遭遇到。生前遭遇的委屈越大，在死後都會轉化為怨恨，余沛江是這麼跟我說的。這個叫珍妮的女孩，在生前一定是遭受了穆諾茲極大的侮辱和欺凌。她氣得渾身發抖，那些本來只是盤踞在額頭上的青黑色血管脈絡，如今一點點往下蔓延，眼看著她整張臉都被血網占據了，看起來非常可怖。

她說的這番話還是對餘下幾個女靈有觸動的。我聽到身後有兩聲咬牙切齒的咒罵。然後，凱薩琳是最先忍不住的一個，但是她的矛頭並不是指向我和余沛江，而是對準了被我們綁起來的廢人穆諾茲。她猛撲上去噬咬抓打，要把所有的怨恨一下子全部釋放。這樣的場面一發不可收拾，剩下幾個女靈也是忍不住了，一起衝過去找自己的前男友洩憤。可憐之人必有可恨之處，同樣地，可恨之人必有可憐之處。其中一個女靈直接衝上去附在了穆諾茲的身上，緊接著穆諾茲渾身開始痙攣，他時而像是缺氧一樣劇烈咳嗽，雙眼布滿紅筋往外凸瞪，時而又像墜入萬丈冰窖一樣嘴唇發紫臉色發青。那個女靈從他身上出來以後，又有第二個接替了上去。接下來的畫面我已經不忍看了，把視線移開。

珍妮現在正在和余沛江對掐著，他舉著剛剛穆諾茲掉落在地上的十字架對著珍妮，那猜想是專門找高人開過光的。果然，暴走的珍妮對這玩意兒有天然的畏懼。我帶著躲在沙發後面的盈盈搶步想要衝出屋子。

剛剛那些還好商好量的女靈們，現在卻擋在了我們面前，逼著我們把她們火化掉。我瞥向了飯廳那邊的穆諾茲，這傢伙真的是報應，我看了一眼，覺得至少在明天晚上之前，我都不會再想吃其他任何東西。唉，現在這樣，也無所謂罪不罪證了。穆諾茲也算是被仇人親手手刃，得到應有的懲罰了。於是，我答應幫她們火化。她們頓時消停安靜了下來。看著她們因為這事而重新開心起來，我反而覺得有點心酸。

「啊！珍妮！」這時候，有女靈驚呼著指著我們身後，我先捂上了盈盈的眼睛，再轉過身去看，只見到余沛江已經用刀刺穿了珍妮的腹腔，他口裡正在強行念著往生咒。他是要把她強行超度。

余沛江這麼做是有他的原因。之前，眾女靈們是主動提出讓我們幫助超度她們往生的，所以是自願的。珍妮她暴走了，余沛江強行超度，也是在替她洗滌消除她的怨氣。不過這還是有點風險的，珍妮必須要在經文唸完之前回頭是岸，喚起心中的善，不然，她即使不會灰飛煙滅，也可能會消耗下世的福澤命數來完成輪迴，那麼她還要再經歷一世劫難。

我連忙朝著地下室衝去，叫盈盈趕緊到廚房去生火，把櫃子焚毀。我跑到地下室，先把珍妮的頭顱抱了上去，放在了屬於她的櫃子裡，那些女靈們也很聰明，主動幫我在那串項鍊裡找到了屬於珍妮的部分，交給我。這時候盈盈已經用爐灶點燃了她找到的一本書，我跑到廚房，東翻西找終於發現了半瓶威士忌和兩瓶紅酒。盈盈已經把點燃的書放進珍妮的櫃子裡了，我擰開威士忌潑了進去。該死的滾珠瓶口，我情急之下把酒瓶頂敲破了，直接倒灑在櫃子裡。火一下子就起來了。我把玻璃罐也放在櫃子裡，然後用酒瓶把玻璃罐也敲碎了。一股刺鼻的味道傳來，不過總算，我們把珍妮是屍首都拼湊在一起火化了。她也總算是瞑目了。

經過了余沛江的超度，她頭上那些血管脈絡已經漸漸隱回去了。她的臉上重新出現了笑容，但她變得越來越虛弱。在她完全消失以前，她輕輕說了句：「謝謝。」

經過這一段，那些女靈們本來被激起的戾氣也消散了。既然都做到這一步了，乾脆就做到底吧。我們連忙把地下室裡的玻璃罐全部搬上來，逐一對照著放進櫃子裡，然後把玻璃罐打破。最為滑稽的一幕是那些女靈還在一旁幫忙辨認。

櫃子把客廳的地毯也點燃了，很快，所有櫃子都燃起來了。我和余沛江必須趕在火勢進一步擴大之前離開這個房子，而且我們也需要在消防車來之前溜之大吉。

十分鐘之後，我們已經在屋外再一次唸完了往生經，上車回到柏油公路上了。多虧了那些女靈，盡了最後的力量，把煙霧暫時困在了房子裡，為我們爭取了時間。

一路沉默，不單單是為了我和余沛江這一兩個月以來簡直成了縱火犯，還因為那些女孩的生前遭遇。盈盈坐在後座，哭了一場。等她稍微好點以後，我們問了她當時是怎麼被迷走的。

當時她剛買好咖啡要等我，可是突然間穆諾茲出現了，然後她突然之間就對自己的身體失去控制了，就連話也喊不出來。就這樣，她不由自主地跟著穆諾茲上了他的皮卡。不過上車以後，她很快就失去了意識。她聽到穆諾茲講的最後一句話是：「還沒有嘗過亞洲女孩呢……」

聽到這句話的我，剛剛熄滅掉的怒火重新燃了起來。我一拳錘在方向盤上：「媽的，剛才那樣還是太便宜他了！」

「哎，你輕點，這車租來的，壞了要賠的。」余沛江在一旁連忙說。

我把車喇叭錘得重重響了一下。走在我邊上一個開著水星汽車的大叔嚇了一跳。我正想用手勢道個歉的，沒想到那傢伙還真拽起來了。他一腳油門超過了我，然後併入了我開的車道。

正好一腔怒火無處發洩，我一路跟他在 I-95 上飆了四十分鐘車。後來車沒油了，我才在再一次領先後找個最近的口下去加油。這時候警笛大作，余沛江回到看到警車朝著超速的大叔追了上去。

我樂得哈哈大笑。

我們決定先把車開去蓋恩斯維爾，因為盈盈已經訂好了從傑克森威爾回國的機票，所以我們第一站去完佛羅里達大學以後就同一天開到聖奧古斯汀休息，然後從聖奧古斯汀去傑克森威爾就方便多了。

去過這麼多地方，還是覺得佛羅里達州是最棒的，無論是景緻、政策、稅收還是人文多樣性。從近海的 I-95 往內陸開，開的是以前的國道。美國是一個建立在公路網上的國家，所以它也被稱作「坐在汽車上的國家」，像亞特蘭大就是被跨州公路 I-285、I-85、I-75 這些公路網拉動的城市。在完全修好這些能馳騁 55-70 英哩時速的跨州路之前，美國大陸就是依靠著一些限速45英哩的國道來發展這個國家。曾經有美國的「公路始祖」、「最美公路」之稱的66號公路都已經廢棄掉了。之前我讀研究生的時候，我的舍友（不是現在我旁邊的這位仁兄）就帶著女朋友在寒假租了個路虎去闖66號公路，還帶了當時最新的無人機去。他回來告訴我景色確實是無與倫比，不過的確很多路面已經損壞，路中間甚至已經開始長草，隨著主幹道路的遷移，很多小鎮也跟著衰敗，甚至被廢棄了。走在66號公路上，就連 GPS 導航也會把他們往最近的高速上導，因為好幾段路已經完全報廢不能走路。

我們此時走在佛州的 192 號國道上，也是另一種風味。剛好這天區域性地區下雨，我們有幸看到了美國南部農村的晴和雨。大片大片有綠油油的有牛羊吃草的草地，時而出現一小片沼澤地，有鱷魚就躺在岸邊一動不動地晒太陽，路上不時就會出現「鴨子過馬路注意慢行」的標誌。佛州北部是丘陵地帶，路也跟著地勢時上時下的。我們經過一些規模很小的城鎮，其中有些明顯是已經荒廢了的街道，加上陰雨濛濛，真的有點像是走進了寂靜嶺裡的感覺。

蓋恩斯維爾幾乎就是為這所大學而生的，大學校園幾乎占據了城鎮八成的面積，給人一種靜謐的感覺。盈盈說她想獨自走走，但是我和余沛江又擔心發生之前的事情，遠遠地跟在後面。在盈盈的表情裡，我讀不出其中的意味。當年要是她成功來了這裡，那麼現在的一切或許就會不一樣了吧。

余沛江的手指一直在手機上按個不停，要不是我扯住他，他早已經一腳踩進水潭裡了。他擋住螢幕上方的收件人名不讓我看，但我知道那多半是溫蒂。不知道這一次，這小子的姻緣是不是真的能成呢？

晚上我們趕著路終於到了聖奧古斯汀，路上的時候還津津有味地搜著哪裡有道地正宗又合亞洲人口味的西班牙或拉丁美洲菜。可是一路上盈盈和余沛江不時就讓我開上個岔路去轉轉，又要一起拍照什麼的，因為沒有帶自拍桿，在一處山坡上愣是等了十幾分鐘，才有一輛車經過，我們才找到了一個極其不情願的大媽幫忙拍照。結果就是，去到聖奧古斯汀的時候，已經是過了餐廳的營業時間了。所以我們對於美食一切的幻想，都轉變成了一頓麥當勞。

我們在聖奧古斯汀玩了兩天。這個城市是美國最古老的城市，早在大航海時代，就已經有西班牙殖民者在這裡建造出了一個宛如童話一般的城市。後來人們把美國歷史上的最古老城市歸在波士頓名下，是因為聖奧古斯丁是在美國 1783 年從英國殖民地脫離，獨立建國的近四十年以後，西班牙才割讓出來給美國的。

我們去了很多著名的景點，可能因為到這裡的人不多，一切都是純淨的氣息，怎麼也拍不夠。我們去了聖·奧古斯汀大教堂和聖馬可斯城堡，這兩個真是建築傑作，完完全全就是童話裡城堡最好的詮釋，聖·奧古斯汀大教堂的那些紅磚浮雕和橡木雕刻，真是立體得像是隨時可以成真的一樣。接著，我們又去了紀念館瞻仰一下佛羅里達之父亨利·弗拉格勒（Henry Flagler）。他是美國石油大亨，鼎鼎大名的洛克斐勒最得力的搭檔，現在具有雄厚人口基數和經濟實力的佛羅里達州，基本上都是弗拉格勒開發的功勞。他建立了邁阿密和棕櫚灘兩個城市，在佛州修了鐵路，他曾經為佛州旅遊業建造的酒店，很多雖然用途已經改變，但還是矗立在太陽之下。

我們看到了一個綠色屋頂的建築，乍一看像個教堂似的，了解以後才發現那竟然是佛羅里達最古老的監獄。入夜以後我們到了鎮中心的聖喬治老街，古香古色，帶著質樸而有童話色彩的風情，帶著花田和磨坊，酒吧和手工匠的店。

吃完飯以後，我們趕著最後一波去了小鎮上對外開放的釀酒廠。小鎮的常住人口也就一萬多一點，因此酒廠的規模也不會很大，把我和余沛江兩個業餘酒鬼吸引過來的主要是因為它這裡有試喝環節。他們家有產金酒、蘭姆酒、伏特加，每隔兩三年就會釀一批波本威士忌，我們有口福了，全都能嘗上。進去參觀以前，我和盈盈都被要求查身分證（佛羅里達規定21週歲以上才能喝酒），而余沛江則被直接放行了，被我們嘲笑他長得老，這一點讓他很鬱悶。晚上次房以後，喝了酒的我感覺還不錯，於是乎，在費城買的十二個裝杜蕾斯，在今天已經見底了。

第二天我們決定下午出發前往傑克森威爾。午飯我們去的是一家古巴菜和多明尼加菜餐廳，聽說老闆夫妻一個是古巴人，一個是多明尼加人（多米尼克 Dominica 和多明尼加共和國 Dominican 都是加勒比海上的島國，是兩個不同的國家，我也不是很能分清），現在老夫妻都還在堅持親自上陣。西班牙語的菜名我們幾乎是看不懂的，只能大概知道是用什麼材料做的。我點了一份炸豬肉，余沛江點了一份牛肉飯，盈盈點了一份烤雞沙拉。

菜上來的時候，我的是一個用蕃薯泥像做陶藝一樣烤出來的蕃薯碗，權當是主食，碗裡裝著帶著豬皮像是紅燒肉的東西，不過是炸的；余沛江的是一份用點酸汁炒的牛肉絲，還有黑豆蓋澆飯；盈盈的稍微正常一點，是一晚加了塊狀乳酪的綠葉沙拉，上面鋪著一塊碩大的烤雞排，還淋了帶辣椒的橙黃色甜辣醬。這一頓還是不錯的，以後還是多嘗試下新的東西。

接下來在傑克森威爾的兩天，顯然沒有之前在聖奧古斯汀那麼有感覺。雖然作為大城市是比殖民小鎮要繁華很多，夜生活也豐富，起碼不至於晚上會餓肚子，但同樣地少了一點風情，怎麼看也只是像一個貨運商業港口城市。我們主要去的地方，都是州立森林公園和動物園。終於，盈盈要回國了，我們送她到機場，跟她說一路平安。她緊緊地抱了抱我，在我耳邊說：「八月分再見。」如今我們已經重新習慣了擁抱，我們真的做到了回到從前那樣。

第十三章　臓器密室食肆

晚上，我們坐在酒吧，余沛江拿著他最喜歡的 Lucky Buddha（樂開啤酒，澳洲品牌，瓶身為綠色彌勒佛形象）和我碰杯，問我說：「你覺得，你和盈盈會走到最後嗎？」

「我希望會是這樣的。但是……我不知道……」我說，一口喝光了杯中的桑格利亞。「你呢，和溫蒂怎麼樣？」這句，應該可以算得上是有力的回擊了吧。

「我……」他支吾了一下，然後嘆了口氣，「在婚前就把這種關係和婚姻捆綁得太緊，並不是一件好事，現在都什麼時代了。」

「你別答非所問，我根本就不是這個意思。」

余沛江也笑了：「對、對。」他聳聳肩，「我和她現在只是朋友，不過，她的確是個好女孩。看看以後有沒有機會吧。來，乾杯。」

「乾什麼，我早就喝完了。等我再叫一杯。」

第二天起來得特別的早，我也不知道為什麼，可能因為盈盈不在，又回到和余沛江同房，聽他打呼嚕開始有點不習慣了吧。我到街角的愛因斯坦兄弟咖啡店買了兩杯咖啡和牛角包，又順手買了份報紙。

回到酒店以後，余沛江正在蹲廁所。我牙也沒有刷，只好等他出來了，於是坐到床上開始看報紙。在國內新聞版，我無意中讀到了一個很熟但想不起來在哪裡見過的名字：奥斯卡．百奇。余沛江摸著剛剛剃完鬍鬚的下巴走出來，我把他扯過來，問他對這個名字有沒有印象。他也說好像在哪裡見過。我們兩個想了一大輪，就在我們幾乎要放棄的時候，忽然間一道靈光閃過。我驚撥出聲：「我想起來了！這傢伙就是我們之前在阿爾登查過的，那個商業帝國的董事長！」

「對！沒錯，就是這個名字！」余沛江也想起來了。嘻嘻，看來我的記憶力還是要稍勝他一籌的。

有些事情就是巧，我和余沛江去網上搜他的資料時，居然發現他就是佛羅里達人，而且家就在傑克森威爾的海邊上。雖然我們不知道他現在的行蹤，但我們都覺得他十有八九跟魔童事件有關係。搞不好那些魔童就是他養起來的。想到我和余沛江在貨櫃車裡看到的那些像豬肉一樣被吊起來的人，甚至那裡面還有活人！我們就怒火中燒。我和余沛江決定到他家附近轉一轉看看。

他的家還真的不難找，因為當地的露天雙層觀光巴士路線就有這條路，而且還會有人用小喇叭講解，這條富豪聚居的濱海大道儼然成了一個旅遊景點。我猜想這個觀光巴士就是這裡的富豪共同持有股份的，不然這樣的事情是不會發生的。我和余沛江就開著車慢慢跟在觀光巴士後面，靜靜地聽他裝逼，等他講百奇的房子。事實證明，我們的時間是白費了，因為整條路上最大的房子，就是他的。而且這還不止，他這個加上庭院占地面積足足一英畝有多的別墅（1 英畝 =43,560 平方英呎，大約4,050平方公尺），後面直接連通著他的上等餐廳，分離式建築的餐廳廚房直接為百奇家提供膳食，同時也給客人備餐。後面那個奢華的商業中心，也是他們家的，這傢伙真是不僅賺窮人的錢，就連有錢人的錢也有本事賺到手。

這樣的功能使得房子的實用面積更大，而且免除一切油煙，本來算是一種創新和環保，然而因為我和余沛江經歷過阿爾登小區那一場災難以後，覺得這樣的結構反而更可疑。這個布雷斯登·百奇，一定有什麼不可告人的祕密。

幸好，我作為房地產經紀有使用評估師系統調出所有房產資訊的便利，很順利就能查到所有百奇家的產業。一下來我和余沛江都嚇了一跳，這個以無圖片表格形式呈現的網頁裡，光是他一個人名下的物業就多達了7頁，這還沒有算上他老婆孩子那些的！難怪會有人提出二八理論，全球80%的財富就是掌握在20%人手中的，這一點是真的。就拿百奇家的員工來說，拿著被老闆剝削以後的薪資，給政府交完稅，再去租或者供百奇家推出的房地產，錢又迴流到百奇手中，而就連去超市買個生活用品或者食物，分分鐘就是百奇家生產的，而政府會拿出這些稅，來幫助企業發展，補貼那些拿窮人當白老鼠做試驗的科學研究機構。這就是萬惡的資本主義。

諷刺的是，布雷斯登·百奇剛剛以私人名義捐出了一大筆錢以及百奇集團幾個點的股份，用來贊助一個離他們家很近的一個醫學科學研究實驗室。他因此被冠上百大慷慨慈善家稱號而上了當地新聞的頭條，聽說實驗室明年就會正式製出新藥，屆時會重酬招募願意志願試藥和免費治療的市民患者。

我突然間想起了上次在阿爾登的時候，余沛江對我講過一句無心說出的話，他當時問我有沒有留意到貨櫃車裡吊著的屍體，身體上都好像有一條術後傷口，而且有不少都在心臟位置。當時我的回答是太匆忙沒有留意。後來我們救下的兩個女孩，身體都是非常虛弱的，但是她們的身上，至少是我和余沛江都觸碰過的地方，都是沒有傷口的。

於是，我作了一個大膽的推論。這個布雷斯登·百奇，乃至整個百奇家族，很可能就是比魔母魔童更高一級的恐怖存在。他們可能為了製造和隱蔽他們這條獨特的食物鏈，正在用自己的權勢和經濟力量進行某種邪惡的祕密建設，那些什麼食品加工，醫療實驗室，全部都是計畫中的一環。

我和余沛江這兩個專門吸引麻煩的磁鐵，這一次都決定為了公義再一次冒險。若然我們能活著搞完這一單，一定順走他一些我們應得的酬勞。

我們兩個直接這樣上去敲門，人家會在門口恭候著說「請進」是不可能的，所以還是從餐廳那頭看看怎麼溜進去才更加實際。而且既然我們都已經知道這一次我們面臨的將會是更大的危機，我們肯定要盡可能地做好比以往都更加充分的準備。比如說，晚餐不要吃得太飽，以免盲腸炎或者跑不動。

我們繞著那個餐廳和那個商業中心轉了一圈。商業中心的英語是 Plaza，就是一排店鋪，外面有個停車場專門供停車的商店街，獨自隔離開來就像是小島一樣，這是美國這個地廣人稀的汽車國家最為常見的一種商業模式，更上一層就是所謂的 Mall，也就是大型商場或者奧特萊斯了。百奇的這個商業中心共十三個店，這在他們美國人看來並不是個吉利的數字。別說很多華人迷信，其實全世界都一樣，像我們做房產經紀的，就經常遇到那些市區辦公室或者高層公寓是沒有十三樓的，包括全球著名的 W 酒店。

我和余沛江雙雙認為要混進去還是只能通過餐廳這個通道。但是如果是白天營業時間的時候想開溜進去，難度不是一般的大，然而晚上去的時候，像這樣的場所難保不會觸發這些有錢人的警報系統。

我們決定在這裡蹲點看清楚環境再說。之前好幾個案子我們都有被抓進去而且有理說不清的那種的可能。要是這一次栽在這裡了，可不就是小兒科，分分鐘要進去坐牢坐到白髮蒼蒼的撒個尿也要十分鐘的年紀，尤其是我們這一去，要是被百奇發現我們知道他的祕密，他肯定往死裡弄我們。這一次不像之前那些馬上辦事馬上走人，真的需要小心謹慎。

本來還想著進去吃頓飯看看環境，可是在網上一查才知道那個是個特約餐廳，還必須要預約才能進去吃飯，而且甚至沒有選單，那天廚師做什麼客人就吃什麼。因為餐廳晚餐都會配特選酒，所以餐廳多了個規定，無論喝不喝酒都需要實名預定而且查驗駕駛證上的生日日期。可是我們一看就是沒有得到街頭巷尾天橋底那些辦證神功的真傳，造假是不行的了，但是我們又不願意讓別人拿到真的消息用來抓我們。

我們只好設立幾個點輪著蹲點，希望能直接掌握到什麼蛛絲馬跡，以及餐廳、百奇家族府邸的重要時間表。可惜這附近沒有高樓，不然我們就不用跑來跑去了。

商業中心的後面幾乎背貼著那些濱海富豪的房子，隔開了一條後巷，大概寬度能過一輛貨櫃車。餐廳是一個分離式連體雙層建築，形狀就像是個「凹」字反過來的模樣。在商業中心的一邊一樓和二樓是酒吧吧檯以及餐桌，一樓有個小小舞臺，二樓有個小小舞池。二樓的用餐區域一直加長延伸到後巷的上方，連著百奇家圍牆內的一個同樣高度的建築。那麼很明顯，建築的這一邊就是冷熱廚房、冰箱和貯藏室了。用餐區域這邊的建築是完全的落地玻璃設計，玻璃加了輕度磨砂和弱光膜，從裡面可以清楚看到外面。而餐廳還在營業著的時候，依靠著燈光從外面也可以依稀看到裡面。廚房那側的建築是緊挨著他們家的圍牆的，那上面有一扇電動吊閘大門，可以直接裝卸貨。

如果百奇一家真是魔童魔母一類的怪物，那麼這些所謂的尊貴客人，在他們盤子裡的那些「主廚推介」無選單食物，會不會就是他們自己的同類，百奇家吃剩下的殘羹剩菜再加工呢？我跟余沛江這樣說的時候，他看著玻璃中那些優雅用餐的客人，不住乾嘔了兩聲。

這樣的模式，讓我想起了英國稱霸世界成為「日不落帝國」的時代，在倫敦流行著一個恐怖傳說，那就是理髮師史威尼·陶德（Sweeney Todd）的故事。在英國那個男兒以航海為榮的時代，最繁華的自然是港口城市。進入工業時代以後的倫敦，小男孩陶德不幸的一生開始於一個典型的貧窮家庭，酗酒嗜賭的父母，在陶德的幼年造成了極大的心理陰影。在一個冬天，陶德的父母雙雙在酒後凍死於倫敦的街頭。而後，他獨自謀生，輾轉成為了一個剃刀工匠的學徒。因為不甘貧窮，他開始從事用「第三隻手」進行作業的「職業」。後來，他終於因為盜竊罪被判入獄五年。

為了減刑，他積極申請成為理髮師的學徒，幫助理髮師為罪犯理髮。當時的歐洲，大眾的受教育程度非常低，而且因為航海的流行加快了人員的全球流動，監獄裡關押的大都是來來自五湖四海的犯事船員，每一個都身壯力健脾氣火爆。年齡幼小身體孱弱的學徒陶德經常都遭到他們的欺辱，有兩三次還差點被當場打死。

鐵窗生涯之於陶德，並沒有像法律所期望那樣讓他改過自新，相反卻讓這位少年的性格變得更加黑暗。出獄的陶德不久就賺了一小筆財富，憑著在監獄練出來的手藝，他在毗鄰港口的繁華小街上開了一家理髮店，專門服務水手。他的生意才挺興隆的，因為很多人經過長時間的航海，一上岸都會鬍子拉碴地帶上一瓶酒去找理髮師。至於那些水手還有沒有從那個店裡出來，人們就不得而知了。

當時的歐洲，每一個有水的城市，都會有許許多多的酒館，以及許許多多的水手，他們都酗酒度日，等待著下一次被聘用出航。這樣的工作並不是按日算的，而是按次數算的，一般一船的水手上岸以後，船長下次出發，除了大副以後基本上整個隊伍都是全新的。這完全幫陶德的殺人製造了極大的契機。

他會習慣性地在理髮完畢以後給客人刮剃鬍子，用的就是他曾經拜師的工匠所生產出來的剃刀。在刮乾淨以後，他會順手地在客人的脖子上抹一刀，他的手速非常快，在血還沒流出來的時候，他就拉動拉桿，理髮的椅子就像個簸箕一樣把屍體傾倒到椅子下的空間裡。那正好是樓下樂芙特太太的餡餅店。每次有理髮客人的時候，樓頂的煙囪都會在稍後冒出黑色的濃煙，為倫敦的嚴重霧霾獻上一份力量，然後就在翌日，樂芙特太太就會有新鮮出爐的肉餡餅大酬賓。

一直到消失在理髮店的人數達到三位數以後，他們才被懷疑上，那是因為有人在餡餅裡吃到了沒有完全剁碎的男人手指頭。樂芙特太太被送進監獄以後就自殺了。而惡魔理髮師陶德，則被公開處以絞刑。他的屍體被安排送往皇家外科醫學學院進行科學研究。而在這個學院裡，有幾個學員的失蹤親屬也曾光顧過陶德的理髮店。所以當這位魔鬼被送進學院以後有沒有被人做成餡餅，那就不得而知了。

回到現實中來，百奇家的餐廳已經開始收拾打烊了，時間是晚上十點。余沛江說他餓了，我從後座給他遞上了那袋剛買的麵包。這個商業中心有兩家餐廳和一個烘焙坊，其中一家就是我們正在盯梢的，所以在接下來幾天裡，我和余沛江都會在這兩個地方解決夥食。好不容易睡車裡省回來的住宿費，就這樣被花出去了。唯一感謝蒼天的是因為這裡是在海邊，佛州政府還是有良心地每隔大概一公里就配備了幾個蓮蓬頭給泳客洗澡，我們總算不至於渾身臭烘烘。

蹲點的第四個晚上，我們發現第一晚凌晨來過貨櫃車以後，這是第二次。貨櫃車應該是三天來一次的頻率，來的時間是凌晨三點在三點半之間。我有個在美國開日料店的同學，他告訴我說他們日料店的生魚也是大概三天一換，這個貨櫃車進貨的頻率是恰當的。除此之外，我和余沛江發現了兩個疑點。第一點就是貨櫃車本身，第二點是出貨的工作人員。

對於這麼一個規模的高級餐廳，就算你說進的食物還要供應百奇家全家以及他們的傭人，也是不可能需要一輛貨櫃車三天來回卸貨一次的，除非食物是不止這些數量的人吃的，或者說運載的東西不僅僅是食物那麼簡單。另外工作人員在搬運的時候每一個都是帶著耳機的，包括司機。電動吊閘打開之前，會有兩個穿西裝的人在吊閘門中間的一個小門板裡先出來，做好查問和登記以後才升起吊閘，搬運工人從裡面出來。西裝哥們中一個會全程監督搬運的進行，另一個則會站在貨櫃車的駕駛艙旁邊，不讓司機下車，並且勒令司機也要帶上耳機。就在貨櫃第一次來的時候，我和余沛江就看到司機剛剛開著車離開，轉了彎以後馬上就下車對著草叢小解，足足持續了二十秒。司機這麼內急也不能進裡面上個洗手間，這肯定不是公司制度和文化習俗的問題。

我和余沛江決定在下次貨櫃車來的時候，就伺機潛進去。我留心數了一下，除了兩個西裝男和司機，就兩個搬運貨物的工人。可我和余沛江還是擔心怎麼混進裡面去。畢竟一旦發生打鬥肯定就會把越來越多的人引過來，而且我們都會被鏡頭拍下作為罪證。

余沛江說：「如果他們家真的有哪些殘忍不可告人的祕密，他們一般都不願意主動去招惹警察，無論權勢再大也一樣，肯定會避忌的。不過你說的對，光是把他們的人招惹過來就已經『一身蟻』（一身的螞蟻，表示很麻煩）了。」說著說著，他靈光一現，突然想起了溫蒂。他說他記得溫蒂說過，她學習的道符裡是有一道隱身符的。他給溫蒂發過去了一條微信。現在是凌晨三點多，然而溫蒂居然是秒回的，這樣我和余沛江都覺得很詫異。溫蒂在訊息裡說的確有這樣的東西，但隱身符必須用青藍色的紙寫，而且只能用隱身者自己的體液混著硃砂來寫。沒多久，她就把模板用微信發了過來。圖片的下面還帶著一行備註：用之前先查清楚。

余沛江臉色嚴肅起來，他說：「記得我爸爸曾經提到過，使用深顏色的符紙，使用者是需要付出代價的。」我打開 Google 開始查，余沛江也拿出余父曾經的手記開始看。感謝這個給力的營運商，余沛江盲頭蒼蠅一樣亂翻書也比我用網路快。余父記了一則他親眼見證的事情。他偷渡之前在法場做學徒的時候，師傅帶他去阻止一個嘗試把夭折孩子帶回人世的新媽媽，她正想用自己的血在一張紫色的符紙貼在已經離開的嬰兒的身上。事情的結局筆記上沒有記載，不過倒是寫下了一句話，大意就是符紙顏色越深，啟動的法門越陰邪，越是偏離自然規律，施法者付出的代價越大。聽起來不是什麼好事情。

這時我也在網站上查到了。一般符紙的顏色都是按照色譜紅橙黃綠青藍紫，以黃色開始往紫色的方向漸次變深，而符文從純硃砂開始，隨著顏色遞增，需要摻雜施法者的體液，到最後必須使用鮮血寫就。幸好，隱身符已經算是程度比較輕的逆天符之一了。隱身符如果用綠色符紙可以維持三分鐘時間，青色符紙可以維持半柱香，也就是約莫七、八分鐘，這樣比較保險一些。硃砂我們還是有的，畢竟余父之前也吃過這口飯，總會讓余沛江多少帶上一些傍身，符紙之前我們也問溫蒂要了一些。現在問題就在體液上面了。

這裡寫的非常模糊，那麼用什麼體液會比較好呢？我和余沛江不約而同地往自己的身下看去。這樣，我們只需要把島國某種類型的動作片打開就可以了。不行不行，這不是我們的風格，我們不是走低俗路線的。可是如果用鼻涕的話，我們現在又沒有感冒。最好，混進硃砂裡的，是我們各自的唾沫。好吧，還是比較低俗。聽說，啟用隱身符，會消耗掉我們雙倍的壽命，比如說這八分鐘的隱身符，是以我們十六分鐘的壽命換回來的。這跟抽菸吸毒那些陋習比起來，完全就是小兒科，原來沒有不良嗜好的我們攢下的生命，是要這樣子用的。

總算是把符寫好了，現在就等下次貨櫃車來卸貨時，找個合適時機動手了。我和余沛江終於能好好找個旅館睡一覺，好好吃一頓中餐。百奇家旁邊那個義大利餐廳，有一道叫做 Fe Huccine Porcini con Mushrooms 的白醬蘑菇義大利麵，真的超級好吃。不過，作為炎黃子孫的我們，胃早已經被慣壞了，還是要吃中餐才會感到舒服。

又過了兩天，我和余沛江已經準備好了，就等貨櫃車了。萬幸的是，貨櫃車如期而至，沒有放我們鴿子。隱身符只能把我們人隱藏起來，最多也只能穿一層的單衣，什麼金屬器具那些都是不能帶的，這一次我們真的是空手上陣了。靜靜地等到他們已經搬了一陣子貨了，我和余沛江深呼吸一口，然後把帶著唾沫的硃砂符貼到了自己的胸前。像電視上那種只貼一個角那種肯定是不行的，萬一被風吹走了那就真是「仆街」（粵語常用詞語，意為麻煩；失敗）了。我特地買了膠水，把整張符貼在胸前貼得嚴嚴實實。

現在我們面臨的是兩個問題。第一個問題是我們都隱身以後看不見對方，要是撞到自己人壞了事怎麼辦。第二個問題就是符咒的缺陷，隱身符可以讓我們躲過肉眼的視線和鏡頭，但是對於玻璃的反光以及鏡面的照射，我們是躲不過的。

我和余沛江已經做好準備，把符往自己的胸口一貼。在貼之前一刻，我們牽上了對方的手。我們互視一眼，咦，怎麼還能看到？我們連忙把手鬆開，可就在手鬆開的一瞬，余沛江就從我眼前消失了。我們默契地把手放回剛才的位置，果然一碰到對方，就能看見對方了。時間有限，我們趕緊出發。

很快就走到了貨櫃車對面。我們調整自己的呼吸和腳步，悄無聲息地在盯著司機的西裝男面前，手牽手走了過去。我們捏緊了拳頭，隨時作好打鬥的準備。真的成功了，我們在他眼皮底下走過去了！

我們這才放下心來，開始繼續往前走。進了吊閘以後，我們能看到裡面的情況了。其實也就是一個空間大概是五六十平方公尺的裝卸區，三面牆上都有門會通往裡面其他的區域。一個工人穿著厚厚的防寒服，用手推車把保溫冷藏盒往中間那扇門裡推去，而另一個工人穿著普通的夏天衣服，推著一個個成人高的不鏽鋼長方體收納櫃往右邊敞著門的室內推去。猜想裡面是有人接應的，所以他剛推進去兩秒，就出來卸下一個同樣大小的櫃子了。第一個工人去的地方目測是個冷藏室，倒是那些長方體收納櫃比較可疑一點。我和余沛江現在不能分頭行事，所以我們手牽手，一前一後地跟在那個工人身後進去了那個光線暗很多的室內。一進去我們就趕緊閃到了一邊，不然他一回頭就會撞上我們。

原來那裡面是一個大型的載貨升降梯，裡面已經堆了十來個收納櫃了。不過我們之前的猜測錯了，這裡並沒有人接應。我感覺我們選對了方向，畢竟做這樣的事情，總歸是越少人知道越好，這正好方便了我們。我們趁著他出去推新櫃的時候，溜進電梯爬上了金屬收納櫃上面。

為了我們自己的人身安全起見，我們默默地在心裡數著時間，現在我們還剩六分鐘。電梯快滿了，工人把最後一個收納櫃推進來以後，電梯門關閉，我們開始往樓下走。我感覺到，身下的收納櫃有些微微晃動。

電梯停下，另一邊門打開了。我和余沛江搶在那工人出來之前就跳了出來。這下面，竟然是百奇家私自擴建的一個地牢！看到這一幕，真是讓人覺得怵目驚心。一條走廊下去，左右兩邊都是牢籠囚室，大致數了下應該有十五個左右，不過絕大部分都是空的。猜想那些新的收納櫃裡帶來的就是新搞回來的活人了吧。走廊盡頭還有門可以通往其他區域，門前有一個放著藥品的醫療室。走廊走到一半，還有條岔路，可以透過燈光看到門後有一道塑膠垂簾，而且這個走近這扇門就明顯感覺到氣溫要下降好幾攝氏度，看來這是通向地下冷藏室的。

這時候，那工人已經把收納櫃全部逐個推到囚室的鐵欄前。那些空的囚室沒有鎖門，那個工人開鎖打開收納櫃，那裡面的人一下弄進了囚室。我和余沛江就在他的邊上，所以在他自言自語的時候我們也聽到了。他說：「唉，這樣違背道德的工作，何時才是個盡頭啊。」這時他站在正對著冷藏室門口的那個囚室前，解開收納櫃上的鎖。

「想做婊子又想立牌坊。」余沛江忍不住低聲用英語罵了句，原話我沒記住，但大概表達的是這個意思。說出來以後他才知道失策了，連忙把嘴堵上。不過那個人已經聽見了。他馬上東張西望，一臉緊張。他大概是以為做的虧心事多，現在遇上那些東西了。

我和余沛江會意點頭，懲治他一番。我捏著鼻子，語氣飄忽若深若淺地說：「你幫著百奇做這樣的事情……對得起我們嗎！」最後那一下音量不大卻又鏗鏘有力不失火山爆發的威勢，我對自己本次的發揮非常滿意。

那大漢果然害怕得連聲線都開始發抖了。他說：「我，我沒有殺…殺過人的。求，求你們不要不要殺我，你們也知道，當時我真的沒有為難你們任何一個。」

我和余沛江忽然咆哮一聲，他已經嚇得腿軟了，一下子撲進了本來要關人的囚室裡，自食其果。我們順勢把他腰上的鑰匙搶了過來，把他的囚室鎖住了。

我們現在剩下的時間，只有不到兩分鐘了。這時候電梯那邊又傳來了聲響，是其中一個西裝男過來了。因為隱身符藏不住金屬，我和余沛江連忙躲到了通往冷藏室的那個轉角那裡，留意著他走過來的方向。我的頭頂到了什麼東西，向後一看，是個帶了把消防斧的應急箱。

我們本來預料到，剛才那個工人肯定會大喊救命，把西裝哥們引來。我們可以出其不意制服他。然而他竟然就蜷縮在那裡，完全沒有叫。相反地，他坐在地上，害怕得瑟瑟發抖。而且我能明顯感覺到，他現在害怕的，不是剛才嚇他的我們。因為我確定我們所有人都聽到了一種類似於野獸的咆哮。趁著隱身符還沒失效，我大著膽子探出頭去看。

只見那個哥們伸出鼻子四處嗅那些收納櫃，一步步走來。其中一個被他嗅的收納櫃開始微微晃動，裡面傳來了一個少女的掙扎喘息聲。那個西裝男完全沒有衣冠帶給他的優雅，他一手就扯下了收納櫃上的密碼鎖，拉開密碼鎖，就把裡面的女孩扯了出來。他把她撲在地上，口水從他張開的嘴裡流了出來。我看到那些熟悉的尖牙。他不是人類，是我們之前見到的那些魔童的同類怪物！

我急中生智，要把那怪物引過來，那個工人是靠不住的，我一斧頭砍在了消防栓的盒子上，發生一陣聲響。這聲音果然引起了他的注意，他的鼻頭微微抽搐，像一頭發怒的狗一樣朝我們這邊衝來。我雙手握斧高舉過頭，半邊身跨了出去，等他跑近的時候我思考著時機，用盡死力把斧頭在他脖子的高度平揮出去。這次行動，由我范吉來開齋。

那個被關起來的工人看到一把浮在半空中發斧頭直接把西裝怪剁了，嚇得面無人色，這次終於失聲叫了出來。不過他趕緊堵住了自己的嘴。隱身符也差不多這時候失效了。果然，他看向這邊的眼神改變了，猜想是看到我們了。我和余沛江兩副亞洲面孔憑空出現在了他面前。他連忙把雙手擺得像得了第四期帕金森症一樣：「不關我事的，我真的沒有殺人……」

我還想從他口中多獲得一些消息，可是余沛江卻不同意。他在我耳邊小聲說：「另外冷藏室那邊應該還有一隻穿西裝的怪物，我們要先把他搞定，再回來處理這裡。」

我覺得有道理，於是對那個膽小鬼說：「你待在這裡，哪也別想跑。」說完以後我發現智商暴露了，他還能跑到哪去？

推門走進冷藏室以後，我拿著消防斧走在前面，一邊強忍著寒冷一邊提防著另外那個穿著西裝的魔童。冷藏室的面積並不大，而且這裡面已經沒有人了，看來這邊的工作量比那邊小很多。然而，有一個嵌進牆裡的不鏽鋼冷櫃開始發出「咚咚」的聲音。裡面有人！我和余沛江連忙走上去，他站在門背一把拉開了門，我舉著斧頭準備好了一斧頭劈下去。

一道黑影飛出，我正要砍下去。余沛江突然一下子把門關上了，喝止我：「別，他是人類。」我連忙把斧頭扔到地上雙手去接他。原來是另一個工人，此時他滿臉鮮血，雙眼緊閉，已經暈死過去了。我小心把他放到地上，伸手去探他的鼻息。說時遲那時快，他雙眼突然睜開，張嘴露出那些可怖的尖牙，對準我的脖頸像毒蛇出擊一般迅速地咬過來。現在我去摸地上的斧頭已經來不及了。我的身姿是蹲下的，幸好我的急智告訴我不應該伸手去擋，而是順勢往外一滾，然後伸腿去蹬他。

余沛江知道自己判斷失誤了，他連忙搶步躬身撿起斧頭，掄起斧柄就劈。那怪物反應也是夠快，余沛江豎著劈，他就揮拳從一側把斧頭打飛。這一下，他的手也夠傷的，不過總比丟了命要好。他見自己處於下風，想轉身逃跑。他的身後就是我們進來的那個地牢，絕不能讓他跑到那邊去。我連忙用手在地上撐著屁股往前挪了一步，用腳去勾住了正要轉身爬起的怪物的腳。我往後用力一拉，他失去重心，一下子又摔回地上。這次余沛江就沒有失手了。一斧頭下去，他就不動了，烏黑的液體從他的口裡和頭部的傷口開始流出。

我們接著把剛才關上的冰箱打開。裡面癱坐著一條已經僵硬的屍體，血已經流了一地。我們來晚了一步。打開旁邊的冰箱，我們都倒吸了一口涼氣，不，冷氣。這真是如假包換的冷氣，真是冷到心坎裡去了。

我和余沛江看到的，竟然是人類心臟的切片！每一片都非常薄，放在冷藏室裡，那上面還有著心臟裡各種大血管流經的洞。那上面的一層，還有一疊用白瓷碟裝的，用紅油鹵起來就像是夫妻肺片這樣的菜餚。不僅這樣，還有其他的冷盤做法，而冰箱一側掛著的資料夾，前面是各個進貨日期和數量的登記，後面竟然附著菜譜，上面是各種圖文介紹著更多冷食熱食的做法！我和余沛江又不約而同地打了個冷顫，而且這絕對不是因為冰箱氣溫低而冷的。原來這個布雷斯登·百奇的進食習慣，竟然和畫皮裡面的怪物是一樣的，不過他的多樣性還更多一些。

我們回到了地牢的區域，總算暖和多了。那個被關起來的工人也緩過來了，看清楚狀況的他，也不知道應不應該感激我們。我和余沛江把剩下那些還困在收納櫃裡的人都用斧頭砍斷鎖，救了出來。謝天謝地，所有的人質都還是活著而且都有活動能力的。然而，這些人在死裡逃生以後，個個都像是驚弓之鳥一樣到處亂走想馬上逃出去。看著這樣下去只會大家被逐個抓回來然後等死，我和余沛江實在沒有辦法，只好先唱白臉，舉起斧頭板著臉，把他們分別趕緊了兩個囚室裡。

我……手上的斧頭把他們嚇得噤若寒蟬，聲音馬上就小下去了。我和余沛江一邊商量接下來怎麼做，一邊又走回剛才關押著那個工人的牢房前。我們掏出鑰匙把門打開了。

我們和他保持著距離讓他安心下來，然後用平和的語氣嘗試著從他口中探聽消息。他一開始支支吾吾，不過也還是慢慢地把實情都告訴了我們。

這個叫迪恩的工人只知道每隔三天就會有新的人送過來，他是負責把這些人關進籠子裡的。每次他和同事工作的時候，都會有穿著西裝的主管來監督他們，但是那些主管幾乎從不說一句話。他們只上晚班，每個月裡有半個月吃住都在地下室，另外半個月則是在距離這裡十幾分鐘車程的一個獨棟房子裡，也是專門有人看管，其實跟坐牢沒有什麼分別。因為他們半個月就要搬一次，而且每次都要帶上自己所有東西，所以他們個人行李很少。「公司」每兩個星期就匯一筆錢給他家，他每個月都可以在監督下打一次電話給家裡。

其他還有一些讓人細思恐極的細節，比如說迪恩的妻子說起過公司有人到家裡慰問過，還幫忙接女兒放學；他們每次搬家後見到的工友都不一樣，之前合作過的工友自從搬家後再也沒見過面，每次搬家他們都是蒙著眼睛上下車，而且進屋在原地打轉十幾圈才能揭開眼罩；他為公司工作的時間還沒到半年，而且他過去認識的同事也都是一樣；他和他的工友儘管對他們在做的工作都懷著畏懼，但他們還是很感激自己有這樣的機會，他們的教育程度都不高，而且大家都有各式各樣的歷史汙點，但公司沒有計較而是給了他們生計，他的工友們很多從前都是無家可歸的流浪漢。

聽完這些東西，我和余沛江都感到背脊發涼。百奇這樣做，真的是連禽獸都不如。那些工友年資都低於半年，那多半是因為沒有人能活過半年。這些員工大多數是曾經的癮君子、刑滿犯人和流浪漢，即使他們消失了，也不會有多少人注意到或者過問。像百奇這種財雄勢大的家族，做些掩飾和改動，完全可以輕鬆辦到。再者，這種人很多經歷過人生谷底，既然有住的吃的還有薪資，他們也不會再願意回到以前那種狀態。

除此之外，我和余沛江還從迪恩口中聽到了一個對我們很有用的消息。布雷斯登在一年多前曾經很嚴重地病過一次，簡直是一隻腳都已經踏進了鬼門關。

現在看來，我當時的推論只是對了一半。布雷斯登之所以做這種天誅地滅的滔天惡行，就正正是因為他是一個普通人，而且是一個怕死的，有錢有權又有勢的普通人。他犯了一個中華五千年不少皇帝都犯過的錯，那就是想一直擁有這一切，想找尋一些方法讓自己長生不老。

他迷信於不死的生命，開始在科學和超自然中做兩手準備。心臟擁有全身最有活力的細胞，而且心臟是不會長癌的，在魔母的哄騙下，布雷斯登相信了吃人的心臟可以增強體能，之後慢慢地甚至還能免於器官移植以後出現排斥反應，加快術後的復原。這樣的話，只要他能一直找到年輕健壯的器官供他循環移植，他的身體就能一直維持生命力，達到他長生不老的目的。所以，魔母魔童依靠騙他來為自己提供食物來源和住所，而百奇則一直把那些怪物當作供他所用，幫他消滅罪證的清道伕，殊不知自己才是最後的最大的可憐蟲。分分鐘他們消化不掉的，都在百奇家的餐廳裡作為某種菜餚給客人吃進肚子裡了。

其實布雷斯登這種方法和之前一則剛剛流傳整個歐洲留學生圈的新聞裡的主角有異曲同工之妙的。事情是比利時有一個亞洲女孩在酒吧裡寂寞了，想找個金髮碧眼帥哥來個難忘春宵的，沒想到真的有帥哥跟她搭訕並百般挑逗，在後巷開始前戲的時候她已經快忍不住答應跟帥哥回家了的，可是帥哥比她更先忍不住，在她肩膀上咬了一口，於是被女孩嚴詞拒絕了。可是女孩回家後發現傷口幾天都癒合不了，去醫院檢查發現竟然是軟化人肉組織的化學劑，她驚慌之下報警並提供線索，警方意外破獲了布魯塞爾食人魔案。只是在吃人這一點上，也是有貧富差距的。布魯塞爾吃人魔也是解決「溫飽」的窮人，而布雷斯登已經昇華到是為了長生不老。

既然他是普通人，那我和余沛江就不用再做其他東西了，現在潛進去把百奇家的人殺了，我們也只是殺了幾個普通人，而且我們冒的風險更大。我們只要把那些人質全部安全放出去，再稍微教育一下他們，他們就可以作證把百奇家這棵大樹給告倒，樹倒猢猻散，現在還依附著他的少量怪物，都會離開他甚至反咬他一口。只要我和余沛江把那些魔童怪物的訊息透過溫蒂在同行間散發出去，很快就會有人獵殺它們。

我和余沛江拿著武器在整個倉庫樓搜尋了一遍，就連二樓也一併搜了。我們在二樓放倒了一隻魔童，整個建築暫時是處於安全狀態的。我們回到下面去，把那些已經嚇壞的人放了出來，他們也是丈二和尚摸不著頭緒，不過現在他們溫馴多了，乖乖地跟我們走。我們就大致跟他們說了下這是哪裡，他們剛剛參觀的地牢是在誰家的。然後我把在迪恩那個西裝怪物身上「借」走的手機給了他們，就和余沛江離開了。

這一次也算是有驚無險，不過幸好我和余沛江這樣多管了一樁閒事，要不然剛才那十幾個可憐的人，就會在三天內的將來，成為百奇、魔童或者餐廳客人的盤中餐了。

本來我們以為這樣就是告一段落了，回到酒店以後，我打開Youtube準備看一集《瘋狂粵語》再睡。因為我最近用Google帳號搜尋過百奇家的家族成員以及他們家的產業，在網站首頁的可能感興趣影片欄上，有一個是關於布雷斯登·百奇的影片。那個新聞報導影片是在兩年前布雷斯登病癒後發出的。影片內容大概是說布雷斯登痊癒後首次和夫人一同出遊，被金融版記者截住提問，讓他回應下在他生病期間，百奇集團股價大跌的原因以及他接下來的應對措施，而他滔滔不絕地談了他接下來要將家族生意多元化以更好抵禦風險的問題。

本來這只是一個很普通的財經版影片，但是我和余沛江都在那裡面捕捉到了一個極其恐怖的鏡頭。在影片的16：07時，布雷斯登漫不經心地環視了一週，視線剛好和鏡頭對上了大概半秒的時間。在他的視線與鏡頭剛好相對的時候，有一道反光從他的眼睛反射了出來。

他和太太那一天是戴著墨鏡外出的，那道反光即使出現了也沒什麼，更加不會有人去留意這一個微不足道的小節。然而我和余沛江都覺得不會那麼簡單。我一看到那道光，就覺得頭皮有點發麻，因為之前在馬里蘭州與那些水怪對視時留下了深刻的陰影。而余沛江他則是因為他始終覺得布雷斯登是普通人這個事實非常難以置信，他不會放過任何一個可以推翻這個結論的證據。

幸好這個影片網站是有快慢調節功能的，播放速度最慢可以調到正常速度的0.25倍，最快可以調到2倍。

經過好幾次定格，我們最終確定那一個反光，並不是他那個太陽眼鏡整個鏡片的反光，而是集中在一個小點，剛好正是瞳孔應該有的大小。雖說他們是在露天環境下接受採訪，不過他們剛好是一邊說一邊走到了可以納涼的樹蔭下，太陽眼鏡是不會有反光的。

余沛江聲音都有點顫抖了：「那……那個布雷斯登，有可能是一隻狼饕，也有可能是一隻食屍鬼。」這兩種怪物對我來說都很陌生，但無論是哪一種，光聽名字就知道不會是什麼容易對付的小雜魚。

狼饕就是人們相傳的狼人的真實原型，跟狼一樣敏捷以及具有爆發力，有著狼一樣的眼睛，但必須要食用人類的心臟才能維持這份力量。它們的力量在晴朗的夜裡會得到最大的發揮。至於那些什麼月圓之夜會渾身長毛變成狼人或者直接變成狼的模樣，那些全是瞎編出來的。狼饕是不會咬傷人以後傳染的，只能是透過血統一代一代傳承的，要是要是血統疏遠到一定程度，就會潛伏起來，等到生重病或者面臨重大危險時才會啟用這條隱藏的血線，轉變為狼饕。

食屍鬼則是一種顧名思義的骯髒生物，它們原本只是長著一副皮膚溶解渾身潰爛的腐屍模樣，徘徊在長滿蛆蟲蜈蚣的溼滑墓林，以腐屍和其他死物為食。要是一隻食屍鬼吃掉了同一具屍體的百分之三十以後，他就會變成死者的模樣，甚至擁有對方的指紋，不過唯一的不同是他們的眼睛在遇到任何像鏡子、鏡頭時，都會閃光。在成為死者本身以後，食屍鬼只能以生肉為食，而且必須定期食用人類的心臟保證這個假皮囊的鮮活，不然就會回到腐屍的模樣。要是在這個過程中食屍鬼又吃了新的屍體，就又會轉變成新死者的模樣。

「那既然我們知道了布雷斯登是什麼樣的怪物，那麼我們就只需要知道怎麼殺死這頭怪物就好了。」我說。余沛江點點頭，然後我們就開始重新蒐集資料。余父曾經對付過一窩食屍鬼，所以在他的手記裡就有記載。對付食屍鬼很簡單，腐肉對他們就有先天難以抵抗的誘惑，他們的精神很難以集中，而只要把他們的頭砍下來或者用火燒就萬事大吉了。

至於狼饕，竟然沒有任何一個已經成功過的案例，到目前為止都只是一個口耳相傳的故事而已。在暗網的論壇裡，流傳著各種版本，有說用銀製武器可以在狼饕（狼人）身上造成不可癒合的傷口，有說用削尖的標準十字架可以把狼饕釘在地上失去活動能力，有說直接攻擊頸喉、腰部和心臟部位就可以把狼饕殺死。雖然眾說紛紜，但至少沒有互相矛盾的說法，而且這些都在某個程度上是可以統一的。我和余沛江覺得借鑑一下。

不過我們身體實在撐不住了，於是決定好睡醒以後再商量下一步對策怎麼辦。第二天起來的時候，我們趕緊打開剛剛釋出的新聞報導來看。昨晚我們把十幾個人質放出來，他們只要一起去報案，現在警察局猜想是忙得不可開交，各個媒體都會炸開鍋吧？

果然，整個新聞界都轟動了。可是，出乎我們意料的是，這事不僅沒有對百奇造成任何傷害，相反地，百奇厲害的公關能力居然在發生了這件事以後，使得集團的開盤股價馬上漲了0.2%。因為，警察和媒體根本沒有找到任何證據能指控百奇。

凌晨時分，的確有很多人到了警察局報案，警察也有所作為，馬上請示上級批出了緊急搜查令，帶著軍裝警員去搜查了倉庫和餐廳。然而，警察竟然完全找不到任何所謂的地牢和人肉冰箱，餐廳的廚房和儲藏庫就是隨時把 DBPR（Department of Business and Professional Regulation，佛州的政府機構，直接受轄於州務卿，行駛相當於工商局和衛生局的職能，房地產和會計師之類的證照也是該局頒發）的人找過來順便做個突擊檢查，他們也不會收到任何的罰單和告票。最後警察和媒體都無功而返。至於那些逃出來的人質當中的確有幾個是登記在案的失蹤人口，警方負責送回家，而其他的，看來只能把之前那一切當做是一場噩夢了。

早上，百奇居然落落大方地做了個電視訪談，表示自己作為一個奉公守法謙遜營商的企業家，何時都願意配合警方或者其他政府部門開展工作。對於先前他們集團在阿爾登的住宅專案火災而造成傷亡以及財產損失，他表示非常抱歉。他用非常圓滑的手腕把這次被舉報的責任推到了自己的競爭對手中，說他願意接受堂堂正正在商場上的較量而非一些無理由根據的誣告。另外，他還當場寫了一張支票，說他的私人基金願意出資把這些無辜市民送回家。

居然有人可以厚顏無恥指鹿為馬到這個程度，趙高知道了肯定從氣得從棺材裡跳起來滿山跑。余沛江覺得他肯定用了某種障眼法躲過檢查，現在他肯定急著處理爛攤子，而且也會去嘗試著找出我們留下的痕跡，以報此仇。所以我們今晚去，會是最好的時機，不僅可以親手手刃他，而且不會遇到任何警察。

吃完飯以後，我們就清點好裝備，做好血戰的準備。余沛江每次託運的行李箱裡都會帶上一把余父給他的一把銀製小刀，是野營軍刀那種制式，今晚他會第一次用它。他和平時用開的蝴蝶刀分別插在兩邊綁腿的刀鞘上。我在當地一個鐵匠店裡買了一把四十公分長帶倒勾的柴刀，而余沛江則去金器店低價買了些打磨掉下的銀粉銀屑裝在袋子裡。回去以後，余沛江把我們的刀各自在聖水裡泡了十幾分鐘，期間一直用手機播著唱詩班的錄音。

「這樣會不會沒有用啊？不是原聲耶。」我懷疑道。

「哎呀你多嘴，心誠則靈。」他說。

「你覺得我們來來去去就這些裝備，會不會太單調了一點？」

「你還想怎樣，這些都是我們出生入死的好夥伴，難道你還想帶著個凱蒂貓公仔去驅魔？」對話到此結束。

我們抄上自己的傢伙，開始在戰場門口待命。為了盡可能爭取時間，我和余沛江從停車場下車，躲進了離倉庫門口更近的一個半人高草叢中。幸好北美的大小蜥蜴比較多，不是蚊子多。今晚的分工跟之前在阿爾登一樣，是身手比較好的余沛江專門對付布利斯登，我則幫他清理其他可能會出現的怪物。就在我開始對余沛江的預測表示質疑的時候，倉庫的燈亮了，有一輛小型貨車開了過來，那裡有幾個西裝男正在拿著米袋大小的東西往車廂裡扔。

我就要抽刀起身衝上去，余沛江把我按下了。他覺得我們還可以再等等，如果確認布利斯登在場了，那我們就可以抄傢伙幹活了。又過了十五分鐘，穿著西裝的布利斯登果然出現在倉庫門口了。這時候他們要搬的東西也已經搬得差不多了，布雷斯登出現以後，在脖子上撓了兩下癢以後揮了揮手指，兩個西裝男馬上上去把司機從駕駛艙裡堵上嘴拖下車，直接拉進了後面的車廂，兩個西裝男也跟著進去了。我看向余沛江，他剛好也在看著我。他點了點頭。

是時候行動了。我抓起地上的柴刀，余沛江抽出兩把軍刀，我們一起沉默地扒開草堆，腳步越走越快，衝了上去。

布雷斯登正在低頭玩手機，這時候他旁邊另一個西裝男已經發現了黑暗中的正在靠近的我們，他開始指著我們說了句什麼。布雷斯登抬起頭，有那麼一瞬，我感覺他的眼睛也是泛起了那種詭異的閃光。

「仆你個街！」我學著余沛江的口吻罵著，一刀對著布雷斯登和那個西裝男從左往右斜著劈下去。西裝男張大嘴露出他的尖牙，一把將布雷斯登往自己後面拉去，一邊向左跳著躲開了我的一刀。我本來就是給余沛江助攻的，這一刀我本來就是對準他砍過去的，看到他閃開，我趁著招式一老馬上一提臂往回一拉，雖然距離還差一點，不過刀前的倒勾已經已經把他的衣服給撕扯開了。

所謂得勢不饒人，我索性雙手握柄，不給他任何還手機會。我連續揮刀進攻，猛然往前再一跳，我終於一下子拉開了一刀在他胸前拉開了個大口子，烏黑色的血液開始湧出。他想朝我反撲過來。我把刀像鋤頭一樣使，用倒勾一下把他鋤到地上去，然後在他脖子上再補一下。車廂裡兩個剛剛飽餐一頓的怪物已經跳出來了，他們滿嘴滿臉都是血汙，就連脫去外套的襯衣也是斑斑血跡。我和他們同時朝著彼此衝了上去。他們進來倉庫以後，按下了吊閘的門。

這時候余沛江已經和布雷斯登戰到一處了。穿著西裝的布雷斯登已經脫下外套當武器，擋下了兩次佘沛江的進攻。一運動開來，布雷斯登的整個嘴腮都鼓漲了不少，然後兩根長長的獠牙從他兩邊的嘴角伸了出來。佘沛江果然沒有猜錯，他就是一頭狼饕。他把整件襯衫都撐破了，西褲也是如此。知道了對手的底細以後，佘沛江深呼吸了一下，開始穩住下盤，小心應付。

這邊，我揮舞著刀，暫時壓住了他們兩隻東西的進攻路數。兵器這東西果然是一寸長一寸強。那兩隻怪物和我現在是僵持住了，雙方都在等對面那邊先動手。我的身後本來「呼呤嗙啷」那些撞倒東西的打鬥聲，驀然間一陣被重創的慘叫聲傳來，我擔心佘沛江不敵，稍一分神，對面的兩隻怪物就逮住機會，朝我進攻了。他們一旦爆發起來速度和力氣都比我們普通人類強得多，他們一下子就來到了我面前，要不是我及時橫刀擋在身前，猜想脖子一塊肉都會被他們撕去。即使是這樣，我的雙肩也掛了彩，其中左肩的傷口特別傷，血正在汩汩地流。一看到血，他們兩隻本來冷靜下來的狀態又重新變得只剩下了獸性，他們的眼睛都放光了，朝著我不要命地發起了進攻。我一刀刀劈過去，都被他們靈活躲過，即使砍中了也傷不到要害。可是我的雙肩痛得我冷汗直冒，而且流著血的我感覺自己的體力也是飛快在流逝。

好不容易，我一下拉刀終於深入其中一隻怪物的血肉了，我用力摁住搖桿再往深處一送，接著抬手一拉，他一整塊胸前的肉被我勾了出來。他栽倒在地，我一腳踢開另一隻怪物，衝上去加了一刀。這時候另外那隻怪物從我背後抱住了我，使勁側身一甩，我被甩飛了出去，裝在了一個鐵架的邊框上，疼得我真是一佛出世二佛昇天。

柴刀已經從我的手脫飛了出去。現實是我不會有任何可以演心理戲、倒帶回憶或者休息的機會，他緊接著就重新撲上來，想要生吞了我。我只要強忍著痛，就地滾開。我現在痛得連把刀撿起來的力氣都沒有了。我艱難地爬起來，朝著一個半人高的鐵架跑過去。那怪物對我窮追不捨。我把手藏在身後，裝腔作勢地吼了一聲，他愣了一下，沒有馬上跳上來。我把豎著中指的手從背後伸出來，對著他用英語說了句國罵。

他怒不可遏，狂奔著朝我衝過來。在他非常靠近我，伸出雙手想要在我雙肩傷上加傷時，我及時一個側身躲過，他的腦殼直直裝上了那個鐵架的頂部尖角上，我舉著本就沒有多少力氣的手肘，在他後腦勺上再釘了一下。他已經不動了。

再看余沛江那邊，他的情況不比我好多少，甚至比我還惡劣。我的威脅解除了，可是他還沒有。剛才那聲慘叫的確是余沛江發出的。他舞著銀製軍刀和布雷斯登近身搏鬥時，被布雷斯登一拳打在了他的右肋上，他因為疼痛動作慢上一拍，馬上就被布雷斯登強壯的身軀撞倒在了地上。他馬上反應過來，一邊撒出口袋裡的銀粉，一邊飛起一腳朝布雷斯登踢去。可是布雷斯登的動作更快，雙手一把抓住了余沛江的鞋子用力一扭，他的腳踝就脫臼了。余沛江忍著痛拚命握著刀捅進布雷斯登的身體裡。

布雷斯登往後仰身，躲開了在開膛破肚的一刀，但大腿就受罪捱了一刀。白刀子進紅刀子出，布雷斯登傷到了，傷口往外噴湧著血並且還冒著煙。多虧了這一刀，要不然余沛江就不只是脫臼這麼簡單的事兒了。我搞定我這邊以後看到的正是這一幕。看著布雷斯登滿身的銀粉，我料想銀一定是要等到刺破他的皮肉，才能對他造成永久傷害。狼饕的心臟功能非常強大，所以血液的運送速度也是很快，這就是為什麼他失血的速度這麼快的原因。要是我們能多耗一會兒，肯定能把他拖得失血過多而死。

你這傢伙殘害了這麼多的人命來維持自己的力量，我就是忍屎忍尿也不忍你，我在口袋裡抓了一把銀粉，衝上去一下朝他傷口摁了過去。他的喉嚨裡湧出了絕望的咆哮聲，我又抓起一把，朝著他的嘴裡塞了進去。余沛江見勢，自然也不會錯過練習刺刀的機會。布利斯登倒在了血泊之中。臨死前，這傢伙滿嘴含著銀粉冒著煙，用沙啞不堪的嗓音對我們說：「不要……不要傷害我家人，他們不是……」然後就斷了氣。

終於，我們又完成了一次血戰。每次經歷這樣的運動，真的都是虛脫的節奏，全身散架身體被掏空的感覺比一夜七次郎來得更嚴重。

我和余沛江躺在地上，知道痛楚慢慢退潮。我問余沛江：「那，你打算放過他的堂表兄弟和他的孩子嗎？你也知道，狼饕是靠著血緣傳承的。」

「他的堂表兄弟我不知道，我們需要先調查清楚他身上狼饕的血脈是從父親還是從母親那裡繼承的。至於他的孩子……算了吧，他還太小，至少現在還沒有覺醒。要是將來他犯事了，你不說我也會拿著銀刀回來的。」

「唔……」我表示同意。我攙扶著他，慢慢打開弔閘回到車上。四周還是一片寂靜，我們沒有驚動鄰居或者警察，一切好像沒有發生過一樣。余沛江在後排給臼位復原。我開著車從百奇家的正門緩緩駛過。三樓角落裡有個房間的燈還亮著，猜想是在等待丈夫回去的妻子。因為倉庫平時關押人質，隔音效果特別好，這次布雷斯登自食其果，他的妻子也不知情。

余沛江突然問我知不知道剛才那個倉庫外面印著什麼門牌號，我說沒有留意。他說他看到了，門牌號4973。余沛江說出這個數字以後，笑得腰都直不起來了。好不容易等他笑完了，我問他：「這有什麼好笑的。」他說，這門牌號跟這個倉庫太應景了。原來，這串數字在粵語裡的諧音是「死鳩柒晒」，中間兩個字都是形容男士身上某個部位的，「晒」的意思是「全部」。在笑聲中，他猝然一用力，他的腳好了。

我們決定回家好好休息一下，這一次長途跋涉，一路辦了好幾個案子，搞得渾身舊傷未癒新傷又來，現在我們還年輕不覺得很嚴重，到老以後我們肯定會後悔的。還是不要把自己透支得那麼厲害。

我和余沛江這副模樣，坐飛機肯定會引起注意的，而且美國航空公司的服務真的不怎麼樣，我們還是開車回亞利桑那吧。在路上，余沛江用英語說了句：「East or West，home is best.（無論走西闖東，還是家最好。）」

我表示贊同：「是啊，不管金窩銀窩，最舒服的還是自己的狗窩。」

「吶，雖然我現在和你一起住，不過你的是狗窩，我的可不是啊。」余沛江打趣道。

回到家以後，我們的信箱都快水漫金山溢位來了。裡面除了那些煩人的帳單和無聊的應徵廣告超市促銷以外，還有幾張支票。那是洛杉磯的北條家寄過來的。看著那上面的數字，我和余沛江這次做的投資還真是不虧。

我們休養了近半個月時間。在余沛江的影響下，逐漸覺得粵語這門語言很有趣，而且在國外的華人圈中作用非常大，漸漸地越來越想學了。之前我也只是看一下像《瘋狂粵語》這樣的節目，這些日子裡我也經他介紹看了些粵語原聲的電影和電視劇，比如《殭》、《樹大招風》這些，真的非常不錯。

第十四章　致命口哨聲

看來我和魚配薑還真不是閒得住的命。回來以後我們像從前那樣接了些生意來做，我也僱了一個讀房產專業的華人學妹來幫我處理幾個在跟進的單子，事成以後我和她分佣金。但好了傷疤忘了疼典型就是我們的性格。傷好以後，余沛江又開始跑健身房，我也開始練習一些搏擊、散打和一些刀棍的套路。

我們又想找些案子來做了。余父真的不知該怎麼說我們，當時他來美國以後，有部分原因就是像安安定定過上些正常人的生活，不想再過之前在北角那種生活了。他說也有很多同行都是賺了幾個錢以後趕緊轉行，可我和余沛江兩個偏偏相反，明明都有體面的工作，生活也無憂，卻喜歡上做這一行。這不，余沛江因為最近業績不行，還沒保險公司勸退了。一怒之下，余沛江真的從保險公司辭了職，開始接受委託，一下子給我們找了三四個單子。儘管別人來委託的都不是些什麼凶靈大案，多數都是超度逐靈這些，但聊勝於無吧。

不過，該來的總是會來的，可能這就是因為我和余沛江命中就注定了我們肩負這些責任吧。

有一天，余沛江跟溫蒂傳訊息的時候，溫蒂說她正在阿肯色州密西西比河河邊上的一個城市辦案子。她問我們能不能過去幫幫忙。剛好我和余沛江才接下的一個小案子是來自密西西比州的，距離並不遠，我們決定去看看。

其實密西西比州和密西西比河的關係沒有聽上去那麼密切，前者只是密西西比河流經的一片沖積平原區域而已。在公共建設和衛生方面，密西西比州榮登本土五十州的第一名，不過是倒著數的。密西西比河源於明尼蘇達州的西北部，直接一刀下來把美國大陸切成東西兩半。密西西比這個名字來源於北美土著印第安人裡的奧吉布瓦族，意為「偉大之河」。然而在這條孕育整個北美文明的大河上，卻是出現過不少駭人的傳聞故事和真實案件。

曾經在密西西比河郵輪上，有一個毒梟船長和他的五名水手手下在船上其他乘客和水手都完全不知情的情況下，被幽靈一般從船上推下沉河。這其中最難以解釋的一點是在這艘一共有六層的遊輪上，位於最高一層的船長，以及位置各不一樣的五名水手都被推下水，這過程中沒有任何人看到墜落的人影以及聽到有人落水的聲音。

這樣類似的傳說還有很多，其中相當一部分都是在水系流經的當地警局和法院有備案的正式案件。我們自密西西比州的案子不過是點小問題，只是尋常的凶宅陰魂不散而已。做了幾個大案以後，我和余沛江不僅有了自己的一本札記，而且還把這些順手接下的小案子當作放鬆和消遣了。看來攢經驗更新這個規則，不單單在遊戲裡有用，在現實也一樣，這就是我們為什麼要努力要累積。

辦完事收到錢以後，我和余沛江直接把車開到跟溫蒂約定的城市去。他們約在一個咖啡廳見面。可是自從上次盈盈的事情發生以後，我就對咖啡廳這幾個字有一種無名的厭惡，最後我們把地點改到了一家日式自助餐廳。

進去以後，櫃檯經理劈頭蓋臉地來了一句道地的華文：「你好，幾位？」所有吃島國餐的心情都頓時煙消雲散。不過，這家叫 Ginza（銀座）的餐廳可謂相當不錯，每個人十八美元，生魚刺身、軍艦和壽司都隨便吃，還有天婦羅蝦，美乃滋蝦，烤排骨，烏龍麵，鐵板燒，等等。冷盤更是有蟹腳、青口和生蠔。我們本來是進來談事情的，結果真正說到正事上時，是在我們誰都再也吃不下東西的四十分鐘以後。

溫蒂示意我們掏出手機。我們開始面對面傳訊息。溫蒂打字的手速非常快，以我的閱讀速度幾乎看都看不過來。她說最近小鎮上發生了幾宗很離奇的凶案和失蹤案，她認為可能是一個已經有上百年歷史的怪物在作怪。

「我已經跟了這怪物差不多五年了，之前有兩次我們離它已經非常近了，可就是晚了一步，在我們趕到的時候它已經離開了，留下被它殘害的兩個家庭。我爸爸勢要把這隻老怪物親手屠戮。是的，我爸爸是個驅魔人，而我也是因為他走上這條道路的。就在三年前，我們又遇上它了，可是這一次，卻成了我和爸爸的最後一次並肩作戰。

「我們用盡了所有我們覺得有效的驅魔術方塊法，然而還是只能傷它，不能殺它。它又吹響了血哨子，爸爸讓我趕緊唱梵音壓制魔哨。可是梵音僅僅只能護住心脈防止哨音的進一步侵襲，但是卻舒緩不了四肢的麻痺，更對那個怪物造成不了傷害。我爸為了救我，他施法燃起自己的靈魂之火，自燃的元神捨棄了皮囊，衝上去把血哨子死死抱住拽到了屋外。我爸爸犧牲自己，救回了我和當時的那家人。不過他沒能殺死那頭怪物，傷了元氣的它躲起來三年了。現在它又出來作惡，說明它已經復原了，我們必須抓住這次的機會，把它徹底消滅掉。」

她沒有把那個怪物的名字打出來，所以我並不知道她說的到底是什麼怪物。但顯然余沛江是知道的，他在我的對面和溫蒂坐在一起，他表情的變化我都能清清楚楚地看到，他也在害怕。

於是我就回了句：「到底是什麼怪物？」

不到五秒鐘，溫蒂就回了一個詞語：「El Silbón。」

緊接著，余沛江就在下面用英語翻譯了一下：「The Man Who Whistles.（吹哨子的人）」

我還是一頭霧水，看來這回得好好看看傳說，不然真的顯得我太孤陋寡聞了。余沛江開始陷入沉思，我就趕緊打開搜尋引擎開始科普。就在這時候，服務生過來催促我們買單了，外面還有人在排隊，我們耗在這裡會讓負責這桌的服務生少賺很多小費。

於是，我們買了單回到車上。我終於找到關於這個哨子男的傳說了。

El Silbón（西班牙語：吹口哨的人，在翻譯過來的傳說裡人們通常稱之為「血哨子」）這個魔鬼，是源於委內瑞拉一個叫 Los Llanos（洛斯亞洛斯）的城市傳說。一個驕縱的少年因為不滿出外狩獵空手而歸的父親，搶去父親的防身匕首，並殘忍地在父親四肢和身上扎了十數個深可見骨的血洞。這冷血的一幕被少年的爺爺和母親都看見了。本來就身子虛弱的母親完全接受不了眼前的事實，在極度驚嚇之下竟然毫無預兆地就隨丈夫而去了。年輕時當過兵，歇斯底里的爺爺氣憤得用枴杖把少年亂棍打暈在地上。

隨後，爺爺把孫子綁在了一棵長滿尖刺的絲綿樹上，然後把兒子的屍體裝在了一個麻布袋裡，掛在了少年的脖子上。第二天，老人把兒子當著孫子的面埋在了樹下，然後他一邊朝著少年潑聖水，一邊用籐條抽打這個孽畜，每抽打他一下，樹上的尖刺就重新刺進他的皮肉一次，然而少年的眼神裡除了怨毒還是怨毒，他始終沒有叫一聲。到第三天的時候，滴水未進的少年渾身都變成了病態的黃褐色，已經奄奄一息。爺爺有點心軟了，畢竟全家就只剩下這點香火。他還是把孫子放了下來。爺爺把孫子從家裡驅逐了出去。不消一會，村裡的鄰里就過來報信說少年已經在路邊斷氣了。然而當爺爺趕過去時，才發現那裡除了一小灘黃綠色的液體以外，並沒有看見少年。

在傳出少年死訊的第七個午夜裡，有人在村裡的主要公路上，看到有一個被橘黃街燈拉長了的身影，向著村外一步一步緩慢地行走，一如當天羸弱的少年。在影子路過的地方，都會傳出一陣蘊含著某種詭異旋律的口哨聲。少年在生前也很喜歡吹口哨，而且也教著其他孩子一起吹。當晚第一個聽到口哨聲的人，曾經禁止過自己的孩子跟少年來往，也不許他學著人家吹口哨。他問睡夢中的妻子有沒有聽到口哨聲，妻子說了一句沒有，就翻身睡過去了。結果在第二天醒來的時候，發現旁邊的丈夫早已經冰冷僵硬，臉上定格著死前最後一個表情，一個魂飛魄散的恐懼表情。她一聲尖叫，把整個小鎮都提早喚醒了。原本家人是打算直接把死於床上的男人埋葬的，然而他們意外地發現男人的胸膛是鼓起來的，就像是在呼吸過程中被定格了一樣。後來當地的醫生把死者解剖的時候，發現死者的心臟正是處於泵血的擴張階段，肺部也是處於充血狀態，詭異的是，他全身的血液都像是被突然冰凍一樣，凝結住了！這時候，妻子想起了昨夜在睡夢朦朧的時候，丈夫曾經跟他提起過什麼口哨聲。於是乎，El Silbón，也就是「血哨子」的故事就被傳開去了。

隨著天長日久，很多傳說都被時間沖淡，消失不見了，然而血哨子的故事卻是流傳至今，甚至還飄洋過海去到了北美的美國和加拿大。在今天關於血哨子的都市傳說裡，當血哨子少年離活人太近，那個人的血液就會開始慢慢從四肢向心臟凝固，最後死去。但是哨子聲並不是一定越靠近越大聲的。

二十年多前有一個據說是從口哨聲逃脫出來的倖存者，在手記裡提及過，一開始口哨是很大聲的，而且聽起來離他特別地近，他開始不要命地往前跑，口哨聲在他耳邊漸漸弱了下去，就在他以為自己已經脫險的時候，他看到了在轉角位的街燈下，有一個背著大布袋的黑影在那裡等著，而且他清晰地看到那個黑影正嘟著嘴作出吹口哨的動作。口哨聲，彷彿是從很遠的地方傳來。他想掉頭，卻發現自己的雙手雙腿已經開始不聽自己的使喚了。幸虧這時候有人從他身旁一扇門出來，也把門後的音樂聲帶了出來，這才救了他一命。他再抬頭的時候，轉角處的黑影已經消失不見了。

另外，傳說還提到血哨子會跑進一些有孩子的家庭裡，把一個裝著口哨遇害者骨頭的布袋放在玄關上，開始一根根數骨頭。如果家裡的人膽敢去尋找他，或者打斷了他的數數，那麼那個房子裡的所有生靈，度過的都將是他們的最後一夜。聽說，一旦你開始聽到了口哨聲響起，無論你戴著耳機聽搖滾還是塞著耳塞，都無濟於事。

最近，城裡傳出了有人聽見了恐怖的口哨聲。而且聲稱自己聽見了口哨聲的人，都看到了一輛公車在視線裡緩緩經過。溫蒂是在社交媒體上看到這些謠言的，於是就馬上趕了過來。在她趕來的時候，已經有五個人的生命被這個致命口哨聲奪去了。

小鎮裡第一個受害者是叫瑪斯的肉類製造商，那天他和朋友醉醺醺地從酒吧裡出來，朋友不放心他自己開車，要載他回家，可是他說人有三急，先到旁邊草叢邊解決一下。朋友就在車裡等他，可是等了將近一刻鐘都還沒有見到他，於是就想過去找。走近了以後，草叢邊的水泥路上就只有一條龍蛇飛舞的發抖尿路，卻沒有發現瑪斯的蹤影。他嘗試著叫了幾聲瑪斯的名字，也沒有聽到回應。不過他倒是說自己隱約聽到了一些口哨聲，好像是二百英呎開外的一輛巴士上傳來的。第二天警察進行搜尋的時候，在草叢更深一點的地方發現了血跡，隨後，他們找到了一個不可描述的器官。警察在瑪斯家裡找到了一個獻血證，於是去血庫找瑪斯的血液樣本，經過檢測，那的確是瑪斯的命根子。讓人寒毛倒豎的一點時，那明顯不是一刀下去的齊整切口，而更像是被暴力撕扯下來的。可是瑪斯的朋友發誓自己沒有聽到任何的呼叫聲。

警察請求了鄰縣的同僚支援搜尋行動，可是依然無功而返。瑪斯就像是人間蒸發了。

後面四個受害者都是同時遇害的，而且其中一個還是華裔。案情是他們幾個當中，一個僥倖逃出來的朋友後來陳述的。華裔死者的名字叫沈諺橋，說起他的遭遇，我和余沛江都覺得很唏噓。他原本是一個的富家子弟，不學無術但是生活無憂，因為家裡做化妝品生意的需求移民來了美國。本來他們一家住在洛杉磯爾灣，在次貸危機以後因為資產縮水只剩下了艾利奧特這裡一個小加工廠，變賣掉加州的產業以後沈家舉家搬來了這裡。沈父沈母都是兢兢業業的生意人，在這個華人不多的地方也很能團結同胞，可偏偏這個嬌生慣養的紈褲子弟淨給家裡惹事。他不僅開始和當地的幾個毒販小頭目混在一起，還勒索自己同胞。遇害的當晚，他和那些狐朋狗友從格瑞那達市中心的酒吧鬼混完出來，開著車從51號國道往家裡去。而這一路，卻成為了他人生的最後一程。和他一起遇害的幾個人裡，他是死得最慘的一個。

根據倖存者的陳述，當時他們幾個人開著車，開到三分之一路程的時候，車突然就熄火停在了路上，開車的朋友只是靠著汽車的慣性把車開到了路邊。他們發現油錶已經空了。本來想著打電話去讓道路救援過來拖車的，可是不知什麼時候開始，所有人的手機都已經沒電關機了。沈諺橋當時還罵美國的行動電源技術太落後，被幾個美國朋友數落了一頓。

他們幾個人往前走了幾百公尺，見到了一個公車站。他們都認得這個公車站，因為站後是一個鎮上中學，白天的時候這裡很多人，為了避讓校車這裡總是堵一輪的。他們看了站牌上167路和169路巴士是凌晨兩點半才停運，現在一點都沒到，於是乎他們決定在這裡巴士坐回鎮上去，明天再過來取車。

十幾分鐘後一下子各來了一輛，不過前面的169很多人，已經沒有位置了，可是後面的167只有兩三個人，所以他們就上了後面的車。他們其實每個都喝了不少酒，都想上去占個好位置抓緊時間睡一下。五人在上車以後都坐到了巴士的後排，沈諺橋和其他兩個人醉得最厲害，一上車就靠在座椅上睡覺，只有半醉狀的山姆，和最清醒的司機弗蘭克隱隱察覺到有什麼不對。

一開始山姆最先聞到一些奇怪的味道，他問弗蘭克有沒有聞到。弗蘭克捂著口鼻點點頭，他極其不情願地吐出了幾個字：「好像是有什麼腐爛了的味道。」山姆往下留意了一下車裡除了他們以外的幾個人。越往後想，他覺得自己的背脊都被冷汗溼了大半。

這個無人售票的巴士除開他們幾個和司機以外，還有八個乘客，分別坐在巴士的不同部分，然而從他們上車到現在，都沒有看見這幾個乘客動過。現在再回想起剛才另外的那輛巴士，他基本沒有見過密西西比任何一個巴士在這個時間會有這麼多的乘客，如果再回想一下細節的話，山姆更是發現剛才那些乘客是完全沒有一點生氣的，就好像……只是擺放在那裡的裝飾物品而已。那些人只是坐著或者站著，眼神空洞地看著前方，沒有一個人在講話，沒有一個人在玩手機。

他有點害怕了，開始跟弗蘭克說下一站就下車。弗蘭克點點頭，說實在受不了那股像腐屍一樣的味道。山姆開始站起來對著司機大喊有乘客下一站要下車。然而司機沒有任何回應，車還是在公路上跑著。

從格瑞那達回奧利艾特的路上，如果不走 I-55 高速的話，51 號國道有一段是沒有路燈的。現在，他們剛剛離開格瑞那達地界，前方公路陷入一片漆黑。他突然發現車裡陷入了一片漆黑。山姆和弗蘭克這才發現，這巴士竟然連車前燈都沒有打著。弗蘭克前後望去想找回剛才那輛一起行走的 169 路巴士，然而前前後後都沒有任何車的蹤影，只有後面在不斷遠去的有路燈的路段。

山姆扯上弗蘭克一起又喊了幾聲，司機還是沒有回應，就連車上那些乘客都沒有回過頭來，他們甚至一點反應都沒有。他們嘗試著去搖醒已經睡著的幾個夥伴，然而除了沈諺橋以後，其他兩個又喝了酒又嗑了藥的傢伙怎麼搖也搖不醒。沈諺橋那時已經很醉了，但起碼還是有一丁點意識的，聽到同伴喊自己名字，他惺忪著眼問是不是到站了，踉踉蹌蹌地想要站起來。這時候弗蘭克惶恐地癱坐回座位上，壓低著聲音對山姆說，另外兩個好像沒有呼吸了。山姆回了一句：「別自己嚇自己，你也是太緊張了而已。不管怎麼，先把他們弄下車再說。我到前面去找司機說，那傢伙可能戴著耳機也說不定。」

於是，弗蘭克一邊扶著要爬出來的沈諺橋，一邊繼續叫醒另外兩個人。山姆在過道越過那些木偶乘客，走到前面去跟司機親自交涉，他不敢去看那些乘客，真怕自己的設想會靈驗。結果走到前面一看駕駛艙，他尖叫了一聲，喉嚨都破音了。然後山姆槍餓狗搶屎一樣衝回車的後面去，二話不說就開始用腳使勁踹巴士的後門。這時候，巴士不但沒有減下速來，反而越開越快。山姆往後退了幾步，助跑然後一下子撞在車門上，巴士的後門終於被撞開的，他整個人飛了出去滾在路邊的草地上。山姆說在他衝出車外的時候，聽到車上傳來了一陣帶著奇異旋律的口哨聲。

他因為速度的衝擊，在草地上滾了好幾圈才停下來，渾身都擦傷了，還有一隻手骨折，所以沒有看到接下來的場景。但是他聽到了一聲讓人聽著都覺得心頭一緊的慘叫。那聲傳來的慘叫是沈諺橋的聲音。「當時在我把車門撞開之前，我是看到弗蘭克扶攙著諺橋的，我猜，是弗蘭克想讓諺橋先下車，然後她才跟著下車的。沒想到……」山姆的眼眶有點微微發紅。

事後山姆發現，他是五個人裡面唯一的倖存者。弗蘭克跟另外兩個同行的夥伴一起隨著那輛山姆提及的「腐爛的巴士」消失了。至於沈諺橋的屍首，警方只找到了一部分——他的頭顱以及被碾碎的了一隻手。按照警方的推論，如果山姆所述屬實的話，當時的情況應該是沈諺橋被弗蘭克推下車，然而他的身體卻被合上的車門夾住了，而且車門沒有安全感應裝置，沈諺橋的身體被卡住。弗蘭克想把他拉回去，可是門越關越緊，在拉到脖子位置的時候，頭卡在門外被拖在地上，然後他的一隻手因為被捲進了後輪，所以被壓得支離破碎。儘管屍首不全，但是也能看出來，這的確是很高速度才能造成的傷害。然而警方聯合鄰近三個郡搜查境內出現的每一輛大巴，都沒有發現任何血跡或者其他異樣。

五條人命，兩宗案子都是和口哨有關的，於是溫蒂認為，血哨子在休養三年以後，終於又出來殘害生命了。溫蒂問山姆那個司機是長什麼樣的，山姆嘴角抽搐，擺著手說他已經記不清了。溫蒂耐著性子再三追問，他才嘀咕著說警察也不願相信他對司機的描述，他不敢說，怕那個怪物知道自己記住了他，會回來找到他復仇。

溫蒂說：「他的雙眼是不是很凶惡而且布滿血絲，皮膚是綠色的，而且臉上長滿了很恐怖的斑？」

這回山姆更加愕然了，他口齒不清地問著：「你，你，你……也坐，坐過他的車……車嗎？」

離開山姆的家以後，溫蒂肯定的說：「是它了。這一次，我們一定要徹底滅了這個血哨子。現在看來，它比之前還更有手段更難對付了。」

畢竟之前一直有追蹤血哨子，溫蒂對它也是有一定的了解。按照以往的經驗和它出沒的規律，它會用口哨殺死七名受害者，把他們的骸骨都裝在它的麻袋裡，然後上門找到一個家庭，這個家庭肯定是有著和當年入魔的它年紀相若的孩子的。它會在這個家庭把受害者的屍體殘留全部啃得乾乾淨淨，然後把他們的骨頭一根根在每個關節的地方都剝開，然後數著數把骨頭收回自己的麻袋裡。完成這樣一個週期以後，它會開始挪動自己的腳步，開始尋找下一個目標城鎮。在這期間裡，它會銷聲匿跡。他每一次在不同城鎮作案的時間間隔，最少是在三個月左右，最長的一次它消失了將近十一個月。

所以我們這一次必須要抓緊時間把它降服，不然不僅得盲目等待，而且在下一次我們獲得它的行蹤以前，又會有更多的無辜受害者失去自己的生命。既然它在艾利奧特已經殺死了五個人，那麼我們還有機會把它打倒。

溫蒂提出我們現在就開始尋找鎮上符合血哨子狩獵條件的家庭，事先做好準備和布置。我問溫蒂血哨子入魔的時候大概是多少歲。溫蒂說，少年被爺爺驅逐死去的第七個夜晚，也就是第一個死者遇害的當天，剛好是少年的十三歲生日。十三，正是西方最邪惡的一個數字。巧合的是，據一些西班牙語網頁記載，那天剛好是「Viernes」，這個單字在西班牙語裡是星期五的意思。所以，我們要找的家庭，必須有一個年紀約莫十三歲的男孩。

余沛江表示不同意，他認為要是這樣做的話，那我們等於犧牲了另外兩條活生生的的人命給自己爭取時間，他最不想的就是明知道有人自己能救卻不去救。余沛江這樣說我也表示贊同，溫蒂只好也同意，趕緊開始著手準備對陣血哨子。這一次我們必須背靠背，因為主動出擊意味著我們很可能要親自上那趟「腐爛的巴士」，在它的主場和它較量。

我們買了一堆泡麵，把自己關在旅館裡開始研究怎麼把血哨子徹底消滅。溫蒂開始給我們講解過去她和父親是用什麼方法讓血哨子負傷的。因為血哨子最大的優點，也是它最大殺傷力的武器就是它以之聞名的口哨聲。越靠近它，口哨聲的影響就越大，血液凝固的速度會越快。即使讓我們萬幸真的靠近了它而且還沒有翹辮子，血液凝固會讓我們失去全身的力氣，甚至連呼吸都困難，更別說以普通的方法用近身武器傷到它了。溫蒂的爸爸曾經試過用槍對付它，可是它竟然能把子彈輕而易舉地抓住。它並不是像火雲邪神那樣「天下武功唯快不破」，而是它的口哨聲竟然能讓子彈的速度減下來。

「媽的這是在拍《駭客任務》嗎！那我們還怎麼殺得了它！」我一著急，就用中文罵了一句。溫蒂聽不懂，但是能感受到我的語氣，她愕然地看著余沛江。余沛江擺擺手用英語說：「這句不用翻譯，哈哈沒事，他自己自言自語。」

溫蒂的爸爸除了最後那次燃燒靈魂之火來救自己的女兒以外，也曾經用過另一種方式令血哨子受創。那還是用到靈魂之力，不過是受害者的靈魂。這種方法，溫蒂的爸爸使用了兩次，成功了一次。溫蒂總結出成功的關鍵在於招魂必須招的是這一批血哨子手下的受害者，而且要在血哨子殺夠七人並且數完骨頭以前。一旦血哨子數完骨頭了，這一批受害者都會煙消雲散，再也不存在了。

根據溫蒂爸爸研究但未能實施的另一種傷它的方法，是用意念去侵入這隻怪物。這需要第六感很強的人，在意念裡掣肘它甚至擊倒它，然後再在現實中把它消滅。

溫蒂說至今沒有找到其他能有效抵禦血哨子哨聲的方法，更別說徹底消滅它了。雖說量變引起質變，如果有非常強大的靈魂之力，應該可以消滅血哨子，可是那樣肯定需要多害其他活人的性命，萬萬不可為。於是，我們三個只好開始尋找各式各樣的傳說以及任何遇上過它的驅魔人留下的記錄，看看能不能從中獲得多少頭緒。一晚通宵下來，我們幾個頂著熊貓眼看了許多宗教論述、傳說故事以及各種札記，但還是沒有找到什麼有用的消息，那些文獻裡來來去去都是什麼「至正克至邪」、「聖物攝萬鬼」之類的東西。之前就是有人被這些所謂理論害死的，溫蒂說曾經有神父自告奮勇，拿著聖水聖經十字架去降魔，結果最後是自己被降下了。

突然間，我的腦海裡閃過了一道靈光，不，是兩道。我想起了曾經看過一部叫《催眠大師》的電影（據說鍾宇寫的小說版也很棒），心理醫生徐瑞寧在為一個叫任小妍的病人治療時被反催眠，引導著去面對他心裡最深的恐懼。而另一個小說系列，同樣是鍾宇寫的《心理大師》，心理諮商師沈非最大的軟肋是已過世的妻子文戈，這處軟肋不止一次讓他的對手，梯田人魔邱凌用來對抗他。按照這個思路的話，我們只需要找到血哨子最害怕的東西，就有望能治得住它。

我想到的另外一個線索是抵禦它哨音的方法——中華音樂。在血哨子吹起口哨的時候，是不能用其他像搖滾之類的音樂，或者堵塞聽覺去抵擋它的哨音的。然而我們之前分明就知道有一個倖存者，是聽到門裡傳出來的音樂聲以後活下命來的。那麼究竟是什麼音樂能扛得住血哨子的魔音呢？從來沒有人往這方面去想過，包括之前的我們。我的第一反應是中華音樂。我把這個想法告訴了他們，他們想聽聽我的理由，為了證實猜想，他們馬上開始著手循著這個方向去查詢資料，希望能找到當年在附近排練或者演出的是什麼音樂。

幸好我也恰好翻過兩頁音樂書，總算對樂理懂點皮毛。歷來中樂就是正氣的韻樂，中樂的韻律核心「宮、商、角、徵、羽」五音對應五行五臟和五種精氣神，如果真的奏效的話，我們應該可以用它來抵禦那種帶著強烈迷惑力和破壞力的口哨魔音。

宮商角徵羽這中樂五音，代表了Do、Re、Mi、Sol、La，在簡譜上就是1 (C)、2 (D)、3 (E)、5 (G)、6 (A)。華夏民族相信天地五行，而五音也正是對應五行的，宮、商、角、徵、羽分別對應土、金、木、火、水，折射在人的五臟就是脾、肺、肝、心、腎，同樣也對應精氣神裡的意、魄、魂、神、志。我開始慶幸自己以前大學的時候，順便把導遊證也考了，不然猜想也接觸不上這些東西。

只要我們聽的歌曲裡主旋律是五音的，我們就有戲了。聽著這種歌曲，我們就能穩住五臟的氣血，頂住那些致命口哨聲。這時余沛江也搜出結果來了。他開始尋找當年有什麼音樂會或者其他演出曾經在那個城市舉辦過，終於讓他找到了一些手繪海報，上面還標註著時間、地址和票價。果然，我的猜測得到了證實，當年的確有一個中樂演奏會，是新加坡一個著名的音樂教授受邀舉辦的一個以「梁祝」為題的中式樂器小型演奏會。

我們每個人正式抓住了希望，大家都舒心地笑了，余沛江和溫蒂向我投來讚許的目光，搞得我都有點不好意思了。我們接下來要做的，就是找一些是以宮商角徵羽為主旋律的歌曲下載到手機裡，到時候一言不合就播歌。

在這個過程中我們也是遇到了一點點小插曲。手機上的音樂應用程式紛紛開始彈出「抱歉，您所在的國家或地區暫無法提供此歌曲服務」這些字樣，連試聽都不行。而我們找回來以五音為代表的曲目裡大部分都是像《姑蘇行》、《十面埋伏》、《紫竹調》這些經典中樂，在美國也不知道怎麼用英文去搜尋下載，西樂的話目前找到的就只有《普世歡騰》這一首，但只有一首的話又好像底氣不足。好在網際網路的力量是無窮的，我們幾個在網民的點撥下驚喜地發現了一個可以將 Youtube 裡的影片或者音軌轉碼弄到線下來的網站「佩高」，這下我們把自己的「防彈衣」準備好了。

至於招魂這東西，溫蒂比我和余沛江懂，到時候她負責這個環節就好了。回到血哨子的致命弱點上去，我們幾個根據幾個版本的傳說總結起來，發現只有兩種東西最可能是血哨子最怕的東西，一是它亡父的骸骨，二是當初讓它受盡折磨的絲綿樹。前者我們肯定拿不到了，現在飛去委內瑞拉挖人家祖墳是不可能的，只好把希望放在這絲綿樹上了。真沒想到，密西西比境內居然還真有這種植物。

事不宜遲，我們趕緊開車到處找，找到以後，我們從旁邊的樹爬上去，然後砍掉了絲綿樹伸出來的幾根粗枝。回去以後，我們用刀把那些粗枝削成了木樁。我說：「那些尖刺都被我們削去了，這東西看起來完全不知道是從哪棵樹上砍的，真的會管用嗎？」

「這個你放心好了，我有辦法的，到時候包在我身上。」余沛江拍著胸脯說。

現在萬事俱備，只欠這傢伙再次出現了。我們現在擬定的策略就是：我們和他碰上面以後，我和余沛江馬上拿出手機「穿上防彈衣」，試著用第六感侵入它的意念和它對抗，同時間溫蒂開始招魂，把這一次血哨子手下的往生者召回來為自己報仇。等它的力量變弱以後，我們就抓緊時機把絲綿樹樁扎進他的要害。要是這一票幹成了，我們分分鐘能打榜百年來驅魔獵人的前十！

血哨子這傢伙猜想是先天對危機有靈敏的嗅覺，在我們來了以後就躲起來了，完全了無蹤跡。不過它總有耐不住性子的一天。在我們駐紮艾利奧特的第六天，它終於開始新一次的行動了。這一次，它還跟上次那樣，開著那輛「腐爛的巴士」。

最先發現它的是余沛江。在這六天裡，我們把附近地區的所有巴士路線和公司都了解過一遍，巴士最頻繁行駛的道路就是51號國道，我們遇上它，也還是在這條路上。溫蒂事先已經冒充她原先的職業知會當地警方，叫他們不要讓居民晚上上街，當地居民知道最近發生的命案，其實不用叫他們也不敢上街的。因此，需要坐公交的我們幾個就成了唯一的目標。當然，我們自己心裡也是沒底的，只是賭徒心理想拚一拚。那天晚上為了確保成功，我們的付出也是相當大。我們從格瑞那達也是泡吧泡到午夜才開始往回趕。

我們是真的拚命吃了很多東西，也混著種類喝了不少酒，醉醺醺地坐車回鎮上。我們先是在市區坐了一輛正常的巴士，然後中午恰好「不適」，在半路下車嘔吐。我們這種獻身精神以及演技，是完全配得上拿小金人的。我和余沛江是真的逼著自己在草地上荷槍實彈地嘔吐，溫蒂為了避免血哨子認出自己，特地改裝易服還戴了假髮貼了假眉毛。

果然，在我們下車以後，一輛167路公車向我們駛來了。我們一臉喜出望外，一臉興奮又搖搖晃晃地上了車。山姆說的一點不假，這車裡的確有一股揮之不去的腐爛的味道。像我們剛剛才吐完，現在聞到這股味道，真的很想狠狠再吐一次。失策了，我應該把止吐藥也帶上的。

強忍住嘔吐感，我開始假裝睡覺，瞇著眼掃視車內的環境。車裡果然有幾個完全就像是擺設一樣的乘客。仔細一點看的話，我發現那些乘客應該就是紙糊的。這一輛果然就是靈車，難怪警方動用所有鏡頭和三郡巡邏車，都沒有找到這輛車。說不定，就連這輛巴士也是紙糊的。那麼，這濃烈的腐爛味道到底是從哪裡傳來的呢？我又看了一圈，發現在司機駕駛座正上方，有一個可以下拉的櫃門。那味道應該就是從裡面傳出來的。裡面具體放了些什麼，我完全不想知道。

我掏出手機，果然發現手機上方的訊號欄是一個大大的交叉，我和余沛江眼神對視了一下，於是打開音樂播放器，把手指放在播放鍵上方。溫蒂這時候站起來，大聲對司機說要下車，她忍不住要吐了。然而司機仿若未聞一般，繼續開著車飛馳在公路上。接下來的事情，我們就沒有演練過，要靠即興發揮了。溫蒂學者山姆形容那樣連續吼了幾嗓子，然後怒氣沖沖罵了一句髒話。「Open the f**king door, you goddamn idiot.（把這他媽的門打開，你這該死的蠢貨）」

我心想：Goddamn 這個詞還真夠貼切的，這混帳血哨子本來就是上帝詛咒的，該死的東西。

她衝上去走到駕駛艙前。美國公車的駕駛座都會被框起來保護司機的，溫蒂一腳就踹在司機座的門上，說了一句要麼你就開門讓我下車，要麼老娘就吐在你身上。她現在看起來活脫脫就是喝高了撒酒瘋的瘋婆子。難怪余沛江跟我說，跟溫蒂在一起的話就相當於同時談了三個女朋友，而且是隨機模式任意切換的。見血哨子沒有什麼反應，溫蒂血上心頭，真的一股腦把晚餐吃的義大利麵吐在了血哨子身上。

血哨子終於被惹毛了，它把車的方向盤往左邊一急擺，本來站著而且一腳踩在司機座旁的矮門上的溫蒂馬上失去平衡摔到在地上。它緩緩擦掉臉上帶著酸味的斷截義大利麵，吹起了口哨。這份處之泰然的鎮靜可是全部透過它致命的口哨聲傳了出來。口哨聲吹起的瞬間，頓時就有一種眩暈感從腦海裡爆炸般傳遍所有的神經，比醉酒還要強上好多倍。我的手腳立刻開始痠軟無力而且僵硬。

山姆是不可能在這種情況下還有力氣把車門撞開的，看來血哨子肯定是發怒跟我們較真了。我和余沛江可不是善類，我們的手指還是很快的，我們馬上點在了播放鍵上。悠揚的音樂從手機裡傳出。我在心裡默唸，這一定要奏效啊，不然我們真的就要在這裡玩完了。

我和余沛江播放的分別是河圖的《華胥引》和《不見長安》。音樂響起的時候，那種讓心臟驟停的眩暈感，和手腳的僵硬痠軟立刻就緩解了不少。我們才相視鬆了一口大氣。然而溫蒂因為離它太近，這些音樂聲對她的作用非常微弱，我們把手機拿在手上，衝上去把她往我們身後拉。距離血哨子越近，中樂的效用越低，我們一點點後退到能稍微鬆口氣的地方才停下。儘管如此，也不枉我們的努力成果了。血哨子為之聞名的殺手鐧對我們已經不能構成致命威脅，我們的底氣也足了很多。但畢竟我們的對手可是存在上百年的殺人如麻的怪物，還是不能掉以輕心。我和余沛江開始嘗試著用我們的意念去侵入它。

我們晚上喝酒其實不全是為了演戲。余父告訴我們，喝酒以後人腦的意念能力是會被放大的，如果我們想要用意念去攻擊它，喝酒會有幫助。現在我和余沛江就端坐在座位上，開始全神貫注地在中樂聲裡捕捉住它的口哨聲，順著口哨聲向著坐在司機座的它靠近，不斷努力地在腦海裡想像出重現著當年它被爺爺困在絲綿樹上鞭打的情景，而且盡可能地完善著所有我們能想到的細節，包括當年祖父每一鞭給它帶來的痛楚，以及它的背上被樹幹的尖刺扎破皮肉流血流膿的場景。

大概過了一兩分鐘以後，我看到車窗外兩邊樹木後退的速度已經漸漸慢下來了，那個被溫蒂踢過的司機門緩緩打開了，一隻碩大的綠色腳掌從裡面邁了出來。它從駕駛艙裡拖出來了一個什麼東西，一把甩在了背後。

我們終於看清了這個傳說中的血哨子的模樣。它頭戴著一頂已經鬆散而捲邊的破爛草帽，背著一個長滿了黴綠色斑紋的麻布袋。它的面容其實就是一副典型的西班牙少年的模樣，但是它的眼睛裡卻是充滿了一種難以言道的惡意和憤懣。從它那不到 165 公分的身高來講，它的手臂非常長，大大超出了常人應有的比例，而且裸露的手掌和腳掌都非常大。它身上和臉上的皮膚是黃褐色的，而且長滿了大大小小的紅紫色斑塊。它身上穿的衣服非常破爛而且極其不合身，像碎布一樣的套頭衫縮到了它的肚腩之上，高挺的肚腩上有著許多浮凸的疤痕，像是從裡向外被抓出來的。它穿著的長褲已經破到了膝蓋以上，下半身露出的，竟然是已經開始腐爛的皮肉！

這個血哨子的左腿上，一邊長出像花椰菜一樣的密集小泡泡，而另一邊卻是泛著一層詭異的油光，肉已經霉爛，有些地方甚至可以見到白森森的骨頭，上面蠕動著幾隻肥白的蛆蟲！就連他的大腳掌，右腳的倒數第二隻腳趾也已經沒有任何一絲皮肉，只有三節白骨。看到它以後，我只感覺渾身都非常不舒服。

我們那些所謂的意念攻擊，除了把這怪物的怒火點燃以外，沒有任何其他作用。又或許，就連惹怒它也完全只是溫蒂的功勞，我們剛才的動作沒有任何意義。

血哨子知道自己的口哨已經不能發揮作用，乾脆就停下了。他把那長得恐怖的手臂伸進了布袋裡面，抽出了一根用人頭骨一節節穿起來的繩子，它二話不說，冷不防就揮舞著那根骷髏鞭子朝我們抽來。那些骷髏並不單單只是一個顱骨，其中個別已經腐爛了大半，但依然還有皮肉黏在上面，死者的頭髮也纏繞在那繩子上，非常駭人。公車裡的空間並不大，客戶那鞭子就像是長了雙眼的長蛇一樣直撲我們而來。我們都沒興趣上去試試血哨子的力氣有多大，默契地開始往後退。

然而就在長鞭快要抽到我們的時候，它卻突然間像轉了向一樣，原來是血哨子的手腕用力一抽一收，那鞭子直接擊向余沛江的手腕。我們速度畢竟沒有它快，余沛江想要縮手的時候已經遲了，他握在手裡的手機被一下抽落在地上，然後長鞭又像閃電一樣抽向地上的手機。「啪」一聲，螢幕被骷髏敲碎，然後黑下去了，麥克風裡的音樂也停止了。它的目標原來是這個！我趕緊把我的手機護在了身後。現在就剩下我和溫蒂兩臺手機，是我們最後的防護盾了。

我們身後的溫蒂要開始計劃裡的招魂環節了。本來我還想趁機偷下師的，可是經過剛才這一出，我的雙眼必須不能離開血哨子的身影，白白錯過了這個美好機會。只聽得溫蒂用聲調不甚標準的華語低吼了一句：「現身！」我和余沛江都驚到了，原來她會華文的！不過事後問起來，她才靦腆地笑了笑說她只知道作法用的簡單幾個詞語，有些發音她甚至不知道是什麼意思。

在溫蒂說完那句話以後，不知道是不是我的心理作用，我感覺身後的溫度驟降了很多。那些被血哨子害死了的靈魂，應該是回來了。

接下來的事情，就不用溫蒂來控制了。那些死於致命口哨聲下的亡靈，化成了一道道幽藍色的光，直接穿透車裡的座位、人偶乘客以及我和余沛江的身體，朝著依舊目無表情的血哨子衝去。他們分散在地上、空中甚至還有一個把半截身子埋在車底，只露出胸膛以上的部位，它們對著血哨子，從四面八方撲上去。我從之前看過的遺照認出了他們，他們正是艾利奧特的幾個受害者，其中那個亞裔的面孔，一看就知道是死不瞑目的沈諺橋了。他們攻向血哨子的時候，看來的確是對血哨子造成了傷害，它踉蹌地倒退了一步，身上沒有明顯的傷痕，但是從嘴角裡流出了一些烏黑的黏液。

本來沒把他們放在眼裡的血哨子，再次揚起了手中的骷髏長鞭，揮向那些受害者。我在心裡暗暗偷笑，他們連座位和我們的身體都能穿過，難道還會怕你這鞭子不成？

沒想到，他們還真的是怕這骷髏鞭子。他們當中有三個沒有躲過居然被分別收進了那些骷髏頭裡！現在只剩下了沈諺橋和在他生前最後想救他一命的弗蘭克。弗蘭克彷彿知曉了血哨子的一些祕密，他繞到了血哨子身後，把他那個麻袋舉起，越過個子並不高的血哨子的頭頂，對著我們扔了過來。然後他又躲過老羞成怒的血哨子一鞭子，跳到司機座上，雙手抓著司機座上的頭頂櫃把手，一把用力扯了下來。緊接著，咕嚕咕嚕的聲音從上面傳來，在那個櫃頂上面，像山泥傾瀉一樣掉下了許許多多的頭顱，而且麻繩互動纏繞，連帶著那些骷髏頭一起掉下的，還有一些流質和腐肉，天頂櫃上還飛出了成群成群的蒼蠅。

不過弗蘭克這一下，把血哨子的情緒引向了火山爆發的狀態，它手裡的鞭子也終於抽在了弗蘭克的身上。像其他被擊中的靈魂一樣，鞭子抽在弗蘭克身上的時候並不是穿透的，而是就像抽在一個活人皮肉上的那種反應。然後半透明狀的弗蘭克慘叫一聲，緊接著就又被收進了鞭子裡。他奮力朝著我們喊出了最後一個單字：「Break（打破，毀壞）……」他是想給我們傳達什麼訊息呢？難道是想我們把那些骷髏給毀壞掉？

現在在這輛通往地獄的車裡，除了我、余沛江和溫蒂三個活人，一個已經離開人世的沈諺橋，以及那隻宛若撒旦一樣的血哨子，還有司機座上像小山一樣的骷髏頭，以及剛才弗蘭克朝著我們扔出的布袋。布袋很鼓，裡面裝的應該就是受害者的骸骨。布袋在空中朝我們扔來的時候，又不少骨頭從袋口裡飛了出來，散落在座位和過道上。

我想，這一幕血哨子是肯定不想見到的。從它結束一段屠殺之前，還要有個數骨頭的儀式來看，這傢伙生前應該是一個強迫症末期患者，他現在的感受猜想比余沛江看到朋友圈有人只發五張、七張或者八張圖片時更加難受。

我和余沛江都十分不情願去碰那個骯髒的布袋，手裡還拿著手機的我，衝上兩步，用腳一勾，把布袋往我的身後踢去。猜想我這一踢，正是引爆強迫症的最後一點火星，血哨子已經歇斯底里到眼睛都要變色的地步。它手上的鞭子，每一下都帶著爆炸的力量。口哨聲再次從它的口裡傳來了，這一次，我似乎隱隱聽到了在旋律裡，聲音微微帶著一點顫抖。不知道為什麼，我的直覺告訴我，在它盛怒的背後，好像還夾雜著另外一種情緒。但是我畢竟沒那麼神通廣大，怕且只是我的胡思亂想罷了。

在血哨子的身側，沒有像其他人一樣被收走的沈諺橋，現在還懸浮在半空。在血哨子發怒以後，他用一種複雜的眼神看了看我們，然後吼了一聲，又朝著血哨子發起了不要命的進攻。這個紈褲子弟，彷彿在離世以後卻迎來了遲到的長大。

血哨子要撇開這個像蒼蠅一樣的干擾，它也拿著鞭子攻向沈諺橋。其實沈諺橋本來也不是個身手敏捷的人，儘管在只剩下21克重量以後靈活了不少，但還是遠比不上這個百年老怪物。然而，那個骷髏鞭子，卻唯獨對沈諺橋沒有作用。鞭子抽中他的時候，跟打在空氣中沒有任何區別，直接地從他身子中間穿了過去。這時候我們身後的溫蒂驚撥出來：「血哨子手上的那根骷髏鞭子，就是用這一批受害者的頭顱做成的！可是沈先生的頭現在還在太平間，它並沒有拿到，所以不能把他的靈魂也收進骷髏裡！」

溫蒂一語驚醒夢中人，我突然理解了剛才弗蘭克沒有說完的話。這些串起來的骷髏禁錮了那些受害者的靈魂，他說的那個「打破」的意思，難道是說如果我們把那些骷髏打破了，就可以釋放被困在裡面的往生者？

我把這想法和余沛江扼要說了一下，余沛江點點頭，同意去試試。可是我們怎麼把顱骨給打碎呢？要知道，一個健康成年人的顱骨是硬度極強的物質，抗擊能力達到上百公斤是沒有任何問題的，個別案例曾經試過承受住了相當於半噸質量的擊打，我們哪有這樣的力量。不過余沛江擺擺手，說沒有問題的。事後證明余沛江的判斷是對的。死亡時間越長，顱骨內的鈣質流失，硬度就會下降，骨頭就會變脆，這跟骨質疏鬆是一個原理的。

但是在我們和那堆骨頭面前，橫亙著這隻可惡的怪物。我的目光落在了還在不要命攻擊騷擾著血哨子的沈諺橋身上。我試著用華語喊出了他的名字。他果然停下來了，看著我們這邊。

「麻煩你過去把司機座上那堆頭骨弄破，這個怪物我們有方法去對付！」希望這怪物聽不懂華語吧。

沈諺橋對著我們點了點頭，然後往他的身後飛去。我把手按在了後背上插著的絲綿樹尖樁，但還是慢慢移開，從口袋裡拿出我們的招牌武器——彈簧刀衝了上去。底牌肯定要在關鍵時刻露出來才最有效。

血哨子完全沒把我范吉放在眼裡，我衝上去的時候它看都不看我一眼，直接反手揮出一拳，我被這小鬼碩大的拳背打在胸腔上，直接飛向了右邊的車窗上，我的後腰被椅背一硌，差點痛得暈了過去。不過經過這麼多役艱苦戰鬥，我的忍痛捱打能力是不可同日而語了，我掙扎著從豎排的椅子上爬起來，想再刺出一刀。可是它卻發狂似地朝著余沛江和溫蒂的方向衝過去，我斜眼看到溫蒂正在彎腰搞它那個被我踢到後面去的布袋。那裡面肯定有什麼對它很重要的東西。我眼疾手快，看到還有一截垂在地上的鞭子。我雙腳往椅背上一蹬，冒著再挨一下痛，撲到地上去拉起了鞭子的另一頭。顧不得肩膀撞在扶手桿上的疼痛，我雙手死死攥住鞭子的一頭。鞭子繞過它雙腿，我用力一拉，這手腳比例極不協調的血哨子重重摔在了地上，摔在剛才撒了一地的骨頭堆裡。那些骨頭有幾根刺進了它臉上的皮肉裡，可是它完全沒有感覺一樣，就連那個傷口也沒有流出剛才那些黏液來。它不管不顧地想要搶回自己的布袋。嘴裡發出含糊的聲音。

余沛江怕它再吹響那些恐怖的致命口哨，連忙把溫蒂的手機功放最大聲對著它。手機裡正在播放著《普世歡騰》。然而就在放了不到十秒以後，手機響了三聲，然後不放歌了！這手機沒電關機了！余沛江真是出到了殺手鐧。幸虧這是首大家都很熟悉的歌曲，他愣是硬著頭皮順著旋律自己哼了下去。

所以現場的一幕極其混亂，我忍著血哨子百年不洗腳的惡臭，把鞭子不斷纏在血哨子的小腿上死命往後拉住，余沛江顫巍著嘴唇在哼歌，溫蒂則是好像完全沒有一回事一樣還在繼續翻找著那個布袋，就像是多啦Ａ夢找不到合適道具時不斷把其他東西往外扔一樣，她雙手不斷往外丟擲各個部位的骸骨，而且還是當著被困在鞭子裡的往生者的面這樣幹。這時她從袋子裡翻出了一根還沾著血跡的整根脊椎骨，對著倒在地上的血哨子的頭就扔了過去。

終於，我身後的沈諺橋的打砸行動有了成效。越來越多的幽藍色光芒從我的身旁飛過，對著這個有血海深仇的怪物用盡自己的方式去報復。余沛江見時機快成熟了，他抽出了他的絲綿樹尖樁，用盡全力朝著血哨子刺去。血哨子也真是聰明，它一轉身躲過那一刺以後，就由吹起了口哨。

幸好，有兩道藍光就在它做起口形的時候，就透過它的口鑽了進去。血哨子忍不住吐出了一口黏液，他終於再次傷了。黏液吐在了余沛江的臉上，他連忙後退用衣服去擦、我抽出了我的尖樁，也要飛身再刺向它的心臟。溫蒂終於找到了她要找的東西，只聽見她喜悅地喊了一聲：「果然在這裡！嘿，你個怪物，接住吧！」說著，她抓著手裡一根深綠色的東西朝著血哨子扔了過去。

原本還是不顧一切要衝過去搶回布袋的血哨子，如今見到溫蒂把拿東西拋過來的時候，它竟然像聽了鬼故事的小孩子一樣，「哇」一聲哭了出來，而且它恐懼地在地上一點點向後縮去，沒錯，是背對著我像我靠近過來。溫蒂又找出了第二根，第三根，不斷地朝它扔過來。它蜷縮著，雙手抱住了頭。終於有一根打中了他的手，打中的地方頓時像被燒焦的皮膚一樣發出了一陣焦臭味，而且不斷擴散開來。我看準機會，舉著尖樁繞過它的肩膀，狠狠在他胸前扎進了心臟的位置。幸虧我范吉是個左撇子，這一下真是名副其實快、準、狠。

我們成功了！只見這個本來只有孩童模樣的斑紋怪物，面容迅速老去如一個耄耋老人，然後身體一點點崩塌成了如燃燒過後的灰燼。在它身體消失以後，這輛巴士也跟著消失成泡影了。那一地的骨頭隨著我們幾個一起掉在了地上。

我看向四周，包括沈諺橋在內的所有往生者，已經消失不見了。但我能感覺到，他們還徘徊在附近。我提議把這些骨頭都入土為安，他們都同意了。但是總不能這樣混在一起埋掉了事，余沛江尤其反對，這樣「撈亂骨頭」，這些受害者輪迴以後，都會彼此成為仇敵的。於是，我們對著曠野輕聲說話，讓他們各自挑出自己的骨頭。我們挖了好多的土坑，把他們分別都葬了。溫蒂拿出身上的一紙錢，飄灑在空中，口裡念著經文幫他們超度。我們的耳邊陸續傳來了不同音色不同口音的「Thank you（謝謝你）！」他們都走了。周圍的溫度也慢慢爬升了回來。

我們幾個都累癱在地上，但是事情還沒有完，因為我們現在還得走路回到旅館裡！三更半夜，醉酒又酒醒，被口哨魔音折騰得五內翻滾，經歷打鬥渾身痠痛，周圍溫度還忽冷忽熱，而且我們還要挖坑填坑，完了還得徒步拉練，所有這些堆在一起，我范吉不好好大吃三天都真是對不起祖宗！

第十五章　紐澤西兒童列車

第二天起來以後已經是將近傍晚了，不過我的感覺還不錯，看來捱打都要練出個金鐘罩或者鐵布衫來了。我往旁邊的床看去，只發現了摺疊整齊的被褥。余沛江絕不是一個會天天疊被子的人，所以這隻說明了一個問題，這傢伙昨晚沒有回來睡。

「不會吧！這傢伙體力有那麼好，大戰完回來還有力氣繼續大戰？」我一邊刷牙，一邊對著鏡子裡的帥哥自言自語道。看來去健身房除了練肌肉和撩黑哥哥以外，還有這個奇效，看來回去我也得辦個卡了。

梳洗完以後，我打開 Yelp 搜尋附近有沒有什麼餐廳可以好好供奉我的五臟廟，這時候電話進來了，是我們的超人先生。他在電話那頭問我起來沒有，要不要去吃飯。

「好啊，你定去哪裡啊，我已經收拾好了，隨時可以出門，你好了告訴我吧。」

「你過來 3619 吧，我也很快就好了。」他在電話那頭說。我正想說什麼，他喝了一口水，開始接著說，「她已經走啦，你過來吧。」

3619 房門打開以後，我被生生嚇了一跳。我面前的這個絕對不是余沛江，只是有那麼頂多有那麼幾分像而已。他讓開門給我走進去，我拍拍他的肩膀說：「兄弟，你好歹節省些子彈啊！你去照照鏡子，雙目無神眼窩深陷，雙腿浮浮手腳冰涼，哪裡像個人，頂多也就像極樂老人洞府裡的藥渣。」

「我看起來真那麼差嗎？」他衝進了洗手間裡照鏡子，「做人嘛，肯定要在年輕的時候及時行樂享受，難道還等老了以後啊？再說，我又不是天天能見到她，這不就節省回來了嘛。」

「行了行了，少廢話，你快點！我肚子要餓扁了。」

半小時後，我們退了房，在 Red Lobster（一個連鎖海鮮餐廳牌子，名字是「紅龍蝦」）飽餐了一頓然後繼續上路。上車以後我問他：「那我們接下來去哪？」

余沛江說：「你想回鳳凰城不？我覺得像現在這樣到處漂著一邊玩一邊接工作挺好的。這兩天爸爸發微信給我說有空去澤西城看看錶舅媽，以前小時候她照顧我們家很多，可是後來她跟兒子搬去澤西城以後，兩家人各忙各的，也有幾年沒有過去看她了。」

「行啊，那我跟你一起過去啊。自從我之前在你家喝了一次你們廣東的老火靚湯以後，就每時每刻都想再喝一遍。」

「哈哈，我表舅媽煲湯最拿手了，她的瘦肉汁、西洋參竹絲雞和番水鴨，每種湯都好棒的！」余沛江說得我口水都快流出來了。行了，那就這樣定了，目的地就是紐澤西州。其實余沛江本來也是打算之前做完哭泣新娘那一票就去找表舅媽坐一坐的，只是剛好因為盈盈想在回國前去喬治亞和佛羅里達玩，所以才跟著我們下來轉了一圈。現在事情辦妥了，可以安安心心聚一下天倫了。

其實坐飛機是最划算而且最節省成本的，可是我們卻再一次心血來潮想要一路開車殺過去。公路上的美國比城市裡的美國可要漂亮多了，在城鎮的酒吧撩妹喝兩杯，在鄉野的夜幕下看銀河，這樣的騎士生活何其愜意。我忽然想到了韓寒的公路電影《後會無期》，我開始想像要是真的騎著摩托車或者開著車來一次環遊美國或者中華，那將會是人生裡何其波瀾壯闊的一筆。美國的這一部分，我算是實現了一半了。

因為這一次不是趕路，我們一路走走停停，用了兩天時間穿過密西西比州、田納西州、肯塔基州和西弗吉尼亞州，到了弗吉尼亞州境內。余沛江問我有沒有聽過這裡有個關於 Bunny Man（兔子男）的恐怖傳說。我說沒有，他於是開始科普了起來。

弗吉尼亞境內有個叫克里夫頓（Clifton）的小鎮，曾經鎮上有個州立的精神病院，在 1904 年的時候精神病院因為要遷址，所有精神病人也要進行轉移。但在轉移過程中，在一條叫費爾法斯橋的單行涵洞橋上發生了打滑翻側，整個中型巴士都翻到涵洞橋下去了。中巴一共運載的二十三個病人裡，有兩個病人與司機一同在事故中當場死亡。剩下二十一個病人全部受傷，但都趁著警察來之前四散而逃了。警察來到的時候，發現兩個看守的警衛都被蓄意殺害了。在這些病人當中，有幾個是需要單獨隔離，具有嚴重暴力傾向的重症病人，警察和馬上帶了高壓橡皮彈槍和麻醉槍聯合病院的警衛一同開展了搜尋。幾天過去了，一半的病人被抓回來了；兩週過去了，逃脫的精神病人裡有十九個被逮回新病院去了，然而還有一個叫 Marcus Wallster（馬可斯．沃斯特）的被害妄想症病人，以及一個叫 Douglas J Grifon（道格拉斯．J．格林豐）的自閉症患者還沒被找到。

根據過往他們在病院裡的記錄，兩人都是積極配合治療，性格內向但是沒有暴力傾向，有望會在最近出院的良好表現者。本來警察有點想直接放棄追捕他們，讓他們重新過上新生活的，然而有一條線索讓他們否定了這個想法。在開始追捕二十一個病人的時候，警察曾經在一個扇形區域裡發現了不少野兔的屍體。上個世紀當地的野兔繁殖很快，政府甚至發表過鼓勵捕獵獎勵政策，如果見到死兔子也並不是很稀奇的事情。不過，這些死兔子是被剝皮以後，兔腿被撕扯下，從胸腔到肚子的骨肉被撕開，內臟被吃得乾乾淨淨，那些生兔肉上面甚至還有幾道人類的咬痕。這樣的情況，一直在官方把其餘十九個病人全部逮到以後還在出現。警察決定一定要把兩位深藏不露的凶殘病人關回重症隔離區。

大概在翻車的兩個月後，警察在發生事故的涵洞橋裡發現了馬可斯的屍體，而且死狀和那些兔子完全一模一樣。他像一串風鈴一樣被吊在涵洞橋上。開膛的傷口上，還插著一把像石器時代那種人造的石斧。另一個逃走的病人道格拉斯，依舊不見蹤影。警察讓精神病院為道德拉斯寫一封康復證明函，正式把他列為極度危險的殺人犯，必須讓她在落網以後接受法律的制裁。人們為道德拉斯安了一個稱號：Bunny Man（兔子男）。

在翌年的萬聖節，有幾個年輕人為了進行「大冒險」，在接近午夜的時分到了那個費爾法斯涵洞橋。第二天白天，路經橋底的人報了警，警方趕到以後發現幾具死狀與馬克思一模一樣的屍體。正是昨晚來這裡玩的幾個青年。警察馬上進行包圍式搜索，結果和過去上年一樣。三年以後同樣是萬聖節，類似的情況又發生了一遍。每一次這樣的案件發生，周圍肯定會發現或多或少的死兔子。在以後的萬聖節，警察都會拉起警戒線禁止有人進入涵洞橋的範圍。不過因為沒有任何一名警員願意冒險在那裡守夜，所以還是阻止不了有慕名而來，正值叛逆期的青少年。

後來警察乾脆用另外一種方式來阻止案件發生，那就是禁言。首先是鎮上的家家戶戶都被要求禁止相互之間再提起這些案件以及任何關於兔子男的傳說。一開始實施的時候難度非常大，在酒吧裡，在桌球廳和俱樂部人們傳得更加厲害，不過過了一段時間以後，果然慢慢地人們就厭倦了說起這些，禁言的效果終於達到了。人們漸漸不再提起這件事。警方想著，只要費爾法斯在人們心中變回一座普通的橋，就不會有人願意在午夜特地跑到那裡去。不管作案的是不是道格拉斯，因為迄今沒有聽到過在其他地方以及其他時間發生過這種凶案，只要遠離那裡，人們就會安全。如果真的只是道德拉斯在搞鬼，1904 年他「越獄」的時候已經四十多歲，只要熬到他去買鹹鴨蛋的那天，就可以高枕無憂了。

平安一直持續到了八十年代，鐵路改道已經把橋面從水泥路變成了火車軌，只剩下橋洞的單行道還在通車。在一個雨夜，有一個出差在外的中年男人陶德．薩斯比開車趕著回家，因為他答應了自己五歲大的孩子要跟他一起在萬聖節參加變裝派對。然而在路過克里夫頓時，汽車的胎壓警報燈亮了。他想著如果還能撐一下，那就再走個二十多分鐘，去到市中心找修車店換輪胎。在他路過一個涵洞橋時，「嘭」一聲巨響，他的左前輪撐不住爆胎了。他下車去檢視，發現是有一塊鋒利的碎鐵片扎進了輪子裡。他費力把車強行開進了橋洞裡，這樣不用淋雨，他可以快手快腳換個備用胎接著上路。在他終於換好，重新坐上車以後，車載收音機響起了午夜的整點報時。

這時候他聽到了一些聲響，然後他馬上就在後視鏡裡見到了一個手持斧頭，穿著用不同顏色的血淋淋的兔皮縫製衣服的「人」不知從什麼時候起就坐在了他汽車的後座上，而且那個「人」正要把斧頭砍過來，陶德一彎身，躲過了對準他咽喉的致命一斧頭，無意中他本來就放在油門踏板上的腳一用力，車就從橋洞衝了出去。就在車子出了橋洞的那一瞬，他死死盯著後視鏡中的那個「兔人」，在一秒之間憑空消失了！後來據脫險的陶德回憶，他之所以稱呼它為兔人，不僅是因為它穿著的那件恐怖皮草，還因為它除了有著人的手腳以外，頭卻是一個兔子頭！

他開著車趕緊去報案，警察發現在他的駕駛座上，的確有被斧頭砍過的痕跡，陶德右肩上的衣服被削爛，肩膀被擦傷了皮肉。到了八十年代，訊息擴散的管道已經發達了很多，不消幾天，關於「兔子男」的傳說重新在北美大地盛傳了起來。陶德也是個有急智的明白人，他不想有更多年輕人純粹為了刺激丟掉性命，在接受採訪的時候他腦筋一轉，就說他差點遇險的克里夫頓，並不是在弗吉尼亞，而是在紐澤西。

幸虧薩斯比先生這一番話，一些靈異愛好者或者無所事事的年輕人（就像之前去找哭泣新娘那些一樣），都蜂擁去了克里夫頓，間接性地促進了紐澤西的經濟發展。可惜薩斯比先生英年早逝，在他多陪兒子過完三個萬聖節和兩個聖誕節以後，在一個深秋的晴天，本來心肌衰弱的他在中風以後，黑白照片就被貼在了麻石石板上，永遠不會再變老了。

余沛江在說這些的時候，我們兩個不會想到，在不久的將來，我們就要去到紐澤西的那個同名小鎮，處理一個高度相似的案子。那天我們本來想著多趕點路，出了弗吉尼亞地界以後去到賓夕法尼亞或者紐澤西再找地方住的，然而天有不測風雲，在 I-81 高速汽車的輪胎居然扎了鐵釘，換好輪胎吃完飯以後，都已經晚上快十點了，今晚只能現在弗吉尼亞住一宿，明天再趕去紐澤西吧。

開車在夜裡找旅館其實不是件難事，但是找到價位好而且不會太髒又能洗上個美滋滋熱水澡的汽車旅館卻不容易。幸好下午在服務站小解的時候隨手拿了本這個郡的酒店餐飲優惠錦集，可以作個參考。余沛江找到了一家上面還印著中文的旅館，導航顯示再開個15英哩就到了。要知道在美國任何地方，都能很方便找到亞洲人開的餐廳（尤其是自助餐）和推拿按摩店，可是華人開的旅館可不是在公路邊隨便能遇到的，賭一賭吧。

這家叫「玉大曆」的汽車旅館總算沒有讓我們失望，很新淨。剛好今天晚上值班的是老闆本人，這位來自臺灣東港的叔叔看到我們，還特地給我們打了個折上折。他笑嘻嘻地說他年輕的時候去過大陸做生意，在廣東東莞待了很長時間，大陸政府給了他們很多便利，現在老了，老婆全家都移民了美國，所以他也跟著一起來了。「看你們都很累了，我也不打擾你們了，早點去房間休息吧，我這裡開張了也就不到半個月，我給你們的房間還沒有人住過呢，按摩浴缸是全新的，去洗個澡吧。」

開門進房間以後，我們真心覺得這回是撿了個大便宜了。我們用旅館裡的大電視接著HDMI線連上筆記型電腦，打開多瑙影院看了部張家輝的《陀地驅魔人》。本來余沛江要遷就我看國語版的，可是我堅持要聽張家輝的粵語原聲。雖然郭采潔被配音以後有點彆扭，不過很多演員的俚語還是原聲聽起來有那種味道。第一次聽張家輝唱歌，就是他為這首電影專門錄製，改編翻唱汪峰的《你是我心愛的女孩》，好喜歡他唱歌的聲線，我決定了，在未來一週，車裡的音響要不定時循環播放這首歌。

第二天起來以後，我們繼續開始趕路。在晚餐時分以前，我們趕到了佘沛江的表舅媽家。佘沛江事先已經跟表舅媽打過招呼了，所以我們還真的喝上了湯。把碗捧在唇邊的時候，我的眼淚都快掉下來，真的是太好喝了！

我跟佘沛江商量著：「你看我們能不能給你表舅媽交兩份租金，然後乾脆長住在這裡算了，還能在工作回來喝到這超棒的老火湯。」

「一邊去。」這就是佘沛江全部的回答。晚餐的時候，表舅媽給我們用薑蔥絲蒸了一條好幾磅重的鱸魚，自從我給佘沛江安了「魚配薑」這個花名以後，我們在外吃飯也沒什麼機會真能吃上一條蒸魚，他在表舅媽面前略微尷尬地看了看我，我陰著嘴笑，看著他。

我說：「吃魚要配點薑，這樣會鮮一些。」說著，我把一筷子薑絲放在了他碗裡的魚肉上。

「你也別顧著吃米飯，來，夾塊雞，米飯會好吃很多的。」他也給我碗裡夾了一塊雞。

只會講粵語不會聽普通話的老華僑表舅媽，看著我們有點莫名其妙。我只希望老人家千萬別往那方面去想我們的取向，我就阿彌陀佛了。

這種蹭著他們一家人吃飯喝湯的日子持續了三天，佘沛江就又給我們接了單案子。他把案子給我看以後，我的第一反應是不想接的。因為這個案子的受害者，是美國某個臭名昭彰航空公司的高層管理。就在最近這個航空公司被曝出為了給自己的員工搭乘班機，把幾個正常購票的人隨機點中讓他們下機，而且還近乎冷血地對一個亞裔使用了暴力。這個新聞無論是在朋友圈、微博、臉書還是美國幾個著名脫口秀，都炸開鍋了。一些關於這個航空公司的一些新「廣告」海報和影片應運而生。

「這不就是請人作法的事嘛，他目前又沒有生命危險。」我說。余沛江大概說了一下，就是那個管理層最近說受到了那些東西的騷擾，他甚至為此還受了傷。這些商業惡霸，縱容員工去做這些事，現在報應上門，我沒有拍手稱快已經是很給面子了。

不過接著，余沛江說了一下那個案子發生的地點，以及它不久前發生過的真實案子。他說完以後，我沉默了一下。半小時以後，我決定還是和他一起去把案子辦了。因為，他說那個案子發生的地名，叫做克里夫頓。

「啊？就是你前幾天說的兔子男的那個？」

「不是我說的，是八十年代陶德·薩斯比說的。」余沛江糾正我。

「行了，我不管是薩斯比還是煞筆，如果和兔子男有關的，我倒是有興趣去看看。不過我先此宣告啊，這一次我去只是對那個兔子男好奇，不是為了救那個混蛋航空公司的官員啊。」

他開著車門招手讓我過去：「知道啦，知道啦，走吧。這一路，我來開車。」

這一個克里夫頓是紐澤西州的重鎮，距離世界的經濟中心紐約城大概一個小時左右的車程。由於成本原因也有不少在紐約曼哈頓工作上學的「美漂族」，會租住在像這裡或者紐波特這些距離不遠的紐澤西城鎮，近年由於房價上漲從曼哈頓往四周輻射開去，不少買房的人開始進駐了克里夫頓，很多郊區當地土地被開發成了小區。我們開始出發以後，余沛江說了一下，他在暗網搜尋到的跟這次案子可能相關聯的兩個事件。他說的第一個案子是跟兒童有關的，第二個案子是和火車有關的，而我們這次要接的案子，則是和兒童和火車都有關的。

這次案子的主角，航空公司公關總監浦德凱．勞洛住在克里夫頓一個別墅小區裡。這個小區的中心是一個高爾夫球場，裡面有一個帶噴水池的人工湖，在第五個桿一個沙丘洞的旁邊。其實那個人工湖連著那個沙丘，原先是郡上第四公立學校的遺址，地產開發商開始競標之前，那裡曾是一個破敗的紅磚建築群。關於那個倒閉了的老校，有一個真實的案件在那裡發生過。1960年代，每隔一段時間都有孩子被校長在臨放學叫去談話以後，就離奇失蹤了。因為校長聲譽很不錯，家長和警察都認為是孩子放學晚了，落單以後才讓犯人有機可乘。然而在第七個孩子也失蹤以後，校長也消失了。人們在校長辦公室裡聞到了非常濃烈的刺鼻香氣，當他們打開校長一個掛西裝的衣櫥以後發現，裡面竟然掛滿了孩子的屍體。校長正是大量噴灑一些奇異的物質，去掩蓋屍體的氣味。後來校長在兩年後落網，最後在監獄裡癲癇病發作而死。

第二個案子剛好就是發生在以前學校原址幾百公尺遠的地方，不過是發生在大概二十五年前。那區域被統一規劃改造之前，是一條圓拱形，長達四分之一英哩的單軌火車隧道。因為跟弗吉尼亞那個費爾法斯橋有點像，所以那些後來出生不知原版故事的青年好事者都被誤導著跑到這裡來了，順帶著連整個克里夫頓都多了很多經濟活動，政府當年差點扔了幾百萬美國大搞「薩凡納第二」的旅遊業。不過恰好在那個時間節點上發生了一宗慘案，計畫擱淺，這一片才輾轉變成了今天的小區和州立公園。當時在隧道裡，有一天載客火車在隧道裡經過的時候，乘務員和不少乘客都聽到了車頂傳來「噼噼啵啵」的聲音，好像有什麼在敲打車頂。就在火車開出隧道以後，列車長馬上就拉動了緊急煞車，下車回到隧道裡看。這時候車廂裡的乘客發現車頂開始有黏稠的血液流了下來，沿著車窗玻璃慢慢淌下，其中有節打開了天頂窗的車廂直接有灘血和一隻鞋掉了進來，本來半開著的天頂窗現在被完全頂開了。而在下一截車廂裡，有個婦人尖叫了一聲，然後暈厥了過去，其他乘客順著她的座位看出窗外，竟然發現有一條斷腿從車頂垂了下來，垂下來的還有被火車刮爛的褲腿，被鐵皮削過而掀開的血淋淋的皮肉，甚至還能看到大腿往上那陰森的白骨。斷腿是被火車扯斷，然後被車頂一個螺絲勾住了所以倒掛著。列車長和一個男乘務拿著手電筒走回隧道裡查看。在隧道口往裡大概三四百英呎左右深的地方，有七具屍體被整齊排成一列吊在隧道頂上，剛才列車駛過就是撞上了他們，才會出現車裡那樣的情況。

警察接到通知第一時間趕來了這裡。當時火車裡所有乘客都得到了賠償並且簽署了保密協定，媒體也沒有被通知。後來，州政府就把地囤起來做了土地儲備放了幾年，再放出來讓市場競標。

等余沛江話音落下來以後，我問他：「知不知道那七個死者是什麼人？」

「這一點我也有疑問，很奇怪，好像從來沒有見到媒體公布那些人的身分和名字，甚至連化名都沒有出現。那件事發生了以後，也不見有死者的家屬來鬧。不過，在地下論壇裡，有人公布了一個不完全的名單。裡面其中一個人，在他被發現吊在隧道上以前，在官方紀錄裡他就已經是一個死人了。」

「不會吧？難道被吊起來的幾個還是喪屍不成？」

「不是喪屍啦。那個提供名單的人說，他有可能是一個幽靈特務。意思就是說，他真實的身分是已經被認定死亡而且登出了的，他是拿著新身分『重生』的人，是一種間諜或者反間諜的手段方式。」余沛江說。不會吧，我心想，你以為這是在拍什麼燒腦電視劇呢？

余沛江跟著說了下去：「除了這個人以外，還有兩個人的身分也被挖了出來。一個是因為販毒和操控人蛇交易，被通緝多年一直在流竄的南美賊王傑弗里·埃爾法；另一個則是年屆七十的波士頓著名慈善家詹姆斯。他們……」他打開手機上的文件，遞給我看。

我把他的話接了過來：「除了都是男人以外，沒有任何共同點。就連他們的年齡，來自的地方都不一樣。你覺得這些謀殺是兔子男做的嗎？」

余沛江聳了聳肩，說目前看來應該不是，但說不定和兔子男有牽連，畢竟第二個案子連環境和作案手法都很像。「去到以後，浦德凱有錄下來的證據可以提供給我們參考。不管怎樣，我們先去看看吧。」

據說，浦德凱之前在克里夫頓的家中，經常聽到詭異的聲音。一開始，他在樓下看報紙的時候聽到樓上傳來像是火車不停站時的鳴笛聲，而後又是傳來孩子的嬉笑聲。他原先以為是壓力比較大產生幻聽，但是到後面，他已經不僅能聽見，而且還能看見了。在距離他第一次聽到火車鳴笛的三天後，他聽到了木樓梯板響起了有人下樓的聲音，而且還不止一個。緊接著，還在廚房泡茶的他看到了從樓梯上蹦蹦跳跳下來了幾個約莫七八歲的孩童，每一個都嘻嘻哈哈笑逐顏開，他們當中第一個孩子拱著手聚在頭頂當火車頭，後面的孩子雙手搭在前一個孩子的肩上，一邊叫喊一邊又模仿著火車的聲音，在屋裡竄來竄去。

浦德凱馬上報了警，不過警察在對著玄關、樓梯口和大門的監控錄影裡並沒有看到有任何的影像出現，他們只是認為是惡作劇，就離開了。浦德凱病急亂投醫，請了兩個當地據說通靈的算命師去闢邪，但都無補於事，現在他們一家已經住去了市區的某個星級酒店。

從澤西城到克里夫頓還不到半小時車程，我們直接浦德凱的酒店裡。浦德凱見到我們，原本身居要職頤指氣使的他，現在卻像個未老先衰的糟老頭一樣，見到我們的他宛如抓住了救命浮木的落水者，趕緊把我們迎進了他的套房裡。

看見他那副神經衰弱的模樣，我也有點為這個中年單身漢感到可憐。沒有寒暄什麼，我們直接開門見山。浦德凱拿出了他的手提電腦，給我們調出了那段影片。我和余沛江一人塞了一邊耳機。

快進到大概夜晚十點的樣子，我們看到房子裡的燈如常亮著，剛回家的浦德凱在門背掛好了外套，拖鞋走向廚房的方向去泡茶。就在這時候，耳機聽筒裡開始傳來人聲。

「轟隆，轟隆，嗚嗚嗚……」

「轟隆，轟隆，嗚嗚嗚……」好幾把不同音色的童聲在屋裡響起，忽遠忽近。他們每一個都笑得很燦爛，但是畫面裡卻看不到任何影像，但是畫面有了一點微微的變化。在聲音顯得近的時候，鏡頭的畫面會有微微晃動，像是畫面被什麼干擾的感覺，而且畫面還微微有雪花點。

余沛江把檔案拷到了自己的電腦裡，用編輯軟體打開，發現音軌是沒有被修改過的，而且影片下方的時間也沒有跳幀或停滯。看完以後，余沛江若有所思地點點頭。他冷不丁地問了浦德凱一句：「在發生那些事情之前，你有沒有做過一些跟你平時生活軌跡不大符合的東西？比如去了陌生的餐廳，或者去了哪裡旅遊。」

浦德凱搖搖頭：「沒有。像我們這種做公關的，難免不會被競爭同行的公司公關人員盯上，所以我們生活都很檢點的。而且，我個人對吃飯要求比較高，一般也不會隨便去一些不是連鎖的餐廳或者以前從未去過的食肆。」

「那方便我問一下勞洛先生你身上有沒有紋身嗎？」

浦德凱沉默了一下，然後回答說：「有一個。對了，我差點給忘了，我這裡還有個傷痕，想讓你們幫我看一看的。有一晚上睡覺，我做夢夢到了有一個小嬰兒在我肚子上跳竄玩耍，結果醒來以後……我發現肚子上多了一個紅色傷痕。」說著，他把衣服拉了起來。我們看到他那微微隆起的肚腩上，有一個像皮膚充血一樣顏色的傷痕，那形狀像極了一個一兩歲大的嬰兒的腳掌。

余沛江點點頭，說問題已經問完了，然後提出要和我一起去他家裡面轉轉，有必要的話可能還要住一宿。這個要求很合理，浦德凱爽快地答應了。他把地址、門禁卡和鑰匙都給了我們。

我們租的大眾停在他家門口有點顯眼，於是我把東西卸下以後，就開到了小區會所旁邊的訪客停車場，走了回去。我開門的時候，余沛江已經把玄關上的鏡頭給關掉了。我們坐到客廳上，他跟我說這房子從房屋歷史和風水上都不是一個凶宅，而且走進來了以後，他問我有沒有感覺到什麼不對勁。我搖頭。的確，之前我進凶厲獸房子的時候，進洛佩斯家以及穆諾茲家的時候，都會有一種不可名狀的感覺，可是這一次，一切東西都再正常不過。

我們決定今晚在這裡下榻，就睡在客廳的沙發上。一打開客廳裡的燈，我就怒不可遏，脫口而出罵了一句：「這傢伙的確是該死的。」這個浦德凱，竟然是傅滿洲的忠實支持者，家裡擺滿了傅滿洲的電影海報和重製高畫質光碟。

其實美國不少人都有一種排亞，尤其是排華的情緒。早在十九世紀後半葉，就曾經有西方人用「黃禍（The Yellow Peril）」來形容亞裔。後來，有小說家專門創造了一個惡貫滿盈的反派化身傅滿洲博士（Dr. Fu Manchu）提供白人英雄進行對抗。因為傅滿洲擁有超高智商，精通多種專業知識和語音但是為人陰險狡詐無惡不作，所以在上一輩美國人眼裡，這個「黃禍」的化身也成功加劇了他們對亞裔的憎惡。這個浦德凱，在家裡擺了這樣的東西，還想讓兩個亞裔來幫你驅鬼驅魔？

我跟余沛江說我不要做了，回澤西城也好去紐約城也好，反正不要在這裡。余沛江看到這些東西也挺生氣的，不過他還是比我想得遠一些。他想到了一個主意——我們把浦德凱．勞洛的這個房子搞過來。

我們住了一宿，並沒有什麼事。第二天，我和余沛江回到酒店去著浦德凱，對他說他的房子我們管不了，儘管聽起來那些套話說得非常得體冠冕堂皇，但是我翻譯過來覺得大概就是：既然那些小朋友目前也沒有要害命的意思，那你就將就一下跟他們和睦共處，就當自己多了幾個調皮孩子咯。如果我們幫你解決不了，那麼你找別人也是沒用的云云。

不得不說余沛江之前賣保險賣回來的巧舌如簧，比我之前倒賣凶宅練回來的功力真是有過之而無不及。最後浦德凱答應了低價把房子讓給我們，但是我們需要幫他徹底擺脫那纏著他的東西。沒想到隔了這麼久在這麼遠的地方，我竟然做起了老本行。

我們只用不到三成的價格，就拿下了浦德凱的房子。我們答應他會保證那東西不會再騷擾他。余沛江還叮囑了他一句，讓他最好去紋身店把那那個腳印疤痕想辦法紋成些其他什麼東西，把它擋住。浦德凱有點不情願，但還是答應了。

我們馬上找了一個房產交易公證公司，雙方簽完合約以後，我們就把錢打進了公證公司的監管帳戶裡，直接跳過找勘察師的環節，等待公證公司兩週內準備好檔案，我們可以馬上簽交易完成的檔案。辦手續的兩天裡一切都相安無事。拿著鑰匙開門進房子的時候，沒想到幾天前還是過來借宿，現在已經是自己家了。

我和余沛江都有點為難，不知該怎麼驅逐那個從未現身的那些靈童。我們都隱隱覺得，並不是那些靈童在搗鬼，而且那些事情跟這個房子沒有半毛錢的關係。現在只希望浦德凱盡快去做了紋身吧。

不過，我們擔心的事情還是來了。那些想要搞浦德凱的靈童，果然不是跟著房子，而是跟著浦德凱這個人的。還住在酒店裡的浦德凱，在三天後的深夜裡給我們打了一個電話裡，他在電話那頭已經近乎歇斯底里了，讓我和余沛江必須信守承諾趕緊過去。

等我們衣服也不換地趕過去時，客房裡早已經歸於平靜。浦德凱給我們開門的時候臉色都是綠的。他說，那些玩人力火車的靈童又來找他了，這一次還真真實實地在他肚子上踩了過去，痛得他死去活來。說著，他拉起衣服再一次在我們面前展示他的肚腩。我看到，原先那個腳印一樣的傷痕，已經被他加了一個紋身圖案，而且竟然是一個頭頂光環的天使形象。現在新紋身那裡一大片紅腫，看來是被踩痛了。然後他又領著我們到床邊去。他開的是一間雙床房，他睡一床，另一床本來是完全沒有動過被褥齊整鋪好的。可是現在，那床上有了許多小小的凹陷。

之前余沛江猜測的沒錯，那些纏著浦德凱的東西，不是跟房子而是跟人的。不過既然已經搞了他這麼久卻還沒有要下手取他性命的意思，這有點很奇怪。余沛江想，我們直接把那個搞鬼的東西給揪出來。他給了浦德凱一道護身符，這符還是余父親自給他畫的。然後余沛江在浦德凱那裡取了一些毛髮、指甲和唾沫，用試管混著裝了起來，然後他要第一次帶我做一個正式的喚靈儀式。

因為這兩天余沛江已經心裡有數，所以材料都已經準備好了，我們開車去了郊外，找了一個沒有人的地方，然後等到午夜十二點到一點的這個小時裡，做一個喚靈。因為我們喚來的，有可能是非常殘暴的怪物，我們必須打醒精神做好準備。刀已經在我們就手的位置，聖水那些更是不必說了。

終於，十二點到了。余沛江開始啟動儀式了。召喚已經往生的靈體與召喚還在滿街跑的怪物是不一樣的。像浦德凱這種惹上跟人不跟房的怪物，多半是在他的身上已經有了獨特的印記，余沛江開始以為是那個小腳印一樣的疤痕，但現在看來不是。我們只能跟著印記去找那個怪物了。

余沛江把我們從浦德凱那裡取的樣倒進了一個用白紙折成的漏斗狀容器，漏斗就插在一個品脫玻璃瓶杯上，玻璃杯裡放著已經晒乾的黃色歐耆花，一根完整的香菸，以及雞牛的骨頭。我用打火槍，把紙漏斗的邊點燃了。在我點火的時候，余沛江在另一邊用滴管一點點把買回來的蘇聯紅牌伏特加滴進去。這是一個必不可少的環節，而且喚靈用的酒必須是穀物發酵釀造的，像龍舌蘭或者紅酒那些是不行的。

很快，酒精開始浸潤整張紙，本來帶著黃綠色的火焰開始變成了純藍，紙漏斗開始燃燒成灰，然後崩塌掉進了紙杯裡。余沛江兩隻手比成了「六」字的手勢，拇指和尾指指尖相對，其餘六指關節相對，然後他的拇指頂著胸口，尾指頂著鼻尖嘴裡唸了一些火星文，沒有人吸氣的香菸燃得很慢，但在我繼續滴著酒精的份上也總算給了一回面子。

很快，明明很結實的玻璃杯突然炸裂了，我趕緊護住了自己的眼睛。可是它裂開以後，很久都沒有要爆的意思。余沛江鬆弛下來，說了句：「好了，就等它現身了。」

約莫過了幾十秒，一股平白颳起的陰風，讓我哆嗦了一下。它要來了。果然，就在風傳來的方向，一個半人高的草叢裡，出現了影影綽綽的一團，草被撥開，它的身體走過時，傳來「嘶嘶沙沙」的聲音。

我的緊張感也一點點提上了心口，手下意識地像身旁的刀抓了過去。

終於，它從草叢走出來了。後面還跟著五六個孩童的身影。不過讓我有點失望的是，這果然不是兔子男。那些孩童，八九不離十就是搞得浦德凱寢食不安的主兒了。

啟動儀式之前余沛江怕嚇到它，所以我們沒有開燈。於是我們只能憑著夜色去看它的模樣。它是身體輪廓像是一個成年的豐滿女性，身形挺高大的，不過長腿細腰，身材也確實不錯，但是面容和四肢什麼的，因為今晚夜色一般，我也看不清，再加上我根本沒心思去細看，因為我一下就被她在黑暗中發光的眼睛震懾住了。她的眼睛，隱隱發著魅藍色的光。

不過這種震懾，並不是害怕那方面的，更多的是偏向敬畏一邊。我曾經在余父的手記裡看到過標了藍色波浪線的一段，擁有發光藍色瞳孔的生物，可能是接近神祇級別的存在。難道說，我和余沛江今天召喚出來的，竟然是一個神祇？

余沛江接下來的表現，讓我覺得我的猜測沒有錯。儘管他也只是像一般交友那樣寒暄了幾句然後問對方怎麼稱呼，但就從他的語氣和態度來看，就表現出了少有的謙和。我也留意到他的手壓根沒有放在靠近武器的位置。當然，也有可能是魚配薑這傢伙色迷心竅才這樣的。

這位美女氣場也是夠強的，她說話的語氣也非常平和，但我感覺在字裡行間她就帶著一種天生的傲氣，而且她還知道我們的名字。她說：「我知道你們是范吉和余沛江，我聽說過你們。我知道在我不打算殺他以後，他肯定會找一些江湖騙子去幫他闢邪擋災，我還說順便把那些騙子也小小懲戒一番。但我沒想到他竟然有能力請到你們兩個真正的怪物獵手，也沒想到你們會懂得召喚我的方式。」

「我之前覺得這次不一定能奏效，事實是還真能把你請了過來。」余沛江說，他頓了一頓，然後語氣開始有點尷尬，「那麼……你可以告訴我們，你到底……是什麼嗎？」沒錯，他用的不是「Who」問她是誰，而是用了「What」問她是什麼。我感覺這下壞了，要惹毛人家了。

不過那個美妞好像完全沒有放在心上似的，她瞇著眼睛看了一下我們，然後微笑著朝我們靠近了幾步，那些小屁孩也跟在她後面往前走了幾步。這下我才完全看清她的模樣。

她的面容可以說是非常端莊漂亮了，不知怎麼居然有一股非常東方的味道，就連她的頭髮也是那種在東方女神經常可以見到的黑長直。除了她的眼睛微微泛著藍光以外，她完全就是一個不食人間煙火的美女。

接下來說話的，卻不是美女本人，而是一個站在她身後的小女孩：「晴（Sunny）姐姐可不是什麼怪物，她是半神！」

我差點不敢相信自己的耳朵。這世上沒想到還真的有這樣的存在，之前在余父的手記裡，我和余沛江都是將信將疑，因為余父自己沒有見過，而且我們也從未聽過有人親眼目睹神祇的降臨。

見到我們露出驚訝的神色，這個晴姐姐落落大方地笑了。她也不說話，只是慢慢走上兩步，向我們展示了一下她的本領。她舉起兩隻手，手腕翻飛了幾下，緊接著就有一股和煦的暖風，從我的腳底開始往上像蛇一樣一圈圈往上纏繞起我的身體，我的身子被一種無形的力量托起，緩緩升到了半空中。

不過，她很快就把我和余沛江放下來了。儘管這已經很厲害了，但我還是微微有點失望，傳說中那些高高在上的神祇可是能輕易呼風喚雨翻江倒海，能從八百里開外一下幹掉鬼子的存在，但我們面前這個晴姐姐，就有點……怎麼說呢，小家子氣了，頂多也就是個有超能力的人吧。

不過讓我由衷敬佩的不是她沒有殺我們，而是她那似乎能洞察我所有想法的眼睛。她這時開口了：「你們是不是想說，我就這點本事？我的本事確實不像人們想像中那麼神通廣大，但也不僅於此。」

她並沒有限制我和余沛江的活動能力，也沒有用這種隔空本領把我們的武器拿走。她剛剛露的這一手，就已經證明了我們並沒有什麼機會。不過，我們身上還總是備有後著，真的出其不意的時候，鹿死誰手也未可知。

余沛江開口就問了一個跟浦德凱無關的問題：「之前在火車隧道裡的那幾個人，是妳殺的嗎？」

「是我殺的。」晴姐姐直截了當地就認了，「七個都是。如果你們還想問的話，我也可以告訴你們，之前那個因為癲癇而死的校長，也是我的傑作。」

「所以妳覺得自己可以隨便亂殺人是嗎？」作為余沛江的同伴，我肯定多少需要表個態。

「我的確可以隨便亂殺人，但我不會亂殺人。」她說完這句話以後，我隱隱感覺今天這架多半是打不成了。這位晴姐姐對那些小孩子說讓他們自己去玩，那些小靈體就歡快地應了一句，然後轉瞬就消失在他們來時的那片草叢中。很快，草叢中就傳來了那些孩子玩耍的笑聲和被追逐時的尖叫聲。

她有禮，我們自然不會橫蠻。余沛江從車後拿了三張摺疊椅，架好以後招呼她坐下。因為這些天有陪表舅媽去州立公園遠足，所以我和余沛江在沃爾瑪買了幾張可以背在身上的摺疊椅放在車尾箱裡。

坐下來以後，她看見我們有點無所適從的表情，笑了：「你們一定有很多問題想問我吧，比如說我為什麼要去騷擾浦德凱？為什麼我要把那些人殺掉掛在火車隧道裡？」

我和余沛江都分別點了點頭。我說：「那，我們應該怎麼稱呼妳呢？」

「我長得有點像亞洲人，所以平時在外面用的名字是 Sunny Cheung（張晴），你們叫我晴就可以了。」接著她居然跟素未謀面的我們一五一十地交代她做這些事的原因。

她找上浦德凱就是因為這個種族主義者經常藉機貶低亞洲人，從他青年時期就開始對「非我族類」的人有意歧視，尤其是對亞洲人。這次航空公司的事情讓他上了頭條，所以晴決定去狠狠抓弄一下他，但她並沒有想過取他性命。

至於之前那個被誤認為是兔子男作案的火車隧道案，晴說那幾個都是法律沒辦法制裁的大奸大惡之徒。那個沒有身分的反間諜幽靈特務，就經常利用這種便利幹一些為非作歹的事，甚至曾經把一個泡菜國公務員的女兒給拖進了小樹林裡。那個南美賊王一直逃竄了好多年，她只是剛好碰見然後順手抓了個公害。那個道貌岸然的波士頓慈善家，私底下只是一個有好幾宗性醜聞的色老頭，而且他還和紐約一個外逃的貸款公司老闆合夥幹了幾票大的商業詐騙，只是當時還沒有抓到。至於另外幾個，也都是其罪當誅的人。而在更早的那個變態校長案，就更加不在話下了。

說這些的時候，那幾個在草叢裡的小屁孩，又搭起了火車，在草叢裡「嗚嗚」地亂竄。我和余沛江都忍不住笑了。晴指了指身後在玩耍的孩子們說：「他們被校長無辜殺害以後，就開始跟著我了。本來他們的戾氣很重，如果我當時聽之任之，他們慢慢都會變成殺人如麻的惡靈。我馴服他們以後，他們卻都不願意往生，硬要跟著我走。於是，我就帶上他們了。」

晴教會這些孩子如何懲惡揚善，這幾十年間，他們都遊走在整個美洲大陸，但因為晴就出生於此地，她還是很眷戀自己的家鄉，不時都會回來。火車隧道裡那七個惡人，都是她幾天裡在紐澤西抓到的。她說自己其實並不喜歡把自己放在一個判決的角色去左右別人的生死，但是對於那些法律和警察都辦不到的事情，她願意出一份力。她說這些的時候，我和余沛江都不住地微微點頭。

我問她：「如果妳不介意的話，我冒昧問一句，剛才孩子說妳是半神，具體是指什麼呢？」

她莞爾一笑：「我的父親是一個普通的人類，是那時跟著航海艦隊一造成新大陸的法國移民；我母親則是一名來自東亞的小神祇。我出生的時候，這裡還有一個游牧的印第安民族在繁衍棲居。在我剛出生的時候，就已經有了異於常人的能力。我的眼睛在夜裡會發光，而且我一出生就大概能聽懂他們的對話，我能隔空把煤油燈的火點起來，等等。他們並不知道我母親的真實身分，那些西方人就說我是禍害，非要把我用十字架釘起來焚燒掉，當時因為我，那個印第安部落和法國移民發生了一次武裝衝突，最後印第安人冒著自己的生命危險，把我救下了。我的父親因為我這個女兒而被他們的人抓了去，此後全無音訊。我媽媽有能力自保，也護著我和幫助我們的部落退走，從此就和我生活在了印第安部落裡。我的母親原本法力很強大的，可是在那次保護我的時候她中了兩槍，剛分娩過後的她本來就還沒有完全恢復，中彈以後就更加元氣大傷了。媽媽她還告訴我，神祇的法力除了天賜以外，還有很大一部分是來自各自庇佑下的信徒，如果信徒越來越少了，那麼神祇的法力也會變得越來越弱。所以，她和我的法力都隨著時間的推移……但是，我也還是想能夠保護這片土地，保護那些曾經救我一命，如今還生活在這裡的少數印第安族裔。」

余沛江這時候問了一句：「那……那妳媽媽現在怎麼樣？還好嗎？」

「她已經走了……其實神也不是永遠不死不滅的，只不過因為因為數量很少，而且壽命是人類的幾十倍，所以人們會有這樣的錯覺而已。」晴說，這是我們才知道原來是這樣。我們也知道了神祇其實也是可以被殺死的，只不過他們都有九次死亡的機會，而且就算在法力範圍內，也不能無度地使用。這樣也對，不然世界早就亂套了。

她說完以後，我們幾個沉默了一小會，有個小靈童原本想過來和我們一起玩，但是看見這樣的氣氛，也就識相地走開了。半晌以後，晴又開口了：「怎麼樣，你們現在還想要殺我嗎？你們可以來，但我不會不還手。」

我說：「要是魚配薑這傢伙還是要動妳，我第一個跟他拼了。」魚配薑白了我一眼。

余沛江對晴提了兩個條件，一是不再去騷擾浦德凱，這傢伙已經在她和我們手上得到應有的懲罰；二是既然那些孩子的戾氣和怨氣已經消去，就不要再耽誤那些靈童的投胎輪迴，讓他們下輩子快樂平安過一輩子，也總比一直像現在這樣好。晴看向那些孩子的方向輕輕嘆了口氣，然後點了點頭。

她把那幾個孩子叫了過來，然後讓他們還是搭成火車那樣，把火車開到草叢的那一端，那裡會有晴姐姐給他們準備的禮物。幾個靈童還是嘻嘻哈哈地抬起手搭成了火車，然後「嗚嗚……隆隆隆」一邊叫著唱著，朝著草叢深處蹦蹦跳跳而去。晴整隻手臂在半空中劃了一個圈圈，另一隻手則是畫著波紋從上而下。緊接著，草叢的深處有一道藍綠色的光芒亮起，那些歡歌聲消失了，光芒黯淡，草叢瞬而重歸寂靜。「好了，他們已經去了彼岸了。」她說。

重生。這的確怕是晴這個半神能給他們最盛大的禮物了吧。

我問她為什麼願意告訴我們這些，和我們坐下聊天而且滿足我們的要求，她只是用輕描淡寫的語氣說她並沒有多少朋友，而且也遇不上幾個真的能做得好的驅魔獵人，她樂意結交我和余沛江作為朋友。我做夢也沒想到，我居然和一個半神握了握手。

然後她笑著和我們告別，說讓我們一定要把這份職業堅持下去，因為有我們的努力，很多生命得以被救回。我和余沛江相視一笑，接著余沛江說，讓她別濫殺無辜，如果讓我們發現了，無論希望多渺茫，我們也會拿著刀找上門去。說完以後，我們三個都哈哈大笑。晴肯定似地點了點頭，然後轉身離去，她走遠的時候，身體變得越發透明，很快就消失在了黑夜中。

我們兩個收拾好回到車上的時候，感覺剛才的一切有點過於不真實，而且是美好得有點不真實。一個美女神祇，一場愉快對話。我不禁笑出了聲。

「你笑什麼?」余沛江問。

「沒想到，這一次我們真的是完完全全騙回來了一個這麼好的房子。」我指的自然我們剛從浦德凱那裡接手過來的房子。

「所以我剛才說嘛，他已經得到應有的懲罰。再說，我們這又不是騙，我們可是履行了我們的義務，他不會再受到哪些小屁孩的騷擾了。」余沛江一臉認真地說著，以致我一不留神，就讓他把放歌的 AUX 線搶了過去插在自己的手機上，開始播起他那些老掉牙的歌曲。

回去以後，我們把房子裡一切關於傅滿洲的東西都卸下來，放進鐵桶在後院一把火燒了。現在看起來，這房子好多了。我和余沛江還思索著要不要把亞利桑那的物業賣了，直接搬過來安家在這邊算了。

房子還是很新的，從建好到現在還不到三年的歷史，所以也不怎麼需要重新裝修，我和余沛江打算到紐約城去待上幾天，然後在紐約的唐人街買些副食品和房屋擺設的東西回來。

我們這一去，竟然還讓我們誤打誤撞發現了一個只有少數人才知道而且願意進去的紐約地下社群。

第十六章　紐約城下之城

距離上一次來紐約，已經過去好幾年了。記得那時候我在美國還只是求學，當時去紐約是專門為了找一個山東的哥們的。那是一個冬天，當時他給我在與紐約一河之隔的紐澤西紐波特找了一個紐約大學中國留學生的短租。剛到步的那天晚上，河面上大霧瀰漫，完全把安靜的紐澤西和對岸的不夜之城分割成了兩個世界。我和他坐在河邊的酒吧看著江面，聊著各自並不大順心的求學生活，以及情感生活。他請我去曼哈頓的韓國城吃了一頓韓餐，帶我去他當時工作的世貿大廈參觀。後來我回國以後，知道他喜歡看奇幻小說，專門帶了一套《留美驅魔人》給他，他高興得連發了兩三條朋友圈。

後來，那哥們在加拿大溫哥華找到了自己的真愛，現在大多數時間都待在了溫哥華，準備定居下來。時光可真是匆匆啊。

這一次，我們在曼哈頓下東村的唐人街開了一個客房，因為我的奶茶癮又犯了。吸著布丁奶茶回到旅館，余沛江這個無賴拿著奶茶閃身進了浴室，搶先要洗澡。我說：「別忘了你的浴巾和盥洗用品可是在我的箱子裡。」

「剛才出去吃飯之前，我就已經把那些東西拿出來放在浴室裡了，你就認識吧范吉，哈哈哈。」我連忙看向地上的箱子，果然拉鍊被拉開了。又被這傢伙將了一軍。我只好在床上，按開電視一邊轉台一邊玩著手機麻將。CNN 報導說這個月美國的出生率創下了新高，相信是生育免稅的政策的成效，我笑了一笑，把臺轉開了。咦，那個加拿大卡通《南方樂園》居然在時隔多年以後又更新了，我扔下手機津津有味地看了起來。

接下來的幾天，我和余沛江無非也是吃喝玩樂裝文藝，之前我們在艾利奧特對付血哨子時我說要好好犒勞自己，現在終於真正地實現了。我們兩個化身成了資深的吃貨，專門去尋找各種好吃的餐廳：《留美驅魔人》裡吳笛和薩米特去過的鳥人拉麵（Totto Ramen）；Youtube 上島國朋友都說實惠的 Go Go Curry（咖哩飯館）；華人留學生圈中人氣很高的老金煎餅和西安名吃，等等。大都會不愧為大都會，光是吃一點就讓身為流淌著吃貨的血液，中華民族子孫的我流連忘返。

不過，因為我們最近大出血買了個房子，又到處吃喝揮霍，我們看著各自帳戶上不斷往下掉的數字就心疼。我提議為了能在紐約多吃兩天，應該就地在此開個源。余沛江也同意我的想法。其實，我們說這話的時候，正在法拉盛的街頭剛擼完串串，正在走去新世紀廣場吃重慶小麵的路上。

在法拉盛主街（Main Street）上，我看到有許多年逾六旬的華人長者在一個舉著塑膠牌的工作人員引導下等車。他們每個人手上都拿著顏色各異的購物袋，有的老人手上還拿著報紙。看這陣勢，又不大象是老年旅遊團。這時余沛江看清了那個舉牌的工作人員手上的牌子寫著什麼了，原來這裡是那些往返賭場的發財巴士候車點，而且往前方看去，又好幾個不同賭場都在這條街上上車，而且每一個候車點後面，都多多少少站著十幾二十個華裔耆老。難道賭博這種風氣在法拉盛如此盛行？

余沛江多口問了一句哪個賭場好發財，那個老婆婆往後面指了指說：「賣票的在後面。年輕人，十賭九輸，有力氣就去做工，不要指望著賭錢能發財啊。」老婆婆和余沛江講的是粵語，不過近來我看得港劇比較多，已經基本上能聽得懂了。這話聽得我和余沛江一愣一愣的，一個賭客教育其他賭客不要賭錢？

多聊了幾句以後，我們發現，這些的華裔長者去賭場都不是為了賭錢的。原來紐約州各大賭場都會在人口密集的區設點售票，定點派送大巴接送賭客往返賭場，不過這裡並不像澳門那樣大巴都是免費的。賭場會售賣定價為15美元的發財巴士套票，這些套票包含了一定金額的籌碼和餐券，價值是大於套票售價的。有些耆老就看上了當中的商機，每天結伴往返於各大賭場，自帶夥食，到了賭場以後就把領取的籌碼以低於票面價值的價格賣給賭客，而餐券也折價售賣。如果一天乘坐兩趟這樣的巴士，成本是三十美元，所有東西全部賣掉能賣個一百出頭，可以有七八十美元的進帳補貼家用。因為紐約的賭場距離市區較遠，每一趟往返市區與賭場的發財巴士，在路上就要耗掉四、五個小時。有些拚命一些的長者，可能休息也在車上，每天過著這樣的生活。

我在身上摸了五美元塞給老婆婆，就當作是答謝她跟我們聊天，然後和余沛江繼續殺奔小麵館。我能感受到，我們身後投來了許許多多沒有拿到錢的老人的目光。

走遠以後，我和余沛江都有點感慨。在余父餘母那些老移民剛到美國的時候，是不是也是活得如此拮据艱難？每個社會都會慢慢分化，作為留美華人的我，每每聽到同胞的這些故事，心裡都會有一種說不出的滋味。我和余沛江決定如果這次在紐約賺了點錢，就分一部分給當地的華裔基金會。

回到酒店以後，我和余沛江就馬上打開啤酒，接著就開始在各大報紙和網站論壇玩起「我們愛找碴」的遊戲來。在這個充滿物欲的龐大鋼鐵森林裡，帶著指向性刻意四處留意小眾資訊的我們，竟然還真挖出來不少古靈精怪的傳說故事，以及在暗網論壇裡流傳的幾個案子。這裡面，有大半都是跟紐約的龐大地鐵網有關的。而坐地鐵的群體，除了布隆伯格市長這些親民官員以外，常客自然就是貧苦大眾了。

首先我們看到的是一個有趣的獵奇新聞。據說，在 2004 年，威利．康乃爾藥學院的專家對紐約城的 486 個地下鐵站開展了一次大規模的 DNA 採集行動。後來結果公布，他們不僅發現了來自海洋生物，人體皮膚，還驚訝地查出了能致人於死地的炭疽和黑死病桿菌。這還不是最令人震驚的。在採集回去的 DNA 樣本裡，只有一半是人類已知的有機體，而至於另外的一半……沒有人知道是從哪裡來的。

另外，在紐約流傳著一些關於流浪漢深夜消失在地鐵鐵路，從此再也沒有出現過的傳說。有人覺得在地下鐵路網不為人知的深處，有一個地下社群，裡面都擠住著紐約最為貧苦的階層，那些消失的流浪漢可能找到了這一個地下城的歸宿。也有人聲稱曾經見過雙爪鋒利，頭似鼴鼠的人形怪物一閃而過地出現在龐大的地鐵森林裡，那些人很可能已經成為盤中之餐。

我和余沛江透過暗網查詢到，在紐約的地下，其實還有一個被人們稱為「Underground City of New York（紐約城下之城）」的地方，是只有露宿者和我們一些「同行」才會知道的地方。聽說在這個城下之城，還有不少神奇的物品（包括武器）出售，魚配薑的獵奇癖又犯了，問我要不要一起去看看。

我說：「大哥，找案子開源也是你說的，可是你現在主動去鑽地下鐵路耶，愛去你自己去，可不要扯上我。」

「可是聽說有一個暗網論壇在集資獵殺一個網民稱為 Mole（鼴鼠人）的怪物，現在這個集資金額已經達到了32個比特幣。而據說很多人都目擊鼴鼠人最後是消失在地鐵站裡的。」

「那現在比特幣對美元的匯率是多少？」

「我剛查了一下好像是1比特幣兌 1,605 美元左右吧……」

我立刻站起來到行李箱去找襪子：「趕緊收拾好出發啊！你還躺在床上幹什麼！」余沛江真是哭笑不得了。

出門以後，我問他：「紐約城這麼大，光是曼哈頓中下城、布魯克林和皇后區加起來都已經上百個地鐵站了，而且還不包括上城、哈林和布朗克斯。你說這個地下城，知道是在哪個區嗎？」

「網上知道具體位置的同行並不多，而且聽說這個地下社群是移動的，為了躲避耳目和追捕，而且之前發生過暴雨雨季導致雨水倒灌地下鐵路，導致地下社群差點完全曝光。不過根據去過的人說，他們每次都要尋找，但是這個移動社群多半會在曼哈頓島上，而且有幾次都被確定在中城附近。」余沛江說。

我看了看我們所在的 Bowery Street（包厘街），最近的地鐵站是 B 號線和 D 號線的 Grand Street

（格蘭街）站，我和余沛江商量著，地下社群的入口肯定是一些不大有人搭乘的小站，所以所有換乘站都可以先排除掉。最後我們決定從A、C、E藍線經過的23街站進去。

紐約城地鐵二十四小時通車，只不過在深宵時刻通車頻率會下降。在地鐵線上的黑色實心小點是小站，白色空心小點是大戰或者換乘站，深宵列車大多會把小站都跳過，只留一條線隔很長時間才會進站停靠。我和余沛江找了一個酒吧待到午夜過後，然後背上一個小行囊，刷我們買的七天MTA通票（地鐵和巴士）進了藍線的23街站。

紐約地鐵有一個好處就是出站的時候是不需要刷票的，所以不會有工作人員發現乘客長時間沒有出站。在這項城市基建的硬體設施方面是絕對比不上國內的，沒有玻璃門把乘客和軌道隔開，沒有保護措施，而且許多站臺都非常陳舊而且沒有斜坡，個別站臺連升降機也沒有，對需要乘坐輪椅的乘客是非常不方便的，而且軌道上也有被人拋落的垃圾。我和余沛江前天從時代廣場往回趕的時候，也是已經過了午夜，我們剛到火車軌中間，那些堆著廢棄洋芋片包裝袋和速食店汽水杯的枕木上，爬了好幾隻老鼠，而且完全忌憚有人站在站臺上，只是地鐵進站的時候，才「吱吱」地叫著四散逃開了。

但是，我還是覺得在鐵路網路以及運作系統的設計上，紐約城地鐵真的很先進。且不說它已經運作了一百一十多年，單從那種站臺軌道多線共享，軌道分叉以及同時進站的軌道分流這些東西，就比許多國家地區的超一線城市中複雜的鐵路網依然是單軌單線單站臺這種模式好很多。

剛好，現在站臺裡沒有人，站牌的數字顯示器上寫著下一班車會在五分鐘後過站，並不停靠。

這足夠我們跳下去了。可是走到月臺邊上的時候，想到那些尿騷味以及老鼠湧動的場景，我又有點想臨陣退縮的。余沛江催促我跟上，一起跳下去。我望了他一眼，看在他都為了我和盈盈耽誤了看望家人的份上，還是盡力克服自己對耗子的恐懼，跟了上去。

我們從月臺的盡頭，跳了下去。趁著現在沒有人也沒有車，我們趕緊快步朝著月臺北端的黑暗處跑去。心理暗示這東西其實還是有作用的，我一邊跑一邊在心裡暗示對地下社群的好奇要壓制對各種髒東西的恐懼，慢慢地果然沒那麼害怕了。

我們必須盡可能地貼著邊行走，而且不能使用任何照明，不然就會有可能被司機或者車上的乘客發現我們。我們在黑暗中伸手不見五指地往前走了幾百公尺。突然間一陣強光打了過來。有列車過來了。我和余沛江趕緊轉身避開直視那些燈光，然後找到離我們最近的遮掩物或者凹洞躲進去。

列車發著「晃盪晃盪」像是隨時脫軌的響聲飛馳了過去，掀起了一股夾帶著臭味的強風。列車過去以後，我們趕緊打開手電筒四周看清地形，看看有沒有鐵軌不經過的岔路或者排澇洞之類的東西。然而除了一些裸露在外的電纜以及偶爾會發現的一個修理室，並沒有讓人興奮的發現。走著走著，我們就走到下一個地鐵站了。我們看了一眼，幸好這個小站也是沒有人在深夜候車，我們快速貓著腰衝了過站臺，重新紮進了黑暗中。我隱隱有點感覺，我和余沛江已經變成了兩隻鐵軌上的耗子了。

我們一口氣沿著鐵路找個三個站，然而毫無斬獲。其中一個站臺內我們看到長椅上睡著一個衣衫襤褸的流浪漢，還有一個聽著歌正在候車的青年男子。我們一直躲在暗處等到他上車離開了，才敢衝過月臺。

一共找了五個站以後，我們決定回酒店睡覺。在接下來的四天裡，除了有一晚我們去 AMC 看了場 DOLBY 杜比視覺音效的好萊塢大片以外，其餘三天我們都是白天一副正常的遊人打扮到處吃吃喝喝遊山玩水，晚上則變成兩隻老鼠在鐵路到處亂鑽，有一次還差點被工作人員發現。我們摸摸口袋裡溫蒂送給我們的隱身符，還是捨不得用自己的生命來隱身幾分鐘。

我已經非常動搖了。現在的我也不知道是該相信它真的藏得很深所以至今沒有曝光，還是說這世界上根本沒有這玩意兒。余沛江也垂頭喪氣，快要放棄了。第五天晚上，我們猜拳決定還去不去。余沛江代表去，我代表不去。

一，二，三。我出了剪刀，他出了布。

「OK，行了，不去了。」我一拍手掌，總結道。

「……還是三局兩勝吧。」余沛江老是不想完全放棄那丁點希望。結果後面我連輸兩局，結局改變了。不過我知道既然他還是有點想去，如果今晚我們堅持不去，他之後肯定會心心念念嘮嘮叨叨的，還是順一下他意再去一晚吧。

這幾天裡，我們幾乎把所有顏色的大線都溜了一遍，就剩下最靠近我們旅店的這條 B、D 橙色線還沒走過了。這下更好，等下收工的話更近一些。

有時候命運就是這麼愛捉弄人，兜兜轉轉找了一大圈，驀然之間你會發現原來自己找的東西就在自己身邊。不過，如果沒有歷經這一大圈的曲折，人是不會意識到身邊之物是多麼金貴的。我和余沛江開始也是想著從地鐵站下去以後，往西北的方向朝市中心走去。可是我還是堅持覺得越偏僻越有機會找到，這一回他聽了我說，我們朝著去往布魯克林的東河反向走去。當然，我這麼說是有私心的，畢竟我們不可能沿著火車軌穿越整個東河河底，等下走兩個站到河邊了，就要往回拐，然後就順理成章地收工了。

可偏偏就在快到河邊的時候，我們在黑暗中突然聽到了牆邊有一些輕微的響動。我的第一反應是老鼠。儘管這幾天我們見到了不少，但一想到這種骯髒的小生物我就全身起雞皮疙瘩，神經緊繃。然而出乎我們意料的是，在牆邊一個完全沒有門的地方，居然有一個石板塊被慢慢搬開，從裡面走出來了一個人！

在此刻見到這個寒酸破爛的露宿者，我和余沛江喜出望外，簡直像看到了親人一樣。那個從裡面剛出來的人，見到我們兩個也很是錯愕。不過他很快反應過來，把門讓開給我們進去。我正想禮貌地說句謝謝，他馬上把食指放在嘴唇前做了個噤聲的手勢，然後比劃著讓我們直接進去。我恍然大悟，地鐵隧道回聲大，要是說話的話很容易被發現。

我們微微弓身走進了那個石門，然後和那個流浪漢一起把石門關上了。那個石門是有軸輪的，所以關上並不像想像中困難。石門關上以後，是一片濃得化不開的黑暗，幸好現在我們可以照明瞭。洞口內的隧道非常小，一個成人是肯定要彎著身慢慢進去的。這一次我搶著走在前面，余沛江向我投來讚賞的目光，其實我只是以防萬一他突然放屁而已。

我們能感覺到這個隧道其實是一直往更深處挖的，走了幾十公尺以後，我們已經幾乎像是在滑滑梯一樣，也不知道剛才那個人上來的時候是有多艱難。大概走了三分鐘左右，我們就看見前面有光了。

希望被一點點放大，我們加快了腳步。在轉過一個彎以後，傳說中的地下之城展現在了我們眼前。乍一看，其實就像個繁星之下的地下棚戶區，許許多多被支起來的帳篷以及挖出的小洞窟中，大約有個幾十人的小社群在地下運作著，人來人往，有人發現我們進來了，打量了兩眼，和我們彼此微微頷首，然後又回到自己的事情上去了。在這個像一個地下廣場的空間裡，高度約莫是兩公尺，我們終於可以直起身子了，天花板上掛滿了星星燈，就像是有時候在街心公園看到纏在樹上的那種，就像一片明亮的星海。

說實話這裡的條件實在不怎麼樣，有些帳篷就是各色尼龍袋剪開拼湊起來製造封閉空間的，很多人從衣著和頭髮鬍子來看，多半都是丐幫成員，但和我們在地面上看到的大多數人不同的是，他們的臉上似乎並沒有掛出那些落寞和失意，反正這裡莫名有一種讓人愉悅的氣氛和感覺。他們當中有些是幾個人三五成群，有些則是整個家庭都落腳在了這裡，我和余沛江能透過帳篷的門簾看到裡面有幾個孩子正在熟睡。進來這個地方以後，我記起了之前看過的一則新聞，是關於墨西哥邊境一個地下唐人街的，那些都是在偷渡半途因為各種原因滯留下來的黑戶。

在墨西哥靠近美國的北部城市墨西卡利（Mexicali），那裡就有一個住滿了華人勞工的地下中國城，這些在當地社會看來有點離群索居的黑戶，在一些棚戶區以及廢棄的地下隧道，創造出自己的隱性文化社群。在採集回來的一些照片中，我看到了一個地下室，那是被一個疏通河道的勞工稱為

「家」的地方，裡面只有一幅高掛的五星紅旗，以及一鋪滿是潮氣的床褥。因為地下隧道被廢棄，要進入地下唐人街，就要通過地面商鋪的後門，從樓梯下去。那裡面不僅有地下賭場，還有算命測風水的，大排檔，以及出租供居住的地方，等等。

其實大家都不容易。但像我們找尋這個地方時一樣，咬著牙撐下去，說不定就會到達彼岸。

我和余沛江開始尋找那些傳說中同行的接洽點，以及醞釀著怎麼著手去追查鼴鼠人的下落。隨著我們越走越深，也有越來越多的人開始注意到我們，我們稍顯尷尬地跟他們打著招呼。這時候，有一個鬍子拉碴但是眼睛炯炯有神的大叔靠近我們，低聲問了一句：「Gamblers？John？（賭客？約翰？）」

我愣了一下，搖了搖頭，然後趕緊接上一句：「Hunters（獵人）.」我轉過頭，在余沛江耳邊輕聲問：「為什麼他要問我是不是約翰？」

魚配薑被我逗樂了，他忍俊不禁地說：「他剛才問你是不是嫖客。」噢，原來如此，長知識了。不過居然有人會為了抖幾下而專門跑到這麼髒的地下來也是有點匪夷所思。事後我才知道這只是同行一個試驗同行的小把戲。那人把我們帶進了一個破破爛爛的尼龍帳篷，裡面有幾個看起來像是被褥床鋪的東西。那個人從帳篷的另一頭掀開，還有一個小暗門，他把我們留在這裡，就出去了。出於禮貌，余沛江敲了幾下，再推門進去。

這裡面就又是另一片天地了。首先進入我們視線的，是有裝飾有家具的一個大廳，蠟燭和電燈一起托起這一方光明。我們的正前方有一個小小的吧檯，上面放著幾瓶已經用了一大半的基酒。但是這裡居然連一個人也沒有。我和余沛江問了幾聲，也沒有人回應。

於是，我們大著膽子在大廳裡四處打量和閒逛。這裡足有三百多平方公尺大，很難想像在那樣一個半身小破門後會是這樣一個地方。大廳的牆上掛著一些有帆布或者羊皮製的地圖和油畫，那些古老制式的地圖我們並不知道指的是什麼地方，不過那些畫我能看出來是一些被獵人狩獵的怪物，以及有名的獵人頭像。靠牆的地方還有一些櫃子，一個玻璃門的展示櫃裡面放著一些小物件，一個帶著黑白碳畫人像的吊墜；一枝筆頭已經彎曲的鋼筆；一個看起來很有歷史，已經爬滿銅綠的硬幣，等等。展示櫃的旁邊有一個書架，上面的書居然有至少八成是手寫的，即使不是手抄本或者筆記，那些密密麻麻的花體字母也爬滿了書的原文。英語不是母語的我在辨認手寫體的時候多少都會比余沛江要吃力，不過我也勉強能看懂一些。原來這些都是同行們的心得筆記以及驅魔日誌，跟我們平時不離身的余父的札記是一樣性質的東西。

就在我和余沛江坐在陳舊的泡沫球椅上一頁頁翻得入神的時候，有一個人已經不知從何處走進了大廳，可是我們全然不知。等到他說話的時候，我們都差點被嚇得跳起來：「不好意思，剛才我在裡面修理一些東西。」

我和余沛江連忙把手中的書放回書櫃，然後過去跟來者握手。這是一個看上去應該快邁入不惑之年的眼鏡大叔，濃密的捲曲絡腮鬍，自帶中年學究的書卷氣。

我和余沛江表明了身分。這個叫魯瑟斯的眼睛大叔只是輕輕一笑：「我知道，不然這房子兩個入口隨便一個你們都進不來。」他指了指我們剛剛進來的矮門，以及吧檯的方向。我這才知道原來吧檯後面有條很窄的小樓梯，直通上去的。那樓梯的上方，可以通到一個三面都是網格鐵壁的下水道口，沿著鐵梯再爬上去就是曼哈頓一個酒吧後巷的井蓋。

想到我們過去幾天像老鼠一樣亂竄，此刻的我是想撞牆的。不過我不是很懂，為什麼他說如果我們不是獵人的話進不來這裡。經過他解釋，我們才知道原來那扇門上是有一個圓陣的，如果身上沒有沾染過怪物的氣息或者血液，是進不來這裡的。

「第一次來的吧？說吧，你們想換什麼？如果知道的那就自己進去拿，或者說名字我幫忙找也可以。」魯瑟斯說著，在牆裡摸了一下，然後找到了一個什麼東西，用力往外一摳，牆就像是被拉開的雙開櫃門一樣，露出了一個小儲物室。小儲物室裡放滿了各種稀奇古怪的東西。在儲物室的門口、裡面的地上以及天花板上，都用紅色的噴漆劃了幾個一模一樣的圓陣。魯瑟斯告訴我們，進去的話必須是一物換一物，不然不僅人出不來，而且分分鐘會有生命危險。他用一種像是隔壁後院種了花一樣的平靜語氣說：「上次有個人想作弊，從裡面把東西丟擲來，結果他把自己整隻手臂都拋了出來，而那件東西還掉在圓陣裡。」聽完以後，我和余沛江都倒抽了一口涼氣。

余沛江笑了笑說：「其實我們不是過來換東西的，我們是想打聽一些消息而已。」

「哈，原來是這樣。來，過來喝一杯吧，收你們便宜點。」他大大咧咧走向吧檯，也沒把儲物房的門關上，「你們如果想看的隨便進去看，沒事的。」

「我們想打聽一下，鼴鼠人的下落。」余沛江開口了。在他講完以後，我隱隱感覺魯瑟斯的腳步慢了一慢。不過他進了吧檯，面對著我們從洗手池旁邊拿出乾淨杯子的時候，表情沒有什麼改變，還是一臉和藹的微笑。他說：「你們是想獵殺鼴鼠人嗎？」

「呃……對。聽說它已經犯了好幾個案子，在網上論壇都出暗花了。」

「你們在它身上做過調查了嗎？」他給我們用幾種基酒和果汁混成了雞尾酒，給我們拿過來。

「是的，不過還是想多了解一下，看到的資料裡說鼴鼠人幾次出沒在地鐵站然後消失，而我們現在又是在紐約的地下……」他喝了一口飲料。不過剛才看到魯瑟斯的反應，我留了個心眼，沒有去碰那杯東西。

慢慢地，我們就聊起了關於鼴鼠人的故事。

第一次有人發現鼴鼠人，是三年前在布魯克林。當時發生了一起車禍，一個電纜桿被撞斷了，導致部分街道小規模停電。有一個青年居民拿著電腦和滑鼠從房間走出客廳，滑鼠底部射出的紅光無意中掃到了角落裡，角落裡反射回來兩道精光。那個居民在紅光中看見了鼴鼠人，他嚇得馬上扔下電腦衝出了家門。等到他把警察叫回來的時候，鼴鼠人已經消失，廚房一片狼藉，不過倒沒有什麼大的損失。

後來，越來越多人發現鼴鼠人出沒了。有人聲稱看見一個長得很像鼴鼠的人形動物深夜消失在一個地鐵站裡；有人說他們家裡不止一次闖進了鼴鼠人，把他們家搞得天翻地覆，他們全家不得安寧。

還有一樁說起來不大光鮮的。大學裡有學姐抓弄剛入學的新生，餵她喝了杯加安眠藥的飲料後，在藥效發揮作用前把她關在放清潔用具的房間裡過夜，而且還悄悄等她睡著以後畫花了她的臉。第二天學姐去放人的時候，卻發現學妹已經被放出來了。她們回到那個小房子，拿下藏在裡面的攝影機。回去以後，她們竟然發現在接近清晨的時候，有一個滿頭毛茸茸的人走進房間，用舌頭一下下在她臉上舔著畫在臉上的唇彩和眉筆。她們尖叫地抱在一團，畢竟學妹安然無恙而且不知道發生過這件事，再加上自己有錯在先，所以她們沒有敢正式報案。只是後來在靈異論壇裡發了一個文，被我們剛好看到了。

接下來我們了解到的，就開始讓人不齒了。有鏡頭拍到鼴鼠人在深宵搶劫了一個高速路口的加油站便利店，還把店家殺死了。另外，還有人到警局報案，稱有看見長著人身，頭和四肢都是像是鼴鼠的凶手搶劫了一個當地聲名狼藉但未有證據逮捕的毒販，還殺害了毒販全家。諷刺的是，報案者是毒販過來探望兒子的媽媽，她一直以為兒子只是賣電器的。警察立了案，不過案件描述的只是一個可能穿著劇場道具的變態殺手。

鼴鼠人最近的一次作案，是在上上週，涉嫌在一晚之間糟蹋了三個結伴去夜店的三個女大學生。那三個女生裡，有一個已經精神崩潰。

說完這些以後，我們拿出了那些證據影片、網路上的照片以及論述的截圖。魯瑟斯和我們沉默了好一段時間。過了良久，他才說：「那個鼴鼠人，我的確見過。不僅如此，這洞裡幾乎所有的流浪家庭，甚至有幾個你們的同行都見過他。他有時候會到我們這裡來，但並不和我們待在一起，他有自己的巢穴。」

聽到這裡，我和余沛江也有點發愣。既然他的存在為人所知曉，而且裡面還有我們的同行，那麼為什麼他到現在為止都還沒有伏誅呢？我們並沒有從魯瑟斯這裡得到答案。

他一拍大腿，站起了身說：「現在也晚了，我需要去休息了。如果你們想在這裡將就一宿的話請隨便，免費的。我這裡其實就相當於一個獵人的祕密會所。你們在做什麼其實我不大方便干涉或者評論，這是行規，不過其他一些我能幫上忙的東西，你們可以跟我說一下，能配合的地方我會盡量。」說完他就轉身，又像變魔術一樣在牆體裡拉出一扇門，走了進去。

我和余沛江面面相覷，不知道是什麼情況。有一點我們可以確定的是，這個鼴鼠人在這個地下世界似乎名聲並不大差。我們想著明天等外面的流浪漢醒來了，再想方法打聽一點消息。白天外面人多不方便進來，我們還是在這裡將就一下算了。我們用兩本獵人的手記充當枕頭，躺下的時候我心裡想：要是有多啦A夢的記憶麵包就好了。

一夜無夢，而且我們意外地睡得很沉。第二天醒來的時候，屋裡一切沒變，當然了，這裡又沒有窗戶，唯一還在流動的只有時間。那面牆還是嵌合著的，也不知道魯瑟斯在不在。我看了看錶，幸好不是太晚，外面的人應該醒了。我叫醒余沛江，兩個人從來時的門走了出去。

這個「流浪者部落」比昨晚冷清多了，可能大多數人都到外面餬口去了吧。有幾個留守在這裡的人正在整理他們為數不多的家當。我和余沛江上去大大咧咧一屁股坐在地上，跟他們瞎扯了起來。這些人雖然物質不富裕，但精神還是富足的，起碼很健談很樂觀。我們刻意把話題引到了鼴鼠人身上，問他們知不知道這樣的傳說，有沒有見過之類的。跟昨天魯瑟斯一樣，當我們一談到鼴鼠人的時候，我那敏銳的第六感就告訴我，氣氛開始怪異起來了。

我和余沛江心照不宣，他們是知道鼴鼠人的，可是他們在努力不動聲色地把我們的話題引開，表現也有點生硬。最後，我們不得不結束這種遊戲，直截了當地問他們知不知道鼴鼠人的下落。跟我們交談的六七個人中，有兩三個說直接說沒聽過也沒見過，有兩三個則有點支支吾吾，說他們不認為傳說是真的。其中一個說：「不管鼴鼠人是不是真的存在，不一定就是壞人吧。」

既然人家不說，我和余沛江總不能拿著刀架在他們脖子上逼著說。我們道了謝以後，余沛江來了一招以退為進，讓我把口袋裡所有一塊的零錢都掏出來分給了他們幾個，然後告辭。不過他們只是真誠地謝過了我們，說著一些「上帝保佑你們」的話，卻沒有要鬆口的意思。

因為現在是白天，而且還是早高峰，從地鐵月臺出去的方法是行不通了，於是我們從魯瑟斯說的另外一條路回到地面上去。從下水道上去說實話好不了多少，那些網格鐵壁是用來攔住雨水夾帶進來的垃圾的，上面堆滿了各種生活垃圾，甚至還有已經發臭的老鼠屍體。整個下水道瀰漫著一種讓人窒息又想吐的沼氣味道。我們快手快腳爬了上去。原來這是小義大利附近的一條後巷。我們默預設住了這個井蓋。

我們開始往唐人街方向走回去。我和他一路上也在低聲商量著這件事。我們都覺得那些流浪漢事實上全都知道鼴鼠人，而且說不定跟他還多少有點交情。綜合起魯瑟斯跟我們說的那番奇奇怪怪的話，真是感覺很詭異。

余沛江說：「尤其是昨晚魯瑟斯說有幾個獵人曾經和鼴鼠人打過照面，可是卻沒有殺死他。這裡面一定有原因的，要麼就是他太厲害，要麼就是他有可以讓獵人放生他的理由。」

我說：「我看多數是屬於後者。或許是他那時候還沒有殺人。」余沛江贊同地點了點頭。可突然之間，他用力抓住了我的手腕。他的動作不大，但我能感覺到他的身體正處於一個警惕戒備的狀態。他用氣聲跟我說：「我發現好像有人在跟蹤我們。」

我也不至於蠢到馬上次頭看。本來打算回酒店的我們改道了，胡亂晃了幾條街以後，我們證實了這個猜想。我們隨意地走進了一家街頭轉角位的茶餐廳，點了個厚切西多士奶茶套餐坐下，余沛江到櫃檯買了份臺灣編輯全美發行的《世界日報》打開來看，我一邊吃東西一邊用手機打麻將。

我們坐了約莫半小時以後，再回到街上亂繞了幾圈。余沛江鬆了一口道：「可是是我多心了吧。」然後，我們回到了酒店。一關上房門，余沛江就開始子啊行李箱裡面翻找什麼東西。我想走過去把窗簾關起來，余沛江制止了我。他說還是以防萬一，不要讓別人有機會找到我們。於是，我們直到梳洗完重新出門，都沒有走近窗戶。出門的時候，余沛江讓我帶上了一把銀製的武器。

前幾天我們在尋找那個地下城時的白天，都到曾經鼴鼠人出沒過的地方仔細觀察過。我們總結了一下那些地方的特點以及預測如果鼴鼠人下次出現會大約在什麼地方。上面那些他出現過的地方裡，只有一處是鼴鼠人不止一次去過的，而且根據案件的描述，就好像鼴鼠人需要在那裡找些什麼似的。看起來，他要找的那樣東西，現在還沒有找到。這看起來可以成為我們的一個切入點。

我又利用了我的職業特點，查了一下那個房子的消息。沒想到竟然讓我查到了一個對我們很有利的情報。這個在三樓的房子是出租狀態，而且是剛剛租出去的。房子的主人不堪騷擾，決定搬走，是最近才把房子放出來租賃的，上兩個星期有租客交了押金，不過約定入住時間是下週，所以現在房子還是空置的。如果鼴鼠人還需要回到那裡去找東西，說不定還會去一次。這幾週正是他的黃金時間。我在紐約州的房產局調出了那一份租約，上面約定的業主遷出時間剛剛是這一週，就在前天。所以從前天到入住日期，大概有七天時間是鼴鼠人有可能出沒的時間。

我們決定去到那個房子附近蹲點，等著鼴鼠人出現。可是就在我們一走出酒店的時候，余沛江那種不安的感覺又出現了。他說他還是感覺有人在某個暗處盯著我們。

「你覺得可能會是鼴鼠人嗎？」

余沛江輕輕搖頭：「按照鼴鼠人的長相，他也不能大搖大擺走在大街上的。所以要麼就是他特別能隱藏，要麼就是我們還有另外一個敵人。」

不管怎樣，我們現在朝著那個目標的房子走過去。一路上，我們都低聲商量著如何處理這種情況。我提出了就在那個房子對面馬路餐廳街的後巷伏擊他。余沛江想了一下，然後點點頭。

那是一個「回」字形的餐飲一條街，在東北和西南方各有一條單行道窄巷，中間有一個小廣場，有幾個停車位，也有垃圾池供商家放置垃圾，一般員工們在休息時也會出來透氣抽菸。現在差不多是晚高峰時分，廚師們沒有空出來，那裡目前是空無一人的。

我們走了進去，然後快步走到車後躲了起來。我們都抽出了刀子。

那個尾隨者的腳步聲漸近了，我們緊張地從車的後視玻璃朝那邊看去。可是腳步聲突然就消失了。過了漫長的一分鐘，兩邊的後巷都沒有人出來，也沒有任何聲響。我和余沛江把刀子藏在了手心，一點點走出去看。

我們走了沒兩步，就在一瞬之間，我們剛剛躲藏的車頂傳來一陣聲響，我們轉過頭的時候，一道飛快的身影已經自上而下對著我們攻來。沒有空看清來者是什麼，我們先要自保。兩輛車的間距太窄不夠我們閃開，我們只能笨拙地從別人的車頭向兩邊滾開，總算是勉強躲過一劫。

穩住身形以後，我看到了那個整個頭就像隻鼴鼠，雙爪有著像金剛狼那種尖銳長甲，他那要噴出火來似的眼睛正在我們兩人身上掃視，長得像豬一樣的鼻子輕輕抽動，彷彿在判定先對哪個下手。襲擊我們的正是鼴鼠人！

我鬆了一下手腳，就舉著刀主動朝他衝了上去。雖然我范吉是一個自認為比較好色的人，但最看不慣的，就是欺負女性的人。今天我范吉就算殺不了你，也要把你給閹了！

見我主動發起衝鋒，他也打一個響鼻，朝我衝過來。這些天我也是有抓緊時間練功的，對於拼刺刀的技巧也有了更多的掌握。我站穩腳步重心下沉，反手握著刀，在他朝我直插出那一排尖爪時，我一個後仰側身，扭腰的瞬間朝著他的肘關節後一寸刺過去。得手了。他像野豬一樣呵嗤呵嗤地從喉嚨深處擠出了幾聲，但硬是沒有發聲。我立刻拔刀接著就要朝他的下肋插去。余沛江已經從他身後衝了上來，也插向他的另一邊。他刺出去的爪來不及收回，只是用力往下一撥，打在我的後背把我掃開，我朝著一輛汽車的車頭撞了過去。不過這下，鼴鼠人可算是真真切切地兩肋插刀了。

余沛江和他激戰了起來。我撞在車前的保險槓上，幸好只是肩膀，沒有什麼大礙，不過也是痛得要命。我揉著肩膀，趕緊站起來，想再衝回去。可就在這個時候，我突然看到，就在我們剛進來的那條小巷外面的公路上，有一個井蓋被移開，裡面有一顆頭露了出來正在東張西望。那竟然還有一個鼴鼠人！

我和余沛江之前都完全沒有想過，我們要對付兩個鼴鼠人。然而那個鼴鼠人似乎並不知道這裡發生了什麼，只是直勾勾地看著路口。原來他才是那個要闖進民居的。他看到四下無人，手腳俐落地從井蓋裡爬了出來。就在他把井蓋挪回原位的時候無意中往這邊看了一眼。在看到我以後，他露出了一種驚訝的神色。雖然我和他之間隔著有十幾公尺的距離，不過我一下就發現了有什麼不對勁。從井蓋裡剛爬出來的鼴鼠人，他的雙眸跟眼前這個正和余沛江拳來腳往的鼴鼠人不一樣。那個後來出現的鼴鼠人，他的眼睛就像是家養狗狗那樣，整個瞳仁都是黑色的，而且眼裡沒有任何殺意，然而這個鼴鼠人的眼睛跟我們人類的長得很像，而且充滿了置人於死地的狠毒。

這時候，余沛江剛剛一腳把他踹開，鼴鼠人也飛向了我這一邊。余沛江緊隨而上，要再搶攻一輪。我連忙跳開，跟余沛江一起夾擊過去。我再下一城，成功在鼴鼠人的手臂上多添了一個傷口。我回過頭又快速瞟了遠方那個。他的眼裡此時已經從驚訝慢慢轉變為了憤怒。他朝著我們衝了過來。

我抽身出來，拿著刀準備迎戰新加入的敵人。那個鼴鼠人衝過來以後，只是用力一揮手，把我逼退以後直撲余沛江而去。我趕緊追上去準備攻他的後背。我一刀插了上去，那個鼴鼠人似乎沒有料到我還會追上來，他痛得嗷嗷大叫，發出那種帶著莫名悽愴的聲音，他飛快地轉身一肘擊。我料到他有這一著，但還是低估了他的速度，只是堪堪避過，來不及把刀抽出來。他沒有再理我，而是繼續衝了上去。

余沛江見到腹背受敵，馬上往後跳開戰圈，不讓自己的後背對著敵人。他的雙眼同時盯著兩個鼴鼠人。可是被我插中一刀的那個好像根本沒有看見余沛江一樣，猛攻向另一個被我傷了手臂的鼴鼠人。對於這個情況，我和余沛江真是始料未及。

後背插著刀的那個鼴鼠人每一下都是拚命的招數，完完全全只攻不守。那個傷了手臂的鼴鼠人，一隻手基本處於半殘廢狀態，而且剛剛他也被我和余沛江插中下肋還有其他大大小小幾處余沛江的傑作，體力是大不如對手的。然而這個重傷的鼴鼠人無論從套路技巧還是靈敏度上都甩了對手好幾條街，居然慢慢地扳平了局勢。我和余沛江站在一邊，不知道應該怎麼做才好。

很快我就拿定了主意。既然剛才後來的那個對我們不像是有惡意，那我們先把那個襲擊我們的搞定。想好以後我就衝了上去。我沒有跟余沛江說話，不過他也跟了上來。我躲開兩個鼴鼠人來來往往的利爪，一下抱住了敵人的腿，用力一拉，余沛江也在那邊幫忙，朝著我這邊往他肋上的傷口又加了一腳。那鼴鼠人痛得咬牙切齒，不過還是沒有吱聲。他還是失去了平衡，朝我這邊倒下來。我閃身到他背後，手腳並用，雙手箍著他的脖子，雙腿從他腿間往外岔開再翹回來，鎖住他的雙腿。倒在地上的鼴鼠人整個腰一用力把我使勁撞向地上。我感覺肺都要被撞穿了。就在這時候，我的胸前莫名有一股煙冒了起來，我抱住的鼴鼠人開始劇烈地掙扎，而且這一次終於叫出了聲，是一把男人的聲音，一開口就是使勁用英語問候在場左右人的祖宗上九代下九代。

本來我夠痛了，耐不住他用力掙扎，還是鬆開了。他馬上像一隻炸毛的貓一樣跳開，齜牙咧嘴。不過他衡量了一下戰況，還是決定逃跑。

背上還插著刀的鼴鼠人像是預知他會逃跑似的，在他轉身的一刻就已經像卯足了勁一樣跳上去一下子就把他擒住了。他騎在炸毛貓上面一爪一爪地插下去，這架勢完完全全就是對待一個殺父仇人的節奏。

「用銀刀！」余沛江喊了一句，然後自己就衝上去了。我也換了自己的武器，跟著衝上去。剎那之間，奇怪的事情發生了，被騎在身下的那個鼴鼠人突然間所有的毛髮都消失了，雙腿縮小，裸露的尖爪變回了一個白人男性的雙腳。余沛江動作比我快，他一下就把銀刀貼了上去。對，他沒有插進去，而只是貼在他的皮膚上。他原本已經被鼴鼠人攻得失去力氣不再抵抗的身體重新開始劇烈地痙攣，余沛江得到了確認，毫不留情地扎在了他的小腿上，一路拉下來，把他的腳跟挑了。刀所到之處，一片青煙升起。余沛江咬著牙蹦出了幾個字：「這傢伙不是真的鼴鼠人，他是一個骯髒的易形行者。」

那個鼴鼠人見到我們這樣，自動自覺地從仇人的身上離開了。我衝上去，在他背上對準心臟的位置直插了進去。這回，他終於不再動了。

可是我們還有一個鼴鼠人沒有擺平。我抽出刀子，對準了他。我死死盯住了他的眼睛。他的眼神有點哀怨，但絕沒有要加害我們的怨毒。他擺著手，輕輕地「啊、啊」地叫了兩聲。余沛江把我拿刀的左手輕輕按下了，他說：「算了，放了他吧。」

「可，可是……」我還沒說完，余沛江就打斷了我。

不過，他是面對著鼴鼠人說的：「我相信，那些殺人的案子，不是你犯的，是嗎？」鼴鼠人聽懂了他說的話，用力地點著頭。他的手在比劃著什麼，可是他說不出來。

「你會寫字嗎?」余沛江問，鼴鼠人看了看自己的雙爪，點了點頭。余沛江繼續說：「那你和我們一起把這屍體拖到下水道去，然後解釋清楚，如果我們覺得合理，就放了你。」

鼴鼠人想了幾秒以後，點頭答應了。我也不知道，為什麼他會這麼聽話。我們開始清理現場。就在我們開始抬起地上那具屍體時，我只感覺自己摸到了什麼滑滑的東西，然後「噗」一聲，屍體又掉在了地上，我和余沛江拿著的只是一張質感跟透明的燒仙草差不多的人皮！

余沛江讓我先拿著那張人皮，他再去抬屍體，這回總算是抬起來了。這個後巷也有一個排澇的下水口，鼴鼠人這時候已經幫我們把井蓋搬開了。我和余沛江先把屍體和人皮都扔了下去，然後跟在鼴鼠人後面也下了去。唉呀媽呀，又要問這噁心的沼氣了。

在用磚砌起來的下水道壁上，鼴鼠人開始用他的指甲給我們回答問題。屍體和皮就拋在下水中仍它流走。

慢慢地，鼴鼠人的回答以及余沛江關於「易形行者」的解釋結合起來，事情就開始變得清晰了。易形行者是一種暗夜生物，皮膚怕天然的太陽光，一般都只會在晚上活動。他們會換皮移骨易形，一般只要吃下對方身體的一些東西，就算是毛髮或者指甲都行，就能長出新皮和骨骼生長移位，變成對方的模樣，就連聲音也能模仿。但也不是說他們能隨意更換外形的。每一次換皮他們都會經受莫大的痛苦。每次新皮長出來的時候，他們的舊皮就會剝落，像我剛才手中拿著的那種那樣。但是他們還有一個能力，就是在緊急情況的時候，有另外一種類似於仿生能力地易形，在遇到極度危險時，可能會轉瞬變成過去模仿過最強的模樣，或者變成正在給予自己致命威脅的對方。這種模仿會成為一種印記，而且持續個一年半載。

這個易形行者之所以剛才變成鼴鼠人，就是這樣的情況。根據鼴鼠人自己的表述，他的確沒有犯過我和余沛江看到的那些殺人案。以前他只是一個活在紐約城地下的一隻「過街老鼠」，孤獨沒有朋友，也不敢見人，只是在深夜的時候出來覓食，偷點人類用的小東西回去。

可是後來，他意外地發現了那個流浪漢和獵人的城下之城，那裡的人也發現了他，但是並沒有排斥他，而是跟他做起了朋友。他很感激有人能陪伴他，偶爾也會到地面上偷一些東西回來送給他們，流浪漢有時候上去買好吃的回來，也會分他一份。

慢慢地，鼴鼠人覺得人類是好的，他嘗試著和地上的人們打交道，可是大家都不接納他，不僅害怕他，還攻擊他，甚至要把警察叫來。他又回到了地下。他還是跟地下的人保持著連繫，但重新開始了離群索居的生活。那個用滑鼠照到他的人，看見的的確是他，他當時已經餓了兩天，逼急了才翻進一個人家裡找吃的。那個舔女生臉的也是他，不過他並不是要做什麼。因為如果人在睡著的時候被畫花了臉，很有可能靈魂會認不回來自己的身體，靈魂回不來的話那個人就有可能再也醒不過來了，必須在翌日太陽昇起之前把臉上的東西擦掉。他當時剛好在附近，從窗戶裡看見有人把女生關進清潔房，他才會萌生去救她的念頭。

至於那個他三番四次闖進的，就在對面的馬路的民居，只為了拿回一件東西。那個房子在業主一家搬進去住之前，是屬於一個女生的，一個他喜歡的女生。那個女生是一個身世很可憐的人，但是心地很善良，經常一個人深夜出現在街頭，給流浪者派一些食物。他在碰到她以後，每晚都在暗處目送她回家，確保她的安全。慢慢地，他喜歡上了她。可是後來，她因為憂鬱症自殺了。她死的時候，脖子上少了她平時一直戴著的項鍊。他一直想回到那個房子找回那條項鍊，可是他一直沒有找到。

在牆上寫字也是不容易，他一邊比劃一邊寫又一邊畫，我好勉強才總結出這些故事。不過我一直留意著他的眼睛，他的眼睛裡，不曾有過一絲殺意。

余沛江問鼴鼠人為什麼一定想殺易形行者，之前發生過什麼事情。

鼴鼠人聽到這個問題，雙手抱頭，一屁股坐在了地上。我看到我一直留意著的他的雙眼裡，此刻泛起了一些漣漪。他竟然流淚了。

等他終於慢慢平復了一下情緒，才跟我們繼續艱難地溝通起來。原來，他後來查清，是這個喪心病狂的易形行者，搶劫了女孩的前男友以後又偽裝成了他，欺騙女孩的感情騙走了她為數不多的所有錢，還做了霸王硬上弓的事。他知道以後怒不可遏，終於找到他要殺了他。可是當時的他並不知道要徹底殺死他必須要用銀器，他也不知道什麼是銀。最後在鼴鼠人以為已經解決了易形行者的時候，突然發現對方發難，並且變成了自己，然後逃也似的消失了。

然後，又很意外地有了剛才的一幕。

知道了整件事的來龍去脈以後，我和余沛江真是心中萬千感慨，卻又不知道應該說些什麼了。我們只好安慰了一番，然後回到地面找了間24小時藥房，買了藥品給他整理包紮剛才傷了他的傷口。

最後，我們還是目送著他消失在下水道的黑暗之中，沒錯，我們放過了他。

再回到那個城下之城，我們懷著一種跟之前來時截然不同的心情。那些流浪漢沒有問起我們任何關於鼴鼠人的事，猜想是怕從我們口中聽到什麼不好的訊息，就連魯瑟斯也沒有問。

現在價值幾十個比特幣的報酬沒有了，下面多了兩條讓版主刪帖解除集資的評論，並且附上了故事的完整版。

然而就在同一天，我們不抱希望的事情發生了。我們回到旅館退房，準備回家的時候，我順手在旅館旁邊的櫃員機想著取幾百現金，可就在我檢視餘額的時候，帳上竟然多了五萬到帳的美元。我把明細打給余沛江看的時候，我和他都相視一笑，沒有說話。這個世界還是一個包容的世界，也是一個有人願意相信真相的世界。

第十七章　椎骨森林

我和余沛江買了機票回鳳凰城。我們決定把那邊的東西收拾好以後，就搬到紐澤西的新房子裡去。生意還是繼續接來做，但是生活尤其是吃飯這一塊，真是得到了大幅的提升。可就在我們已經把房子和工作上的事情都已經做得七七八八，就等買家過來檢驗收房然後跟亞利桑那說拜拜的時候，我們連續收到了好幾個包裹，而且我們各種連繫方式都被轟炸了。這是找我們找得很急的案子，而且肯定不會是什麼小事。事情是這樣的：

近日，我和余沛江的信箱都收到了同一段奇怪的錄音。錄音當中並沒有人講話，只有一些呼呼吹著麥克風的風聲，以及遠處一些節奏非常均勻的「嘞嗞、嘞嗞」聲，有點像鐘擺，又有點像有什麼東西在地上拖著行走發出的聲音。

發郵件的人有意使用了匿名技術，我們往那個地址回郵，系統會顯示：地址無效，郵件被退回。那個郵件沒有任何落款，就連正文幾乎沒有說明任何情況，只是附上了一個精確到小數點後好幾位的座標，以及一句簡潔到不能再簡潔的話：「Deposit Sent.（定金已付）」

同時收到一樣的郵件，一樣的亂碼寄件人地址，這讓我和余沛江都以為自己不知道什麼時候加入了一個殺手組織。反正它讓我們很不安。就在我們決定不去管它以後，連續三天裡我們收到了好幾個不同公司承運的包裹，也收到了好幾封平郵以及簽名掛號信。那裡面，居然清一色全都是錢。信裡裝的是郵局或者超市裡開出的西聯現金支票（Money Order），而寄來的包裹裡，有的是幾乎每頁紙都夾帶著鈔票的硬皮精裝書，有的是一個裝滿了25美分硬幣的存錢罐，居然還有的是用皺巴巴紙幣團塞滿的杜蘭特9代球鞋和鞋盒。我們不知道這樣的快遞，那些公司是怎麼會收件而且查不出來的，只知道這所謂定金加起來的數量，就可以買一輛全新的中配甲殼蟲加長版。

這幾天我們在飯桌上，神色都很凝重。在第三天晚上，我對余沛江說：「不如我們還是去那個座標那裡看看吧。」

余沛江點了點頭。他和我想得一樣。要是對方能知道我們的信箱，知道我們的地址，就能知道我們更多的東西。我們要是拒絕，等待我們的可能是更大的成本。而且我們收到的這一切都沒有一個返還的目的地，這幾乎就是預設了我們必須接受。在剛開始的時候我和余沛江決定聯手就是為了收人錢財替人消災，儘管現在我們做的似乎跟原先想像中的有一點點偏離，但我們救人的宗旨並沒有變。

那個座標，用GPS定位儀很快就能得到結果。對方的要求總算不是太離譜，地點還是美國大陸境內的，是位於芝加哥南邊一個多小時車程，同屬伊利諾伊斯地界的一個地點。如果把比例尺再放大一點的話，那個座標直接可以精確到一個帶著田園的農舍。

既然我們知道了目的地，那就收拾東西出發吧。我們都隱隱覺得，這一次我們都會遇到前所未有的危險，一定要做好準備。

在路上的時候我問了余沛江一個我想不明白的問題：「你說，對於物品，有被開光的也有被詛咒的，對於人，有被保佑的也有被詛咒的，可是人們通常說起的都是負面的一面，就連電影也基本上都是說負面的東西。人們都會去拍去看恐怖驚悚，卻很少有人會去拍被開光被保佑的那些東西。」

余沛江沉默了一陣，然後說：「可能還是因為負面的才更有故事性吧，被庇佑的人一帆風順，人們就會所得索然無味。就好像我們平時使用身體的每一部分，都覺得理所當然，可是一旦我們有了一個小傷口，哪怕是在平時很少使用的小拇指上，都會覺得經常蹭到痛處。出現不幸的人和事，反而引起了人們的注意，也在一定程度上更加珍惜自己現在所有的。」雖然我也不知道他到底有沒有回答我的問題，不過我覺得他說的這些挺有道理的。

既然客戶找我們找得很急，儘管到達的時候已經是晚上，我們也還是馬不停蹄地馬上跟著GPS往目的地開去。跟地圖上顯示的一樣，目的地是一個農舍。

農舍的面積很大，光是建築兩層樓加起來就有上千平方公尺，從門口的小牌坊開始，有一條自家鋪的水泥路延伸進去直達農舍。農舍的旁邊有一個鐵皮房子，猜想是用來存放農機或者產品的倉庫。

農舍外有一片很大的田園，儘管我和余沛江都是個農業盲不知道這種的是什麼，但我們都知道這挺了不起的。然而我們在見到農場主，也就是我們的僱主以後，我們才頹喪地知道原來這地裡大半是雜草。

我們敲門以後，裡面馬上就有人應答了，可是我們在門外等了好一會兒，門才被打開。從門裡出來的是個一臉慈祥的老大爺，而且還是坐在輪椅上的。他有點疑惑地從門縫裡看著我們，問我們是什麼人。

余沛江迎上前一步表明了身分，說我們是受人所託前來前來幫忙的。老頭子還是警惕地問，幫什麼忙。余沛江頓了一下，只好把我們的職業也說了出來。老頭子這才恍然大悟，連忙讓開門請我們進去。

我們一邊把門帶上，一邊自我介紹了名字。老爺子也笑著把他的名字告訴了我們：布拉德·蓋恩。看老人的穿著和神色，猜想剛剛已經睡下了，深夜打擾還是有點不好意思。不過既然老人看起來安然無恙，那我們還是明天再問比較好。

這個房子的客廳面積很大，而且和二樓是通起來的，視野比較開闊。房子的外形是防風加厚磚，不過從內部看卻是木結構為主的，一樓是深棕木地板，牆和房子內部都是木質的。從一樓抬頭就可以看到二樓的天花板上有交錯的橫梁，有一根承重圓柱是從一樓地面一直上到天花板的，在圓柱旁邊有一個像是連線一樓和二樓的升降機，不過非常簡易。可能是因為老先生腿腳原因，這房子裡並沒有看到有樓梯上去。

蓋恩老先生推著輪椅進了廚房去給我們倒冰水。真是服了美國人，只要是喝水，就一定是冰水。我又看了一眼余沛江，他自打進來這房子以後就微微蹙眉四處打量，看來又是有什麼發現了。這時廚房傳來了老頭子的問話聲，於是我就走到廚房去幫他的忙。他問我們找到住宿的地方沒有。

我說就在三英哩外的國道邊就有個看起來挺不錯的汽車旅館，我們等下就過去開房間，只是因為我們以為是緊急的情況，才冒昧這麼晚過來打擾老人家睡眠。

「哪裡的話，你們來了，我少睡一會兒也沒什麼大不了，我也好久沒有晚上有人陪著說話了。你看我這房子這麼大我也住不完，你們就留下住好了，反正之後這裡的事還要拜託你們。」

余沛江這時候也走了過來，他說：「好吧，那我們今晚就打擾了。不知道我們是住二樓還是一樓合適呢？」

「你們住二樓吧，老爺子我平時不大靈便，一樓比較亂，我很少上二樓去的，二樓之前有人整理過，還是可以住人的。升降梯在那邊。沒有那玩意，我也上不去。」

然後他就把我們領到了升降機旁邊。這種土製機器看起來真是有模有樣，天花板的橫梁有滑輪，裝了兩條承重上千斤的小型鋼絲捆繩，在一樓有一個發動機，像檔位一樣的搖桿開關就在升降機上。老頭子說他也上去給我們安排一下，於是他把輪椅推到了專門給輪椅設的卡槽裡，然後扣上了從地上拉上來的安全帶，說了一句：「扶好了。」然後就開始拉搖桿。這塊鐵板連同著三邊的矮欄杆一起在發動機巨大的轟鳴聲中緩緩上升。老爺子在上去以後，把升降機放了下來，再拉我們上去。然後老爺子領著我們去房間。本來我們是被分到不同房間的，但是因為我的房間有兩張小床，余沛江硬要和我擠在一起。

我護著胸口說：「你的取向是什麼時候變的？」

余沛江作嘔吐狀：「就你，少來。這房子有點不對勁，還是有個照應好一些。」

我問他是不是發現了哪裡不對勁。他搖搖頭說：「說不大清，但是我能隱隱感覺到這個房子很壓抑，而且有些隱隱散發的怨氣。我只能說委託我們來的人沒有錯，這個房子肯定是有問題的。」

不過趕了一天路的我們實在累壞了，澡也懶得洗了，就連刷牙也是強拖著疲憊身子到廁所去敷衍幾下的。回到房間以後，我們幾乎是比賽似的撲到床上去，而且入睡的速度堪比神級存在野比大雄。

半夜裡外面有動物在叫，把我弄醒了一下，剛好碰上余沛江正要開門上廁所。我們都習慣了無論有多累也不會睡得很死，尤其是在一個很有可能是凶宅的環境裡，我們入睡時都會把武器放在觸手可及的地方。

除了那些發情動物以外，後面還有一聲公路上拖拉機開過的聲音，猜想那是快黎明的時分。我和余沛江伸著懶腰起床的時候，猜想也是和平時差不多的鐘數。可當我去背包裡找自己的手機的時候，卻發現手機、錢包甚至連手錶以及所有電子裝置全部都不見了！

和我同時在找自己手機的余沛江也發現了這個問題，而且不僅如此。他連我們的車鑰匙都沒有找到！這樣的消息一下子就把我們的起床氣和僅存的丁點睡意都全部驅走了。

這幾乎是不可能的事情。首先，一樓和二樓沒有樓梯連線，如果啟動那個停在一樓的升降機的話，發動機巨大的聲音不可能吵不醒我們。其次，如果有人或者有什麼東西要從那根承重柱爬上來，也需要躍個大約兩三公尺的距離才能抓得住二樓的欄杆，也是會發出聲響的。還有，就算排除所有因素有人什麼東西能順利到達我們的房門，在開門的時候，這扇木門開關的「嘎吱」聲是足夠把我和余沛江吵醒了，再加上我們也有找一根伸縮棍抵在門上，門一開就會掉落在地上，也會發出響聲，而且是在手完全搆不著的深處。

我們的背包都放在床頭，而床頭是對著牆，並沒有窗的。房間裡唯一的窗已經被我們鬥好了，現在也還是完好的。如此說來，那麼最有可能的就是靈體所為了。但我和余沛江想不通的是，就算是對於會穿牆的靈體，也是不能把這些物品也穿牆帶出去的。余沛江在門背和窗背上貼了道符，靈體是不能打開門窗的。

幸好我和余沛江因為之前有壞過手機的經驗，所以在行囊的暗格裡也會放一部備用的電話。然而，就連這備份的手機也不翼而飛了。

儘管我們的人生安全沒有受到威脅，可是這樣的事情發生，既是無異於向我們宣戰，而且還更讓我們感覺不寒而慄。我們必須速戰速決，把此地的東西給鎮壓下去。

我和余沛江只能是裝作若無其事地走出房門到一樓去。走到升降機邊上時，我們看到蓋恩老先生正在把我們的早餐端出桌面。

我們在巨大的轟鳴聲中坐升降機下樓，余沛江暗中看了看周圍的蛛絲馬跡。跟蓋恩老先生道了早安以後，我們就坐開始吃早餐。老先生問我們昨晚睡得怎麼樣？我們互相客套了幾句以後，我和余沛江就主動問起了這個房子的問題，同時也問到老先生知不知道是誰請我們來的。

蓋恩嘆了口氣，然後慢慢說道：「這個房子在蓋起來之前曾經也是一片農地。我剛買下來的時候，腿腳還是靈便的，自己在上面蓋了個小房子以後，就發生過很不好的事。」接下來，蓋恩開始娓娓道來曾經發生在這裡的事情。

布拉德是在伊利諾伊斯出生長大的，不過高中畢業後的他去了紐約闖蕩。經過十多年的打拚，從一個地毯店的櫃檯慢慢成為了一個有三家餐廳，一家加油站以及兩個旅遊公司的老闆。步入中年時期的他恃才傲物，最後栽倒在一個曾經為他打工，後來成為他競爭對手的員工手裡，也因為一次經濟危機導致他的產業嚴重縮水甚至倒閉。他拿著最後的積蓄回到了家鄉，買下一大片農場，準備重新註冊個農業公司，跟他的農夫父母一起在這裡終老。

然而，不幸就在這個即將共聚天倫的家庭裡發生了。在布拉德把父母接過來自己的新農場以後，當時一家人就租住在農場旁邊的房子裡，準備等第一次收成以後，劃出一塊地來建住宅。有一天，布拉德的父親開著農機去割小麥，可是突然之間農機失控了，在一個急轉彎中，父親被甩了出去，緊接著農機又自己突然轉向，被摔傷的父親還沒有來得及爬起來，收割機已經從他身上碾壓了過去。當時這一幕剛好被開著皮卡從鎮上次來的布拉德看見了，他直接把車開進農地去看看發生了什麼事。那時候農機已經停下來了，布拉德只覺得自己胃在不聽話地翻滾了。他看到被拖行十幾公尺，撒落一地的父親的衣衫碎片，父親的牛仔帽以及……說到這個已經時隔多年的往事，蓋恩老先生依然有點哽咽。不過無需他說，我和余沛江也知道接下來本應出現在句子裡的應該是什麼了。

因為農機的前端還拽著父親的……一部分，以及父親的一隻靴子。布拉德情不自禁地想上前去取下，可就在這時，那個巋然不動的農機突然之間像被一股什麼強大力量掀翻一樣，朝著他所在的方向猛砸下來。當時看見慘狀的布拉德已經完全處於六神無主的狀態，完全沒有要躲閃的意識。「我當時看著那個機器砸下來，我只是呆呆地看著，完全引不起一絲的關心，也好像根本不關我事一樣。」布拉德說。

幸好布拉德命不該絕，砸到他上半身的剛好是駕駛艙的那部分，沒有造成致命傷。然而他在大腿根部以下的部位，卻是在一陣撕裂靈魂無以復加的痛楚以後，再也感覺不到了。布拉德苦笑了一下，然後用指關節敲了敲自己的大腿，是一陣敲在實木上的悶響。「再怎麼說，至少我要別人看起來的時候，我還是個完整的人，是吧？」

聽到這裡，我只感到自己的鼻子微微有點酸。接著布拉德又說了下去。那個年代醫療還沒有很發達，所以只能截肢，能保住命也已經是萬幸了。當時周圍沒有任何目擊者，而且即時通訊還沒誕生的那個年代，是直到布拉德從昏迷中醒來，喊到喉嚨變沙啞了，再艱難地爬到路邊又叫了一輪，才被一個過路的農夫看到，回家打電話叫救護車。

至於他那本來血壓血脂就高的母親，在電話裡聽說這件事以後，直接就栽倒在了電話旁，心臟再也沒有跳動過。就這樣，去了一趟鎮上次來的布拉德，就這樣不僅連自己父母親的最後一面都沒有見到，而且自己也永久地喪失了行走的能力。

在他身體得到調理，可以出院以後，他就開始推著輪椅祕密調查父親的死。他堅信這不是一起農機失控的事故，這背後肯定有什麼超自然的力量。終於，讓他查到了一點眉目。在十九世紀中期，這片農地原來是一個伊利諾伊斯的一個小型州立監獄，用來關押不對外公開審判的一些特殊犯人。在監獄運作了大約十五年以後，突然有一個月，監獄裡面的犯人在放風期間集體暴動，控制了牢區裡的獄警。在隔離區外的獄警請求支援期間，那些犯人押著幾個獄警，從一個偷偷挖起來道地裡全數逃走了。逃犯領袖認為如果綁了幾個獄警，追捕的人會投鼠忌器，至少可以支撐他們逃遠一點。不過沒想到，指揮官認為要是讓犯人逃出去了，對社會的危害更大，於是作出了放棄被俘獄警的決定。這場鬧劇持續了大半天，結果那些逃犯剛逃出來，就被掃射於槍口之下，連同三個被俘的獄警，一共二十多人全數當場擊斃。那個監獄，那個臨時的行刑場，恰恰是一百年後蓋恩家買下的地。因為這些事情需要保密，而且檔案整理的完善是在四十五年代以後，所以他們當時不知道發生過這件事。

蓋恩不想再在這片土地上繼續待下去，可是他已經沒有多餘的錢財和依靠，他也不想就這樣離開父母而去，再加上即使他此時出售這片土地，也不會有人願意買下，所以，他最後還是留了下來。而且還建了這個農舍，一邊守在父母身邊，一邊跟那些害慘他們一家的惡靈鬥下去。

距離那件慘事的發生，已經過去三十多年了，這期間裡蓋恩老先生嘗試過很多方法，卻還是沒有能抓住那些惡靈。在過去幾十年裡，每隔幾年附近都會發生命案，而且大都是懸案。他自己也想過方法，也請過人來，可就是無功而返。

「自從那件事以後，我把土地一點點割出去賣掉了。我現在正在住的這一片，就是當年發生了事情的地。那些東西出來作祟好像都有一個週期規律，現在差不多已經是那個週期了，我怕再有人出事，又找了一個人過來幫忙看能不能除掉。可是他過來住了幾天就被騷擾了。他說他搞不定，然後向我推薦了你們兩個，說你們兩個是同行裡很有能力的，於是，他把我給他的錢全都轉到你們了，跟我說你們一定會來的，然後就走了。」

「那，你之前委託的那個人是誰？」我問。

老先生輕輕搖搖頭說：「他臨走之前，告訴我不要在你們面前提他的名字，不讓他丟臉也好，行規也好，讓我遵守一下。所以我想著，我們也尊重一下他吧。」我看了一眼余沛江，他也輕輕點頭。那就尊重一下人家吧，不然傳出去了對他以後也不好。

不過話說回來，老兄啊老兄，你憑什麼覺得我和余沛江就一定能搞定啊？我們可是在剛來到第一晚就被搞過了啊。

怎麼說也好，我和余沛江是專業的，我自然不會把這些小想法寫在臉上。我們又追問了幾點消息。比如說他知不知道當年那個監獄，那條道地以及那些犯人獄警被處決的地點。

蓋恩說：「那個監獄的具體位置我不清楚。其實那些道地啊處決地點什麼的原本我也不知道，不過就在上個月，我旁邊的倉庫有一個角微微有點下陷，於是我就把小麥糠的倉移走了，也把一些東西搬開。可突然間下陷的那個角，有一小片地直接塌了下去。我覺得有可能是之前的那個道地。你們要去看看嗎？」

我看了余沛江一眼。余沛江點了點頭，說儘管下去看看。蓋恩家之前買農機的時候有送幾頂安全帽，我和余沛江拿過來戴上了，也帶了繩子和其他的應急工具。美國的安全帽有點不一樣，是直接像鴨舌帽一樣調大小，而不是有一個穿過下巴的安全扣。

進了倉庫以後，我們發現果然發現整個貨倉有點傾斜，而且傾斜的那個角，蓋恩老先生已經請人把東西搬開了，本來他想挖開一點點，然後僱人用石頭或者什麼東西填上去，可一挖泥就崩塌下去了，露出了一個大約一兩平方公尺的坑洞，下面是一片漆黑。我們慢慢彎著腰靠近塌陷區域，提防著任何進一步的塌陷。

幸好沒有什麼事。我們打開安全帽上的照明燈，可以看清下面是一個泥坑道，已經有不少土以及倉庫地面上的水泥塊掉落，不過總算是能看到底。我們交流了一下眼神，開始先後從坑洞往道地裡面鑽。一邊鑽，我一邊用中文問余沛江幹嘛要遭這個罪，如果是真有惡靈的話，其實只要找到當時那個槍殺犯人的地，趁著白天把屍骨掘出來放一把火不就完事了。

從余沛江安全帽上的燈光，就可以看出他在搖頭。他說：「不是那麼簡單的。要不然同行也不會搞不定還要專門花這麼大心思請別人了。這些惡靈知道自己的屍骨是自己最致命的軟肋，肯定會把它藏起來。而且這種常駐在同一地的惡靈，也會跟動物和人一樣，選擇一個安身的窩。蓋恩他家是有點不對勁，但我沒有感覺到有靈體在周圍。所以我們可以在這裡碰碰運氣。而且說不定我們還能把丟的東西給找回來。」

「不過即使找回來了，能不能用就不敢打包票了。」我把他的話補完整了。

腳踩到地以後，我和余沛江開始摸索著往前爬去。沒走幾步路就是一個轉彎的地方。可就在一轉彎以後，余沛江就停下了，我差點撞到他的屁股上。

「我突然想到一些不對勁的地方。」他說。

「怎麼了？」

「我……也是剛看到那些東西，才想起來的。我們太魯莽了。」說完，余沛江讓開了一邊，讓我看到了他擋住的前方。我看到前方其實是個死路，而就在最深處，我們早上發現不見了的東西，就被扔在那裡。我有點傻眼地看向余沛江，安全帽上的燈晃得他差點睜不開眼睛。

就在此時，從我們下來的農倉上面，傳來了蓋恩老先生驚慌失措的叫喊聲，他在叫我們的名字。我們正要回頭，突然聽見轟隆一聲，身後的光突然間就暗下去了。泥石傾倒下來，把洞口填埋了。

「不好。」我和余沛江也顧不上那些手機電腦了，連忙原路返回，看看有沒有機會回到地面上去。已經沒戲了，入口已經被挖得嚴嚴實實，而且我們現在所在的地洞也隨時會坍塌把我們活埋。我們嘗試著把土挖開，但我們實在沒有神力去舉起後面那些越壓越下的水泥板水泥塊。

我們兩個沒有說話靜靜地側著耳朵聽，我們聽見了在另一頭隱隱傳來概念老先生呼喚我們的歇斯底里的聲音，以及輪椅倒下後一邊輪子還在旋轉的轉軸聲。可是現在靠這條路已經上不去了，我們必須在氧氣耗盡或者地洞坍塌之前找到出去的方法，不過我們真的只會在這裡等死。

我沒有時間再追著余沛江問他為什麼覺得不對勁了，現在逃命最要緊。我們又回到了地洞最深的角落，我看了一下，電腦和手機果然都已經損壞不能用了，我們還是把自己的錢包撿了起來收好，電子裝置裡的文件，幸好可以透過雲空間找回八九成，不然的話……哎呀也沒有什麼不然的了，都死到臨頭了。現在不僅是我們死到臨頭，在上面的蓋恩老爺子分分鐘也是身處險境，他一個行動不便的老人家，怎麼鬥惡靈。

我們找遍整個地洞，也沒有發現可能可以通向其他地方的，被鬆土掩蓋起來的其他地洞分支，可是沒有什麼發現。我指著我們的天頂問余沛江能不能往上挖。余沛江想了一下，覺得有風險，不過這也已經是唯一的方法了。我們剛才從上面跳下來大概是一公尺多的高度，只要我們稍微挖鬆一下上方的土，整個結構崩塌的話，上面的土就會像暴雨一樣朝我們身上淋來，有可能會把我們活埋在土堆裡，但因為我們所處的地洞也有空間，如果土壤會排向兩邊，說不定會有希望。

如今我們能不能活下來都是需要爭分奪秒的，我雙手並用像隻土撥鼠一樣挖著土，余沛江直接急了，撿起地上的膝上型電腦，雙手握住一邊像使鏟子一樣用力撥土。

挖了幾分鐘以後，掉下來的土越來越多，甚至我們不用怎麼挖土也自己往下掉了。我們又用力挖了幾下。然後余沛江吩咐我楊躺下，雙手拱起捂住口鼻做個臨時的氧氣罩，然後雙腳同時往同一處蹬。踹了幾下以後，上面的泥開始像傾斜般嘩啦啦倒下來。我們一邊護著呼吸道，一邊用腳把掉下來的土往兩邊撥。

終於，光從外面的世界漏進來了，而且在視線裡占據的面積越來越大。我們逃出來了！我和余沛江爬上地面以後，大口呼吸了幾下新鮮空氣。不過我們都想著老爺子的安危，馬上拍拍土，跑著步衝回到農倉裡面去。輪椅果然倒在地上，老爺子的木質假肢也倒在了一旁。然而老爺子卻不見了。

糟了，我們剛才鑽地洞正中了敵人下懷，所以它馬上把我們埋在了裡面，然後就擄走了老爺子。我扯著余沛江就要往屋裡趕，找找老爺子，他們肯定還沒有走遠。

就在這個時候，余沛江冷冷地拉住了我：「慢著。」他的眼睛看著半空中不知何處，眼神失焦，彷彿在沉思什麼東西。

「你想到了什麼東西？」我看了農舍那邊一眼，焦急地問他。

「范吉，你想一下，為什麼地洞早不塌晚不塌，而要在我們進去以後塌。還有，你剛才發現地洞有什麼奇怪的地方嗎？」

「那惡靈知道我們發現了它的巢穴，所以老羞成怒把我們埋了，也把老爺子抓走了要加害啊。」我攤著手看著他。然後我又接了下去：「就是一個很短的死路的地洞啊，有什麼奇怪？」

「我覺得問題是在這裡。這只是一個很短的地洞，並不是什麼越獄密道。可是為什麼要在這農倉建了這麼久以後才出現呢？而且這個農倉下面有一個地洞，但是這個建築在建的時候都沒有發現，難道農倉是不需要打地基的嗎？」余沛江這麼一說，我開始覺得有道理。

他有接著說了下去：「我們先不管農倉建不建的問題。我們說回當時犯人越獄的道地。經過一百多年，沒有框架支撐的地洞肯定早就塌下去填平了，如果還是有幸沒有坍塌，而是保留下來了，當年蓋恩家開著這麼重的大型農機在上面開，也應該壓塌了，可是蓋恩也沒有說。剛剛那個洞，我怎麼看也都像是最近新挖，而且是蓄意為之的。」

「你難道連布拉德．蓋恩也懷疑上了？」我問道。

余沛江搖搖頭：「我也沒有這樣說。他的衰老，以及他的殘疾並不像是裝出來的。而且昨晚進來偷我們東西如果是他，我們肯定是能發現的。然而我們並沒有。」

「那就別說這麼多了。既然蓋恩老先生沒有嫌疑，那麼我們現在趕緊把他找回來吧！」說著我又邁開了步伐。

這回余沛江跟我一起走了，不過他還是低聲說了一句：「還是注意一下為好。你看，他一個人在這裡生活幾十年都沒有事情，可是我們一來就發生這樣的事，而且惡靈突然就心血來潮把這個幾十年老朋友抓走了？」

「可能是因為他把我們叫來，敵人覺得威脅到自己了，才終於出手呢。」我說。

「可能吧。」

說著，我們衝回了農舍。推開門的那一剎，我和余沛江都驚呆了。剛才還乾乾淨淨的農舍，如今竟然已經變了一副模樣。四處的地板和牆壁上還沾染著未乾的鮮血，而地上躺著的，正是死狀恐怖的蓋恩老先生的屍體。我伸手去探，身體還是溫熱的，但是已經沒有任何心跳了。

「范吉，跟上！」說著，余沛江繞過了屍體，在廚房裡抽出了一把刀握在手裡，慢慢往房子的一樓走廊走過去，那是蓋恩老先生生前住的地方。我四處看了一下，在角落裡抄起一把笤帚，也跟了上去。余沛江可能覺得元凶現在還在屋裡。可是就憑我們兩個以及我們手裡的這些玩意兒，真的能對付得了它嗎？

一樓從客廳走進去有一個洗手間和兩個臥室，還有一個摺疊門式的儲物間。他把刀舉在齊胸的位置慢慢走進了一個房間，把每一個櫃門，床底以及天花板都檢查了一遍。而我則走進了另一個房間裡，不過依然沒什麼奇怪的地方，只是一個布拉德用來放置雜物的東西。不過這房子看起來似乎有點不大對勁，但至於是哪裡不對勁，一時半會我又說不上來。

突然之間，我感覺到周圍有點涼風颼颼，是那種帶著陰寒氣息的風。我渾身的雞皮疙瘩瞬間湧了出來。我彷彿覺得房門在我背後被關起來了，周圍的光線變得非常昏暗，有一個黑影在我身後冷冷地注視著我。我壯著膽似的喊了聲：「余沛江？」可是身後沒有任何回應。

我舉著笤帚猛一轉身，周圍一切如常，房門沒有關上，光線也沒有變暗。不過此時，我的後背直髮毛，彷彿那個陰森的黑影已經又轉移到我的身後去了。我二話不說揮舞著笤帚一下朝身後掃去。還是沒有看到什麼東西，不過笤帚倒是打爛了一個像佛跳牆那種瓦煲之類的容器，一些深棕色的液體傾倒了出來，散發著一些惡臭。

我趕緊後退出房間，以防那些東西有毒。到底蓋恩把什麼東西放在這裡了？我突然想到了剛才我發現的不對勁是在什麼地方了。我之前因為賣房子，也去過一些殘障人士的家中，他們的收納間都有足夠輪椅通行的過道，而且無論是櫃子架子，都是剛好和輪椅齊平的高度，而剛剛我進去的那個收納間，分明就是一個正常的人的收納室，可這又是為什麼呢？

我還沒想通的時候，余沛江已經從他那個房間裡出來了，問了我一句：「我這邊沒什麼特別的，你那邊呢？」我指著身後半開的門正要對他說起那些莫名的深棕惡臭液體以及擺放的奇異時，突然之間，有一條飛快的黑色身影從我剛才所在的房間裡急竄了出來，而且倉促之中看起來就像是一隻蠍子一樣從天花板上迅速地衝向了大廳的方向。我們的動作相比之下實在是太慢了，我們抬頭的時候它已經從視線裡消失了，天花板上的一些塵屑掉下來，我和余沛江的雙眼都中了招。可我們顧不得揉眼睛，馬上轉身朝大廳的方向追去的時候，那個黑影已經重新消失得無影無蹤。

弄掉眼睛裡的灰以後，我定睛看清了天花板上剛剛那道黑影掠過的地方。只見那木頭天花板上，有一道道細長的爪痕，而且每一道都是五條長痕，由淺而深。看起來像是留著長甲的人，但是在這麼快的速度下還能造成這樣的一道道清晰的爪痕，那力量可想而知。

余沛江還想上樓或者出門去追，不過我勸住了他，我們不可能追上的。在我們看見它的時候，那肯定就是它已經準備好把我們一擊滅口的時候了。我提議還是回到剛才那個儲物室裡面，那是黑影竄出來的地方。剛才我進去的時候沒有發現什麼異樣，肯定是我有看漏的地方，因為我剛才落單在裡面的時候，它完全有機會偷襲我，但是它沒有。現在我只想到了一個理由來解釋，那就是這個儲物室裡面還有暗格或者其他空間，它剛剛就是在那裡面。

事實證明，我的這個推論是沒錯的。我們頂著惡臭推開一堆堆雜物，發現了其中一面牆的靠地上的地方，有一扇被漆成了牆壁木色的小鐵門，門上還有細長橫條狀的通風口，跟普通中央空調的出風口很像，只是稍微大一點。

在打開小暗門以後，我頓時明白了在旁邊的插座上為什麼插著一個電熱香薰了。一股像是悶了多年的腐爛的味道撲鼻而來，我幾乎完全透不過氣來。相比之下剛才我打破的罐子裡流出的深棕液體已經能稱得上芳香怡人了。

我和余沛江是蹲在小暗門前的，說時遲那時快，猝然之間我的後背突然感覺到像被皮鞭狠狠抽了一下的痛，在強大的衝力下我蹲下的身體像被黃金右腳射龍門一樣直朝著小暗門撲進去，我感覺這一下比在新東南亞某華人國家吐口香糖受刑還要厲害。禍不單行，我的右肩撞在了門框上，更是雪上加霜火上加油，而我的好兄弟魚配薑也是緊接著尾隨而至，生生把我撞了進去，他自己也掉了進來。即使是在這麼混亂的環境裡，我那好使的腦瓜子也不忘把余沛江那一下銷魂的叫聲給清晰記錄下來。

不過頃刻我的心就馬上轉回了自己的生死中。在被推進小暗門以後，我的身體像在一個開闊的空間裡下墜，整整一秒以後我才落的地，也就是說，這裡是將近十公尺深的地下。幾乎在同一時間余沛江也摔下來了，不過奇怪的是，他摔下來是有兩聲的。馬上我就知道，余沛江把那個暗算我們的怪物也一併扯下來了。

只是因為我們摔下後因為疼痛，余沛江手一鬆就被它趁機掙脫了，消失在黑暗中。幸好這地面是鬆軟泥土地，不至於摔得傷筋動骨，不過也夠受的了。

現在我和余沛江互相摸到對方的手以後，馬上背靠背站起來，逼著自己進入狀態對付可能在任何一個角度攻過來的怪物。昨晚被偷的東西裡沒有手電筒，我悄悄從口袋裡把手電筒掏出來，準備像之前一樣在對方進攻的時候使一招突如其來，搶回個頭籌。我拿著手電筒敲了敲余沛江的手背，他會意，也學著我這樣做了。

黑暗中悄無聲息，那怪物並沒有在移動，至少沒有在幾面牆上移動，我們的耳邊不斷傳來蚊蟲震動翅膀的聲音，而且聽起來全是蒼蠅的聲音。這裡面的空間到底有多大，我也是心裡沒底的。突然之間，有一隻乾癟的手掌以迅雷不及掩耳之勢抓住了我的腳踝用力一拉，我馬上失去重心一屁股摔在地上被怪物扯了去。我正想用第二隻腳去踢，畢竟之前已經有過了類似的經驗，可就在我第二隻腳想伸出的時候，也被抓住了，而且我的雙腿被強行分開，又是閃電的一下，那種皮鞭抽下的感覺頓時重現，不過這一次是攻向我的下身。我不要命地用雙手去護住下面，誓死保護自己的祠堂，用手背去挨那一下，同時雙腿猝然用力甩向一邊，好讓那一下失去準頭。不過因為我的手護襠，手電筒終於掃過前方，我得以看到怪物的模樣。看到的那一霎，我整個人差點僵住了。

此時映入我眼簾的，竟然是剛才在一樓明明已經翹了辮子的蓋恩！不過此時的他比起早上在餐桌上聲淚俱下的老人家實在是有著天壤之別。此時的蓋恩，不，怪物它渾濁的雙眼裡布滿了接近紫色的血筋，臉上的皺紋比之前多了好幾倍，但他的嘴巴張開的時候，竟然像是被針線縫了起來一樣，帶著一根根豎直的細線。他的雙手是怎樣我沒有來得及看清，不過我倒是看見了他的那個有力武器，居然是他背上裸露出來的一根比常人要長的脊椎骨！

我腦海裡的第一反應是，不僅之前他告訴我們那些東西全是假的，就連關於我們在亞利桑那收到的那些錢的事實都不是我們想的那樣。這隻只有一半身子的怪物，把自己的走路聲錄成錄音，還親自付錢把我們弄來這裡，就是為了設局把我們困死。我們兩個驅魔獵人，也終於有了成為獵物的一天，這真是我和余沛江萬萬沒有想到的。

所以，我看見的一幕正是一個之前還很和藹可親的老人家，在變成猙獰怪物以後，用自己的脊椎骨來抽打我的要害！這怪物的身高不是很高，在對付我和余沛江這些正常人時就先天具有靈活的優勢，不過這也不是說我們就奈他不何，比如說現在，衝上來解救我同時也是報復他的余沛江用盡抽射十二碼高速球的力氣一腳飛了過來。蓋恩果然不是省油的燈，他那像蠍子一樣脊椎抽在我的大腿上以後，馬上藉著這道力撐起他整個身體的躍起，直接從我頭頂躍了過去，重新又掉進了黑暗之中。

他在這個地下空間中不斷四處遊走，我耳邊的不同方位迅速地響起「嘞嗞、嘞嗞」的聲音。而我剛剛在捱了那一下以後，現在差點站都站不起來。我突然想起了我和余沛江在信箱裡收到的那段錄音，正正就是這怪物拖著自己的脊椎在行走的聲音。

我和余沛江重新背靠著背，努力地撇開蒼蠅的聲音去辨別他的方位，同時也大概估算這裡面空間的大小。我們拿著手電掃了周圍一下。這地下室說大也不大，四四方方，也就是差不多十立方公尺左右，不過我們在地上和牆上看到的東西，讓我們再次覺得頭皮都發麻了。

只見在這個地下室裡，鬆軟的土地上居然整整齊齊插著一排排人類的脊椎骨，就連牆上也插著不少伸出的骨頭，這地下室儼然就是一小片椎骨森林！

粗略地猜想，這裡至少有三四十個人的脊椎骨被當成「藝術品」一樣插在這地下室裡，我們剛才在外面聞到的那些腐臭味，猜想就是這裡面曾經那些屍體發出的。果然，我馬上就看到土壤裡以及那些脊椎骨上有點點白色正在來回蠕動，那正是肥白的蛆蟲！見到這些噁心的東西，我胃裡又微微有點開始翻滾了。

蓋恩那尖爪和脊椎拍打地面和牆面的聲音毫無徵兆地就止住了，他重新在黑暗中蟄伏起來。可是我和余沛江可不能無休止地在這裡陪他耗，那些蒼蠅不斷在我們身邊亂轉而且不斷朝我們飛來，簡直要受不了。

這時候一個念頭蹦進了我的腦海裡，我湊在余沛江耳邊說了一下以後，他聳聳肩，然後點了點頭。然後，我們和蓋恩這怪物的身分就開始對調了，我們成為了破壞者，他成了守護者。

我們快步衝過去了他的脊椎森林中，一腳腳把那些整整齊齊插在地上和牆上的骨頭全都弄亂踢倒。我們這招胡攪蠻纏地耍無賴果然讓在黑暗中的蓋恩待不住了。他怪叫了一聲，在旁邊那面牆上穿行在骨頭的「林子」中，朝我們靠近過來。我和余沛江則是隨手抽出了身旁的骨頭，朝他的方向投擲過去。

他東竄西跳地躲避著我們的攻擊，依然瘋狂地快速朝我們殺過來。他血紅的眼睛迎著手電筒的光瞪得渾圓，恨不得立刻就把我們挫骨揚灰。他那宛如長鞭一樣的脊椎一下下朝我們抽來，每一下都帶著腥臭和破風的聲音。剛剛已經捱過一下的我完全知道那代表的是什麼，於是我們躲著他的抽打，不斷找東西扔過去還擊，而他在躲著我們扔來的骨頭同時更加怒不可遏地朝我們一波一波地進攻。

余沛江看準時期，猛然躍起伸出雙手，就要去抓他的手臂。雙手是他最好使地移動工具，要是余沛江成功了，怪物的行動在受限的時候，我完全可以給他一記重擊。在蓋恩的「尾巴」一下掠過余沛江的左腰抽在泥地上時，余沛江眼疾手快，伸出腳去把蓋恩的脊椎踢開，然後雙手去抓他的其中一隻手。

余沛江的時機選擇真是非常好，要是他選擇去踩住對方，很可能就不會成事，而且分分鐘會被對方反攻。可是他這一腳讓蓋恩短暫地失去重心，只好雙手緊緊抓地，這一瞬間就恰好被余沛江捕捉到了。他抓住蓋恩的手臂時，我也反應過來了，連忙上去想把他另一臂也抓住。

相比之下我的動作就笨拙多了，還被蓋恩的長甲劃傷了手臂。只抓住蓋恩一臂的余沛江並不能完全把這隻怪物制住，動作依然非常敏捷的蓋恩不斷用另一臂以及他那最強力的武器攻向余沛江想重獲自由，余沛江重重捱了幾下，但是他拚盡全力死死不肯放手。他的手臂被蓋恩抓破，鮮血像凝珠一樣從傷口溢位然後流下，蓋恩聞到血腥以後，進攻得更加瘋狂了。我彷彿得到了一點啟發，這脊椎森林的受害者是怎麼死的了。

我被蓋恩甩開以後，趕緊又撲了上去。蓋恩似乎咬住余沛江殺紅了眼，後面的空門露出來，我連忙雙手從後面環抱住他，只感覺那段還在他體內支撐身體的半截脊椎硌著我的胸膛，非常噁心。不過我伸手出去的時候，手裡已經是握著我們常備的刀，我猛一下把小刀扎進了他胸膛裡面。

突然之間蓋恩的力量彷彿大了十倍，一下子怒吼一聲，把我和余沛江都震開了，幸好手電筒掉落在一邊，在那有限的光裡我看到蓋恩把自己的身子壓低在地上，然後那有力的脊椎像彈弓一樣把他整個身體高高彈起，在光照不到的黑暗中，他朝著我猛然俯衝而下，脊椎重新像蠍子一樣高舉過頭，伸得筆直像一把利刃似的對著我直插過來。

我簡直心都寒了，在要害這般受傷的情況下，他居然像完全一點事都沒有，而且行動絲毫沒有減慢。更要命的是，剛才插進他體內的那把刀，可是一把可以算得上是怪物剋星的銀刀啊。

在這種情形下，稍一分神很可能就要去忘川邊上賣鹹鴨蛋了，我把已經不發揮作用的小刀朝她來的大致方向扔了過去以後，趕緊向一邊滾開。

余沛江撿起身邊的骨骸，繼續像剛才那樣不斷扔過去擾亂敵人的節奏。他用華語對我說了一句：「用聖油！」情急之下他脫口而出的母語，幸虧我聽懂了。

我摸了摸自己的口袋，裡面放著幾顆我和余沛江好不容易提煉的聖油丸，不過我沒有打火機在身上，相信余沛江有一個。聖油是用菖蒲、肉桂、沒藥以及橄欖油一起煉出來的，然後我和余沛江用包臘腸的腸衣改良成油丸的形式，更加方便攜帶一些。使用的方法比較噁心，是我們握在手裡掐破以後，抹在敵人身上。

不過我從口袋裡掏出來的，是另一把我平常用的鋼製小刀。在這脊椎怪物再一次撲空以後，我縮在胸前的雙腳合攏用力一踹，總算是踢中了他，然後余沛江衝了上來，手上空空如也，應該是已經塗滿了聖油，我一躍而起也撲上去，扯住蓋恩的破衣服連忙出死力插了好幾刀，然後另一隻手把聖油抹在了他滿是傷口的身上。余沛江打開了點火機，馬上一道純黃色的火焰升起，蓋恩一下子全身就燃燒起來了，他在地上輾轉反側掙扎著，還想再用脊椎使力躍上來和我們一起同歸於盡，可惜他的脊椎再次像彈弓一樣壓向地上時，就在火焰中分崩離析化成了齏粉，在地上留下一點點漸次熄滅的小火星。

我和余沛江站起來，長長地出了一口氣。終於，我們再一次有驚無險地度過了，儘管這一單案子，我們只收到了來自怪物本尊支付的部分定金，也總比沒有強。

現在就只剩下最後一個問題了，我們怎麼從這個地下室回到地面上去呢？我們手上的刀太短，想來想去，最後我們的目光還是落回到被我們搞得亂糟糟的，那些逝者的脊椎骨，這一片已經東倒西歪的脊椎森林上。

在靠近上方小暗門的那面牆上是沒有脊椎骨插著的，於是我們拿了幾根，用力固定在土牆上，然後借力上爬。在往上爬的時候，余沛江不斷低聲唸叨著：「有怪莫怪，細路仔唔識世界……（請別責怪，小朋友不懂世故忌諱）」是說給這些白骨曾經的主人聽的。

摔下來幾次以後，終於我們接近那小暗門了，但是已經已經靠近地基了，那些骨頭再也插不進去了。我和余沛江再下面時已經想好，我們已經撕下衣服綁成條，體重稍輕的我在上面，我的腿綁住他的手，一起上去，在往上爬時余沛江的手處在我膝蓋上的位置，等到快靠近暗門了，我用力一跳，然後踩在余沛江的拳頭上借力再一蹬，希望能用手抓住門框把我們拉上去。其實這是很危險的，萬一余沛江腳下的骨頭斷了，或者我踩空了，又或者我跳起來沒有抓住，那都會直接導致我們重新掉回到下面去，那我們真是沒有辦法了。

幸好，那根骨頭沒有斷，我也有足夠力氣在短時間內撐起兩個人的體重，我們還是成功回到地面上去了。一天當中兩次被困在地下，也真是夠過癮了，這輩子我也不想再嘗試了。

我們收拾好東西從蓋恩家的破房子出來時，我們沿用了當時在喬治亞州時的優良傳統——一把火將這個農舍給燒了。希望在房子以及房子地下那小片椎骨森林，會在這場大火中得到淨化吧，讓這一切在崩塌中掩埋掉不好的歷史，讓一切重新開始吧。

我們去到芝加哥以後，把必需的電子產品採購了回來。回到酒店以後，我帶著好奇真的去搜尋了一下關於那個監獄，關於蓋恩家族慘案的始末。那個怪物講的故事裡，果然有部分是真的，那裡曾經的確是一個監獄，但那場大型槍決逃犯的事件沒有發生，倒是有不少逃犯在監獄裡慘死或者離奇失蹤，而且加上經費等原因，監獄後來被迫與本州其他監獄合併，取消這一個選址。而布拉德·蓋恩以及他的家族雙親也都是真實存在的，不過時間確實和他敘述的相反，他們家是在這片農地成為監獄之前，就在這裡生活的。不過蓋恩父母並不是死於意外，而是死於自己親生兒子的毒手之下，據聞當時鄰居都反映蓋恩家的父母都很喜歡虐待自己的兒子，而那個時候的社會，還沒有保護兒童法。或許，那個老怪物，說不定還真是那個弒父殺母以後消失無蹤的布拉德·蓋恩。虎毒不吃兒，但反過來就未必成立了。大千世界，無奇不有，你說它殘酷，它也的確有趣；你說它有趣，是的，生活也真是挺有趣的。

我們開著租來的車，放起了在 Youtube 上很紅的華裔自強反擊歌曲——Ph.Dragon 的《Meet the Sucker（遇見廢柴）》——在公路上向著家的方向揚長而去。

尾聲

這一次，是真的要和亞利桑那說再見了。我和余沛江把一些寶貝家當都塞在了車裡，一輛我們自己開過去，一輛花了八百多美元請物流公司運過去。

一路絕塵。

在路上看到落葉紛紛的時候，我意識到，又一個秋天來了。再過沒多久，天蠍座的我又要老一歲了。

在路上，余沛江問我，要不要到傳說中的黑石城火人節（Burning Man）去瘋一把。我不假思索地答應了。來美國這麼多年了，一直都只是聽說，從來沒有真真正正參加過這個「城市狂歡節」。

我曾經在網路上看到過參加過火人節的帆帆姐寫的感想。

她說：「那燃燒的，是自己，一個被權威統治、被主流束縛的自己。那重生的，是一個嶄新的自己。它破繭綻放，從此不再受禁錮。」

進去這個黑石城，我們必須自備一切生活所需，而且還要買票。這個城市，每年只在內華達的沙漠中存在八天（八月的最後的一個星期一到九月的第一個星期一，最後一天即美國的勞工節），自發前往黑石城的臨時居民，都像是在海市蜃樓中大醉一場。

這個充滿儀式感的狂歡節，起源 Larry Harvey（拉里·哈維）在 1986 年夏季，想要短暫逃離現實的一場儀式，從一開始的舊金山貝克海灘燃燒火狗，到後來轉移到現在內華達的黑石沙漠。慢慢地，有一個專門為了舉辦火人節的黑石城公司開始籌劃這些活動，吸引了數以萬人參加。

我們兩個忙著採購和各種準備，裝了滿滿的一車物資過去，包括在攻略上看到的必帶的第二種交通工具——腳踏車。

我們報到的時間算晚的，很多人已經把車按指定位置停好以後，在車旁邊架起帳篷，有人已經開始騎著各自的腳踏車玩耍了。這個臨時「城市」的規畫是一個圓形的城市模型，中間有若干條半徑過道，參加者按照買票的序號停在制定車庫，然後把帳篷搭在旁邊。當然，也有不少人是開著房車過來赴會的。

在這個圓的圓心周圍，是一個小廣場，上面用木枝搭建了兩個巨大的人，是一對正在擁吻的男女。這是模仿當年一戰士兵歸來，與女友在海港相見之時真情流露而被拍下來的一幕。另外，還有一些小型的房子和形態各異的雕塑，會隨機穿插在圓形營地的各個角落。

在夜幕降臨以後，幾盞高大的射燈同時亮起，在四面八方傳來的激昂的音樂聲中，不知何處有人用喇叭喊了一句：「狂歡開始啦！」在音樂聲中，大家不約而同地熱歌勁舞起來。

在整個狂歡節的期間，沒有過多的限制和規矩，大家過著天下大同的生活，說平時不敢說的話，做平時不敢做的事，大群人圍著歡歌笑舞，大家脫掉自己的衣裳，騎著腳踏車到處飆。中途也發生了一些小插曲，風沙吹過的時候，昏天暗地，就像是進入了另外一個世界。風過去以後，大家拍拍身上的沙，抹抹臉上的塵，一邊大笑著一邊繼續。

盛大的宴會一直持續了七天。在第七天的黃昏，所有人都聚到了廣場巨大雕塑的邊上，這一場大夢將會在這個莊嚴的儀式中醒來。十幾個人拿著點燃的樹枝拋向了雕塑，很快，火舌迅速舔舐著整個雕塑，廣場升起陣陣熱浪，以及沖天的巨團火焰。

過去幾天狂歡中已經漸顯疲態的人們仿然在熊熊的烈焰中浴火重生，整個營地再次炸起了精力充沛的歡呼聲。夢醒了，生活仍要繼續，而且是充滿熱情地繼續。

站在我身旁仰望火焰的人群當中，突然間有個印第安女孩在我的臉頰上親了一下，微微笑地看了我一眼。我有點不好意思地笑著，然後伸出手和她握了握，自我介紹了一下名字。

「你好，我叫范吉。你呢？」

「我叫萊蒙錫克迪。」撤回手的時候，她的指尖在我脖子上劃過，然後笑著轉身消失在人群中。

後記

范吉和盈盈還有余沛江的故事，到這裡其實還沒有完結。因此，與其說這是一篇後記，倒不如說這是一個歇腳的中轉。因為我的部分交代完了，但他們的生活仍在繼續。

我在書中，盡可能地呈現一些美國的文化，生活上思想上與東方的差異，也講述著一些在世界彼端流傳的一些傳說故事，比如橋頭哭泣新娘和密西西比河凶案，還有椎骨森林中的半身魔鬼；以及一些社會現象，比如辛酸生活著的華人。我只是一個講故事的人，只不過藉著一支筆一張紙，一個螢幕一個鍵盤，把發生在范吉他們身上的故事呈現到紙上而已。

我盡力地還原真實的美國生活，給大家呈現一個有血有肉，有笑有淚的真實的美國。

我有一個玩得很好的美國房產經紀人同行朋友，他20歲那年因為讀書就來了美國，現在眨眼已經過去十幾年了，他拿著《人民的民義》裡外逃長官眼中令人歆羨的美國護照，但是他會在不經意的嘆息中說，這個始終不是他的國家。

書中發生的事件，我不方便告訴你們是不是真的。我只能說，有些事情它原本不完全是你看到的那樣。我只能說，對於裡面提到的一些東西，一些人一些事，我是真正體驗過的。不過，在它以任何一種形式進入你的生活裡之前，你們還是姑且把它們都當作子虛烏有、純屬虛構的故事吧。

後記

寫一本書對我來說，既是一個享受的過程也是一個煎熬的過程。享受的是看到自己的故事透過勞動一點點變成文字，變成可以印在紙上握在手裡的回憶，讓更多人分享我的生命。而煎熬的是在斟酌字句步步前行時，或者明明在腦海裡已經有了一部影片，但手上還必須要一幀一幀地慢慢播放時。

我不知道這本書會有多少讀者是和我一樣，當家鄉是晴空萬里的時候，卻是在異鄉伴著星月掌燈度過夜晚。無論身在何處，在外總是不易的。

網路上最近流傳了一個影片，是說有個女孩在路上遇到了一個流浪歌手在唱日文版的《海闊天空》，她靜靜地站著聽了一段以後，跟著歌手一起唱了下去，不過她唱的是Beyond粵語原版的歌詞。這位來自海南的歌手一撥絃，跟著她一起用粵語唱起了

在最後，請允許我們一起用這首Beyond的《海闊天空》，獻給所有懷揣著夢想在日夜奮鬥的人，無論你是在國內，還是在國外的任何一個地方。

今天我寒夜裡看雪飄過／懷著冷卻了的心窩飄遠方
風雨裡追趕／霧裡分不清影蹤／天空海闊你與我可會變
多少次迎著冷眼與嘲笑／從未有放棄過心中的理想
一剎那彷彿／若有所失的感覺／不知不覺已變淡心裡愛
原諒我這一生不羈放縱愛自由／哪會怕有一天會跌倒
背棄了理想／誰人都可以／那會怕有一天只你共我
……

仍然自由自我永遠高唱我歌走遍千里！
逐夢奮鬥的人最可愛，最可敬！
謹以此書，獻給所有在外國，在外地打拚奮鬥的遊子們。我們一定會變得更好的！

我在美國賣凶宅——得償所願的結局：
鬼新娘、血娃娃、骨頭果凍、心臟料理……驅魔有數，性命要顧！

作　　者：宸彬
發 行 人：黃振庭
出 版 者：崧燁文化事業有限公司
發 行 者：崧燁文化事業有限公司
E-mail：sonbookservice@gmail.com
粉 絲 頁：https://www.facebook.com/sonbookss/
網　　址：https://sonbook.net/
地　　址：台北市中正區重慶南路一段 61 號 8 樓
8F., No.61, Sec. 1, Chongqing S. Rd., Zhongzheng Dist., Taipei City 100, Taiwan

電　　話：(02)2370-3310
傳　　真：(02)2388-1990
印　　刷：京峯數位服務有限公司
律師顧問：廣華律師事務所 張珮琦律師

定　　價：320 元
發行日期：2024 年 07 月第一版
◎本書以 POD 印製
Design Assets from Freepik.com

國家圖書館出版品預行編目資料

我在美國賣凶宅——得償所願的結局：鬼新娘、血娃娃、骨頭果凍、心臟料理……驅魔有數，性命要顧！/ 宸彬 著 . -- 第一版 . -- 臺北市：崧燁文化事業有限公司 , 2024.07
面；　公分
POD 版
ISBN 978-626-394-531-9(平裝)
857.7　113009906

電子書購買

爽讀 APP

臉書